糕手小村姑 下

風 文創 1103

揮鷺 著

目錄

第二十七章 005
第二十八章 019
第二十九章 033
第三十章 047
第三十一章 059
第三十二章 071
第三十三章 085
第三十四章 099
第三十五章 111
第三十六章 123
第三十七章 137
第三十八章 149
第三十九章 163
第四十章 175
第四十一章 189
第四十二章 203
第四十三章 217
第四十四章 231
第四十五章 245
第四十六章 259
第四十七章 273
第四十八章 287
第四十九章 301
番外一 315
番外二 325

第二十七章

眾人穿過廚房，就看到一間不大的柴房，裡頭勉強擱了一張床板，床板上的竹籃內裝著佟香香的衣衫，其餘地方全被柴禾和雜物堆滿。

金巧娘搬走雜物，走到牆角處，發現一個用柴禾、瓦罐堵住的洞口。挪開這些東西，就能瞧見一條濕漉漉的水溝，這面牆也因此而潮濕一片。

金巧娘指著洞口問：「你們就讓香香睡這樣的地方？」此處有蛇蟲鼠蟻出沒不稀奇。

三叔公氣得鬍子都翹起來，旁邊的大兒媳看了吶吶不能言的佟保忠夫妻一眼，在外頭裝得挺好，在家就這樣。尤其是佟保忠，真看不出來，他平常還挺要面子的呢。

佟保忠臉色通紅，惱羞成怒地甩了曾大燕一巴掌。

曾大燕不可置信地看著他。「你敢打我！」立刻坐地哭嚎。「我為你生兒育女，操持家務，累死累活，你這個沒良心的……」

佟保忠不理她，向三叔公賠禮。「是我的不是，沒管好媳婦。貞貞那丫頭，我也會教訓，定要她向香香道歉，以後保證絕不會出現這樣的事。」

佟貞貞在看到那個洞口後，就溜回自己房裡，拴了門。

「該管的是要管管，但香香的事，你不用管了。香香願意跟著老二家過活，明兒便讓她收拾東西過去吧。」三叔公道。

「這怎麼行？」曾大燕一聽這話，蹭的站起來，連哭嚎都不顧了。「我把她養到這麼大，一點恩情都不顧？半路離家，沒有這樣的道理。」

金巧娘說：「大嫂做出把香香扔進柴房睡的事，就不要怪香香的選擇。還有，三弟的撫恤銀，是不是要交出來？」

曾大燕疾言厲色。「好妳個金巧娘，我就知道，妳是圖老三的撫恤銀了吧？我看妳有這心思許久了，怪不得以前婆婆還在時，說妳不安好心。是不是還圖香香這個免錢傭人使，過兩年把香香嫁了，換彩禮錢？」

金巧娘聽到她提從前，臉色十分難看。婆婆已經去了，難道她現在還能跟老人家講道理不成？

佟保良安撫地拍了拍媳婦的手。

三叔公的臉色也變了，不是為了金巧娘以前的事，也不是因為曾大燕指責金巧娘的圖謀，而是曾大燕這麼順溜地說出來，她是不是就抱著這個心思？

金巧娘捏了捏拳頭，想到佟香香，冷靜下來，對曾大燕笑道：「大嫂要是不放心，可以立字據為證。只要香香從這個家裡帶出來的財物，都是她自己的；大嫂給多少撫卹銀，我將來給她多少陪嫁。至於妳說的彩禮，將來婆家給的，讓香香全部帶走，我絕不會扣留一分。要是妳還不信，明兒可以請季族長來做個見證。」

「我捨不得呀，我養了她這麼多年，花在她身上的還少嗎，可是如親娘般撫養她。一個孝字大於天，香香也不小了，過兩年便能出嫁，就不能在我跟前盡盡孝？」曾大燕一改之前的臉色，抹淚道。

這話說得厚顏無恥，簡直是耍賴了，打算抓著人不放。

佟保忠也裝出一臉慚愧、捨不得姪女的模樣。

「大哥，你……」佟保良看著他，失望極了。

金巧娘知道這時候不能靠丈夫那張笨嘴，便道：「要是大哥大嫂不答應，明兒我就叫香村頭村尾地轉。讓大家瞧瞧，我可憐的姪女被折騰成什麼樣子了。」

佟保忠一臉不高興。「弟妹糊塗，香香如今那模樣被人看見，還怎麼出嫁？」

「這不用大哥操心，香香由我和保良好好養著，遲個一、兩年，待大夥兒都淡忘這件事，再出嫁也行。」金巧娘一副有了錢底氣硬的模樣。「誰叫你二弟掙了錢，拿定了主意，我可攔不住。」

兩方僵持，最後無法，三叔公拿佟保忠兩口子沒轍，也沒辦法叫他們掏出錢來，便要兩家各退一步。

佟保成的撫恤銀，就當佟香香還了大房這些年的養恩，但大房將來不得以任何藉口，向佟香香索討銀錢財物，斷絕佟保忠夫妻拿捏佟香香的機會。至於佟香香的病症，也不需要大房管，二房負責帶她看病抓藥，且立下字據，承諾將來不得侵占佟香香的彩禮。

曾大燕牙根都要咬斷，覺得自己真是遭受天大的損失；佟保忠一言不發，一副受傷、不能理解的表情。

三叔公很失望，以前只當佟保忠優柔寡斷了些，但至少有點擔當，沒想到對佟香香這個親姪女一點愛護之心也無。滿嘴虛情假意，說是漠不關心也不為過。

他走出這座老宅，想到早逝的佟保成，心緒難言。

晚上，佟保良在自己的臥房搭了床，讓佟小樹和小苗兒跟著他們夫妻睡。

金巧娘將佟小樹原來睡的床換了乾淨被褥，給佟香香休息。

原本佟香香還不知如何開口說要自己睡，怕頭上的瘡會傳人。這會兒聽了金巧娘的安排，才放下心。

沒了驚恐害怕，她有了這些日子以來第一個好眠。

第二天一大早，金巧娘領著佟秋秋和佟香香收拾妥當，備足銀錢，要帶佟香香去看大夫。萬一縣裡的醫館不中用，得去府城另尋良醫。

三人出門，看見坐在牛車上等的佟保信。原來三叔公得了消息，早早打發小兒子來，好送她們去縣裡。

有牛車搭，比走去縣城要快許多。一行人到達時，醫館才將將開門。

留著白鬍子的老大夫幫佟香香看頭上的瘡口，摸了脈，問了衣食起居，寫下兩個藥方，讓他們去抓藥。

「一個內服，一個外敷。切記，不要常常待在陰冷潮濕的地方。」

佟香香忍不住問：「大夫，這病傳人嗎？」眼神裡充滿緊張。

「莫擔心，不傳人。」老大夫看著她，笑了笑。「但也要好好將養。小姑娘切莫心浮氣躁，舒心靜氣，病才好得快。」

「謝謝大夫。」佟香香險些又掉下淚來。

金巧娘拍拍佟香香的肩，接過藥方去抓藥。

老大夫見佟香香不擔心會不會留疤，反而擔心傳給旁人，笑著摸了摸鬍鬚。「小姑娘想不想讓頭上的瘡好得快些？」

佟香香擦了淚，這會兒沒了顧慮，她還想盡快幫佟秋秋做生意呢，自己也能掙上錢，忙點頭應是。

「那就要把長瘡部位的頭髮全剃掉，以免讓頭髮上的污物沾染到瘡口上，恢復得更快。妳可願意？」老大夫道。

佟秋秋本以為小姑娘家愛美，就算願意，也會考慮一二，沒承想佟香香立即點頭。「您幫我剃了吧。」

老大夫彷彿就等這句話，立刻從把脈用的案桌抽屜裡拿出一把刮刀，走到佟香香身前，讓她低下頭，開始剃髮。

佟秋秋傻了。她也認為剃髮能讓佟香香的病症好得更快，而且這老大夫一看就是醫術了得，極有經驗，但為什麼總感覺老大夫剃髮的動作太順溜了些？

老大夫滿意地幫佟香香剃髮。現在的病人喲，看個病就愛推三阻四，尤其是關於儀容的地方，完全不能滿足他幫人剃髮的小愛好。

剃了頭髮，老大夫讓小學徒打水來，清理瘡口上藥。

病能治好就是好消息，幾人提著的心落下，高興起來，這下佟香香不用擔驚受怕了。

金巧娘花了三錢銀子，領了藥。從頭到尾，用的時間不過兩盞茶工夫。

一行人謝過老大夫，出了醫館。

佟香香戴上頭巾，略遮掩頭上光禿禿的一塊，掏出荷包，就要把錢遞給金巧娘。

荷包裡裝的是她存在佟秋秋那裡的銀錢。昨兒佟秋秋便交給她了，說手裡有錢心不慌。以後待在他們家，也不用擔心錢被大伯母搜走，自己要學著管帳。

金巧娘把佟香香的手推回去。「自己好好收著。給妳看病的錢，二伯母還有。」

見金巧娘的態度不容反駁，佟香香只好把錢收回去，把二伯一家的好記在心裡。

既然來了縣裡，金巧娘正好要買些麵粉，還有針頭線腦，就逛起了集市。

早上的集市，有許多賣菜蔬的小攤小販，來往都是吆喝聲。

佟秋秋一路看過去，琢磨著做個什麼營生，好讓佟香香忙。這丫頭剛搬來，一時肯定不習慣，得讓她沒工夫多思多慮，安心待下來才是。

她正想著，有個挑擔子的中年漢子叫賣著，迎面而來。

佟秋秋瞧見籮筐裡又大又紅的紅棗，忙叫住中年漢子。「你這紅棗怎麼賣？」

「一斤七文錢。」中年漢子看著這臉嫩的姑娘，試探著道。現在山裡的棗子都成熟了，多得不稀罕，賣不出好價錢。

佟秋秋摸著果肉飽滿的棗子，心裡有了主意，直接說：「給我二十斤。」這種曬乾的紅棗，就算買多了，一時半會兒也不擔心會壞。

中年漢子高興了，秤了重，籮筐裡的紅棗是二十一斤有餘，乾脆連籮筐一起給佟秋秋，多的就當送的。

漢子爽利，佟秋秋也痛快地付了錢，佟保信幫著把紅棗搬上牛車。

「大叔，要是之後我還要紅棗，上哪裡找您買？」佟秋秋笑著問。

「我是牛欄村人，姓馮。小夥子是哪個村的人？你若要紅棗，就去張記香燭鋪找叫馮五的夥計，那是我姪兒，告訴他要多少。如果是二十斤以上，我還能送過去。」

金巧娘聽這漢子管自家女兒叫小夥子，眉心跳了跳，盯著女兒今兒穿的衣裳，頓時不順眼了。

平常習慣看她打扮成小子，沒覺得不對勁，但長久下去，沒個姑娘的樣子，以後婚嫁可怎麼辦？

佟秋秋不懂她娘的擔憂，報了住處。

漢子連連點頭。「好，我記住了。」

買了紅棗，她回頭對金巧娘一笑。「娘，怎麼啦？擔心我多花錢？」拍了拍胸脯。「放心，絕對賺得回來。」

金巧娘看著把平平胸脯拍得啪啪響的女兒，眉頭都要打結了。這死丫頭……她真擔心那地方以後就不長了。

哎，不會，女兒隨娘。金巧娘想著就煩心，橫了女兒一眼，不理她了。瞧瞧姪女香香多乖呀，回家就要好好收拾女兒。

無知無覺的佟秋秋開始買買買，像芝麻、糖、麵粉等等。路過賣牲畜的商販，見有奶羊，又買了一頭。

金巧娘的眼神殺過來。怎麼還買上奶羊了？

佟秋秋眨了眨眼，表示要做買賣，不買不行。

這是要做什麼買賣啊？金巧娘只能默許了。不許也不成，女兒手裡有錢。

買了羊，佟秋秋聽見牲口棚裡的驢叫，手伸過去摸摸。這驢也乖，乖乖地任她摸。

哎呀，馬對她來說是龐然大物，不會騎，感覺還挺危險的，驢子就好多了。

沒匹寶馬坐，騎隻驢子總可以吧？

一看女兒那眼神，金巧娘上去便擰她的耳朵。「兜裡還有幾個錢，心裡沒數？哼，妳給我的那筆錢，就別想了；放在妳手上的，全讓妳揮霍光了。」

「哎喲，娘，不買了不買了。」佟秋秋識時務服軟，心裡想著，等拿到季知非的尾款，她就要買驢。

她也要當有車一族，不要再用走的來回縣裡啦。

而後，佟秋秋又轉去醫館，買了些杏仁才罷手。

東西買完，一行人打算打道回府。

金巧娘想起一件事，悄聲問佟秋秋。「妳是不是有事沒辦？方子教完了？」

佟秋秋撓撓頭，她都想好了，今兒陪佟香香看病，要是趕不及過去，就放季知非鴿子的。沒承想來得早，去醫館解決得也快，瞧瞧天色，這會兒還不到巳時，應該趕得上。

佟秋秋想了想，還是決定過去。誰叫前頭有一百兩銀子吊著呢，她必須好好對待客人，早日拿到尾款。

有了尾款，就能有她的驢車啊。

金巧娘想跟上去看看，佟秋秋眼皮子直跳，忙道：「娘，您不相信我啊？放心，我去慣了，沒問題。」她一直拿福來酒樓當幌子，她娘去了，豈不穿幫。

佟秋秋好說歹說，讓她娘一行人先回去，還不忘對佟香香委以重任。「幫我準備三、四斤山藥跟芋頭。」

佟香香連連點頭。

送走他們後，佟秋秋坐船去府城。船剛靠岸，便匆匆下船趕路了。

巳時一刻，季恆看著沙漏，出了聲。「丁一，最近我是不是對人太過冷淡？」

啊？丁一有點懵。「不是一直這樣嗎？」

季恆側頭瞧他一眼。

丁一忙捂住嘴，少爺莫不是擔心人家小姑娘不願意貼他冷臉，不來了？他覺得少爺有點怪，又說不上來。

他放下手，安撫季恆。「許是有什麼事耽擱了。佟秋秋那財迷，捨不得半途而廢的。」

季恆揮揮手，示意丁一閉嘴。是了，他不要緊，要緊的是銀子。

瞧他這張沒用的嘴。丁一感覺以少爺為中心，冷氣擴散。

唯有黑豆這隻老狗毫無畏懼，乖乖地趴在季恆腳邊，用爪子輕輕拍了拍他的褲腳，似在安撫。

這時，一道熟悉聲音響起，對丁一來說簡直是天籟。

「少爺，佟姑娘到了。」劉媽帶人來了。

「進來。」季恆蹲下身，摸了摸黑豆的頭。

自家少爺雖然還是那張冷臉，但已經沒了剛才凍死人的寒氣。

這……丁一瞄了瞄黑豆，又瞄了瞄進門來的佟秋秋，不知該謝誰。

今日的授課格外順利，臨走前，季恆還送佟秋秋一粒金花生，說是對她教授認真十分滿意的謝禮。

天啊，還有這等好事。佟秋秋看季恆那張冷臉，頓時覺得順眼極了，這般出手闊綽，她心甚悅。

好運爆棚的佟秋秋，從梅縣回扶溪村的路上，還遇到一輛運貨去環心湖的牛車，願意載她一程，欣然付了車錢，搭了順風車。

卻說佟香香這邊，從縣裡回來後，便由金巧娘陪著她去大房收拾行李。

曾大燕緊跟在她們身邊，一眼不錯地盯著，生怕被她昧了東西。

佟香香能感覺到那頻頻朝她刮來的眼刀，忍著想瑟縮的衝動，鼓勵自己，以後就不在這裡生活了，她不怕。她要好好掙錢，努力過好自己的日子。

不過是幾身衣裳鞋襪，都是撿佟貞貞穿舊的，也沒什麼貴重東西要帶走，拾掇得快。

跨出大門，走出這個生活了十二年的地方，佟香香心裡滋味難言。她要離開這裡了，這座青磚大瓦房——她爹掙命換來的大屋。

最後看了一眼，她扭過頭，義無反顧地跟著金巧娘離開。

回到家，佟香香和金巧娘把她要和佟秋秋一起住的屋子重新清掃了一遍。

金巧娘挪動原來呈拐角狀的兩張床，現在兩張床並排放著，佟香香睡裡頭那張，佟秋秋睡外頭那張。中間放了案桌，可以擱些小東西。

衣箱是金巧娘騰出來的，是從娘家帶來、已經十多年的老東西，但用得珍惜，沒有破損，讓佟香香湊合著用。

哪裡會湊合，佟香香覺得已經極好，很感激金巧娘的體貼，心裡又十分忐忑，害怕隨時會失去這一切。

她覺得自己是賤骨頭，怎麼受著好，還於心不安呢？

她不禁想起奶奶還在的時候，除了衣箱，她還有個裝小玩意兒的小木箱。後來，奶奶去世，大堂姊搬來和她一起住，大堂姊的衣物和她的衣物、小玩意兒放在一起。後來，小玩意沒了，衣箱和小木箱也不許放她的東西，再沒有什麼屬於她。

佟香香決定不讓自己胡思亂想了，想起佟秋秋的囑託，轉身去辦，讓自己忙起來。

待佟秋秋回到家，她爹正在做木床，一看就是給佟小樹和小苗兒暫時睡的。做工簡單但結實，夠用到搬新家了。

佟香香聽到前頭的動靜，朝前院喊：「是姊回來了嗎？」

佟秋秋答應一聲，朝後頭走去，聽見被拴在牆根的奶羊咩咩叫喚，嘿嘿一笑。「你也知道我回來了。」

小苗兒正餵草給家裡的新成員吃，見佟秋秋過來，丟了草，撲過去牽她的手。「姊，咱們家的羊養肥肥了，吃肉嗎？」

「想吃肉了，咱們去買，這隻留著產奶用。以後咱們小苗兒喝奶，長高個兒。」佟秋秋打量小苗兒，臉比最初她回來時圓潤許多，彷彿還長高了些，但依然得好好補補。

「我又不是奶娃娃。」小苗兒嘟嘴。

「不是奶娃娃也能喝，咱們家一起喝。」佟秋秋說著，轉頭看向佟香香，見她已經把山藥和芋頭清洗乾淨放好了。

佟秋秋對她豎大拇指，擼起袖子道：「等我去摘個南瓜過來，今兒晚飯咱們吃蒸糕，之後掙錢就靠這個了。」

知道是掙錢用的，佟香香高興地笑道：「要不要削了山藥和芋頭的皮？」

「要。」佟秋秋點頭，到自家菜地裡摘了南瓜，讓佟香香削皮，她去擠羊奶。

第二十八章

「羊咩咩，你乖乖的，我就擠點奶。」佟秋秋挨過去，摸摸奶羊的毛。她沒擠過羊奶，打算培養培養感情再動手。

佟秋秋安撫奶羊半天，洗了手，端水幫奶羊清洗產奶的部位。

奶羊挺聽話的，沒亂動，頓時讓她信心滿滿，準備擠奶了。

佟秋秋拿了接奶的盆子，緊張地搓搓手指，把盆子擱在奶羊身下，試探地捏了一邊。

結果奶羊用力蹬腿，高聲叫起來，嚇了她一跳，忙後退一步。

一旁的小苗兒跟著哇哇叫，覺得有趣，又有點害怕。

不知是不是佟秋秋把奶羊捏痛了，她一靠近，牠就朝後躲。

這怎麼辦？佟秋秋感覺有點棘手。

「我試試？」佟香香削好皮，見佟秋秋還在跟奶羊鬥智鬥勇，沒擠成奶，出聲道。

「不成，傷到妳就不好了。」佟秋秋打算一鼓作氣衝上去，這回絕對要制伏牠。

「秋秋，手放開！」佟保良在前頭聽見奶羊的慘叫，過來一看女兒那樣魯莽地抱住奶羊的腿擠奶，把女兒拽到一邊，安撫地摸了摸羊背，轉頭對她道：「看好了。」

佟秋秋見她爹兩手幫奶羊按摩，奶羊便不反抗了。而後兩手握拳擠壓，就擠出奶了。

「爹真棒，連擠羊奶都會。」佟秋秋蹲在一旁，看得目不轉睛，她爹可真是多才多藝。

佟保良好笑道：「爹在桂山村學手藝，那裡養羊的人家多，看多就學會了。爹還和那裡的村民一起接生過小羊羔呢。」

佟秋秋笑。有她爹在，將來生意做大，一頭羊不夠，再添幾隻羊都不怕了。

佟保良還不知自家好閨女又替他攬活了。佟香香和佟秋秋排排坐，看他擠奶，也覺得她二伯很厲害。

最後得了一盆奶，有快三斤重，佟秋秋笑呵呵地摸摸奶羊。「咱們家的大功臣啊。」

奶羊似乎還記著仇，扭頭給她一個後腦勺瞧，長長咩了一聲，彷彿表示嫌棄。

佟香香不由抿嘴笑出聲，小苗兒的眼神落在羊奶上，湊過去嗅了下，捏著小鼻子走開。

「不好聞。」想想他姊還要一家子都喝，小臉上都是為難。

佟保良失笑地搖搖頭，牽起小苗兒。「跟爹去前頭。你姊要做飯，別在這裡淘氣。」

被奶羊嫌棄了，佟秋秋皺皺鼻子，轉移陣地去廚房。

她把鍋燒熱，倒入羊奶，再加杏仁煮。待羊奶中的腥羶味沒了，就可以起鍋。

佟秋秋讓佟香香仔細聞聞，佟香香點頭。「不腥了，還有點淡淡的杏仁香。」

「接下來就是做蒸糕的步驟，妳一點一點學。待病好了，就做了賣。」佟秋秋說著，洗鍋，倒水，放蒸籠，把南瓜、山藥、芋頭切塊放進蒸籠。

佟香香點頭，這是佟秋秋教她的本事，她一定好好學。

等待蒸熟的工夫，姊妹倆端了板凳，坐在廚房裡聊天。

佟香香要拿出自己的所有積蓄入股，這些都是跟著佟秋秋掙的。她有點不好意思，錢不多，肯定不夠本，連一隻羊都買不起。

佟秋秋讓她先欠著，記著帳，算她占五成。見佟香香要推辭，出聲勸她。

「妳別推辭，以後還得由妳做。守在廚房多累啊，我可撿便宜了。」佟秋秋道。這是她給親親堂妹的價沒錯，可之後她不會單做這個買賣也是真。上輩子受過這種苦，這輩子雖然也要掙錢，但不能把自己繃得太緊了。

不過，佟香香不一樣，手裡沒著沒落，就想抓住如錢這般實實在在的東西。這種感受，佟秋秋是懂的。

佟香香還是搖頭，說什麼都不肯。她跟著學了做吃食的手藝不說，就她手裡那些銅錢，跟空手占分子沒差多少，怎麼好意思占五成？雖說欠下的記帳，以後還上，她知道這是佟秋秋想幫她，但哪有這樣的好事。

佟香香態度堅決，佟秋秋說了一堆起早貪黑多累的話，這丫頭也不肯。最後好說歹說，訂下佟香香占三成半的結果。

佟秋秋抹了把汗，這丫頭忒難說服，太死心眼了。

說話的工夫，蒸籠裡已經冒出團團熱氣，等裡頭的南瓜、山藥和芋頭都蒸軟了，佟秋秋用布墊著手，將蒸碗拿出來，而後和佟香香把它們分別搗成泥狀。

佟香香看著佟秋秋的手勢和用量，見她在搗成泥狀的南瓜裡加入去腥後的羊奶、糖，攪和均勻，再加入老麵和麵粉。

佟秋秋的動作如行雲流水般又快又穩，一點麵粉都沒灑出來，一邊加、一邊攪拌到濃稠為止。而後，拿出乾淨的蒸碗，在碗的內壁刷上一層油，把濃稠細膩的南瓜糊倒入其中。

接著，佟秋秋用紗布蓋住碗，才罷手。「好了，等兩刻鐘，發酵好了，撒上芝麻和切碎的紅棗粒，就能上鍋蒸熟。看清楚步驟了嗎？」

佟香香點頭，捏了捏拳，她也要這般熟練才好。

接下來，佟香香做山藥和芋頭口味的蒸糕，佟秋秋從旁指點。

佟秋秋見她手腳放不開，生怕灑出去了般，便道：「弄出碗外也沒關係，剛開始都是這樣的。要是妳放不開手做，一整天也做不出幾個來，要怎麼賣呢？」

佟香香聽了，動作大了些，但片刻後又恢復成小心翼翼的樣子。佟秋秋就在旁邊提醒，三句有兩句要提一提做得快掙得多，將來數錢多開心呀。

見佟香香放鬆下來，佟秋秋嘴巴也乾了，喝了水，坐在一邊看著。

她不由想起，在異世學手藝時，老師傅只願意做一遍給她看，她用自己攢的那點小錢去買麵粉跟材料，浪費掉一點都肉痛。老師傅看不過去，還笑話她是小守財奴。

然後，她做的第一個蒸糕，就被打了手心。

憋著淚捧蒸糕回去的路上，就見到一個比她慘的。季知非那傢伙被孤立不說，晚飯還被幾個小孩子打翻，蒸糕就便宜了他。

她第一次學手藝做的蒸糕啊……雖然味道肯定不怎麼樣，可惜她一口都沒嚐。

待佟小樹下學，金巧娘收了麵攤回家，一家人齊聚。佟秋秋帶著佟香香上了蒸糕，每人還有一小碗杏仁羊奶。

每個蒸糕都是一只湯碗的大小，三種口味就是三個，分量十足。

小苗兒翕動著小鼻子嗅碗裡的羊奶，咦，一點都不難聞，還很香呢。他看看爹娘，怎麼不開始吃？他都要忍不住啦。

佟秋秋能做出好吃的，佟小樹早已經不奇怪了，但還是被蒸糕的香味勾起了食慾。

金巧娘看女兒一眼，女兒還有多少她不知道的手藝？看來那異世確實不是什麼鬼地方，好東西不少。

佟保良咳了一聲。佟香香搬過來，第一次全家一起吃飯，他想說幾句文謅謅的吉祥話，但一時嘴拙，不知道說什麼，便道：「吃吧，我也嚐嚐我家兩個姑娘的手藝。」說完，筷子伸過去，卻不知怎麼吃，不由看向女兒。

佟秋秋在心裡憋笑，她爹要抒情一下，結果沒抒發出來。又被這動作一提醒，頓時想起，她做的蒸糕大，必須切開，不然用手捏下一塊來啃也不方便呀。

「等等啊。」佟秋秋跑去拿刀，把蒸糕各切成六塊。

於是，大家就著杏仁羊奶，享用甜香軟糯的蒸糕，細品南瓜、芋頭、山藥的香，感受芝麻和紅棗混合的美味。

其中，南瓜蒸糕最為蓬鬆綿軟，入口細膩，略嚼幾下便在嘴裡化開，十足好滋味。這樣的蒸糕，上到六、七十歲牙口不好的老人，下到嫩牙口的小兒都能吃。

至於芋頭和山藥蒸糕，相較之下，口感差了些。但就鄉裡賣的吃食來說，也不錯了。

佟香香感受著其中的差異，沒有氣餒。佟秋秋說了，她第一次做成這樣，已經很有天分。不知道是不是安慰她的話，但她一定不能辜負她姊的期待，做出更好的蒸糕來。

佟保良夫妻和兩個男孩相當捧場，沒有厚此薄彼，將蒸糕全吃進了五臟廟。

當日夢中，每個人的嘴裡彷彿還留有甜香。

但佟秋秋睡著了，依然摸著自己的耳朵。

哎喲，老娘擰得可真痛。她才多大，她娘就擔心她的發育了。還有衣裳，穿著男裝多方便出去行走，趁著現在胸部平平，得多多利用才是。

時間一晃而過，轉眼到了九月十八，金家鋪子掛匾開業。

這麼好的日子，佟秋秋一家當然不會錯過。金巧娘提前幫一家人預備新衣裳，問過兩個姑娘想要的顏色後，分別挑了水藍和桃粉的布做衣裙，幫兩個小子做的則是天青的上衣和褲子。而她和丈夫到底不捨得花費，選了價格低一等的青布做新衣。
佟秋秋和佟香香換了新衣，佟秋秋讓佟香香坐在凳子上。
佟香香穿著新衣，心裡高興，又有點害羞。「姊，這是要做什麼？」
「新日新氣象，幫妳梳個新髮髻。」佟秋秋笑著按她的肩。
佟香香頭上的瘡已經結疤，但那一處的頭髮還沒長出來，出門仍是要用帕子遮一遮。
佟秋秋取下她的頭巾，散開她的頭髮，拿著梳子避開結疤處，自上而下，把打結的地方一點一點梳開。
「姊，妳梳頭不會疼，還很舒服。」佟香香抿嘴笑了。她梳頭時，遇到打結的地方就是一扯，扯下結子和一些斷髮，也就梳通了。
「不要用力扯。妳看妳的頭髮又黑又密，多麼漂亮，旁人想要都要不來。」佟秋秋摸了佟香香的頭髮一把。
佟香香很少被人誇獎，有些臉紅，嘴笨地說：「姊，妳的頭髮也很好看。」
佟秋秋笑出聲，她倆這是互相拍馬屁。
笑完後，她用佟香香額前的頭髮編髮辮，把手帕編進髮辮中，往上盤，正好遮住沒頭髮的那一塊。
接著，她把上面的頭髮和髮辮挽成一個髻，剩下的披散下來。沒有額前碎髮的遮擋，露出光潔額頭，圓圓臉蛋配上濃眉大眼，不需要妝點，就已經十分可愛。

一會兒後，金巧娘打量著從廂房出來的兩個姑娘，越看越滿意。

佟秋秋成天穿那兩身用她爹舊衣改小的衣裳，村裡不少閒言碎語，說她是野丫頭、不正經云云。

她這做娘的聽了上火，可佟秋秋一丁點都不在意，還和她講道理，說這樣外出行走和做買賣方便，堅持不改，她只好任由女兒那樣穿了。但這並不代表她希望佟秋秋像個假小子的模樣，誰不希望自家女兒漂漂亮亮的。

果然，佟秋秋換了打扮，梳起女兒家的髮髻，小臉瑩白，長眉彎彎，眼尾略長但眼睛卻不小，朝人看去時，眼睛像會說話似的，明豔漂亮。

再看佟香香，換了新衣裙，梳了漂亮的頭髮，變化也不小。以前她都是撿佟貞貞的舊衣穿，洗得脫色。如今這身桃粉新衣，配上濃眉大眼的長相，怎麼看都是活潑可愛的姑娘。

都說人靠衣裝馬靠鞍，這話不假。

至於兩個小子，清秀的臉蛋搭著天青色新衣，顯得一個俊美斯文、一個憨態可掬。

金巧娘又瞥了眼丈夫修過面、顯得年輕許多的臉，心裡偷樂。當初看中他，第一是看中他為人踏實，不是那虛浮的性子；其二就是瞧中他的長相，不由多瞧了幾眼。

佟保良輕咳幾聲，提醒媳婦兒，兒女還在呢，收斂一點。

金巧娘隨即把目光轉向孩子們，越看心裡越美，這都是自家的呀。

佟小樹被他娘瞧得有些不好意思，催促她快點，還得去金家鋪子賀喜呢。

一家人換上新衣出門，遇見村人都被問候幾句，得幾句善意的玩笑。

起初，小苗兒還輕手輕腳，生怕弄髒衣裳。走了一段路，便原形畢露，蹦蹦跳跳起來。佟香香走路看著腳下，看到坑都要牽著佟秋秋繞道走，萬一新鞋子髒了，可得心疼。她打算賀完喜後，就趕緊回家，把新衣新鞋換下來放好。

佟秋秋見佟香香緊張兮兮的樣子，也不說她，跟著她繞路走。她是向季知非請一日假來賀喜的，其實她壓箱底的技巧已經被他壓榨完，能功成身退。可季知非這認真的學生說不行，還得測試他的成果，且再等上一天。

過了明天，她就自由啦，彷彿看見一百兩元寶對她邁著小短腿跑來。

書院旁的山丘邊，野菊花開得燦爛，季雲芝摘了一朵，瞧見走來的一家子，點了點佟貞貞的胳膊。

「那不是妳二伯一家嗎？」

佟貞貞轉過身，看著一身新衣、滿臉春風，正跟經過的村民笑著寒暄的一家人。

她盯著佟秋秋半晌，又去打量大變樣的佟香香，暗暗哼了一聲。不過是為了表示他們家對沒人要的姪女多好，得個好名聲罷了，且等著這家人沒了耐心，等著佟香香摔進泥坑裡那一日。

「妳們姊妹三個都是好相貌。」季雲芝誇了一句。以前沒注意，佟香香打扮齊整了，是挺大方的長相。佟秋秋更不用說，眉眼明媚，眼神輕靈，雖然沒有大家小姐的禮儀，舉止有些粗蠻，但不得不承認，她的一舉一動都格外引人注目。

佟貞貞摸了摸臉，她一直以自己的長相為傲，但被誇時捎帶上佟秋秋和佟香香，心裡就有些不舒服了。

「我們這算什麼，誰見了妳不誇？人品、才德哪樣是她們能比的，將來是要嫁進好人家當奶奶的人。」佟貞貞說著，瞥佟秋秋他們一眼。「鄉野丫頭，沾了點銅臭就顯擺了。」

她和族長的孫女季雲芝交好，還認識府學教授家的女兒，那才是真真書香門第的千金小姐，舉手投足都是那等人家才能孕育出的涵養。她跟這些身分的女兒家相交，才不失面子，將來……

「那不是大堂哥嗎？哦，定是聽了爺爺的吩咐，去金家道賀的。」季雲芝瞧見對面那個頭戴方巾、穿著一身鴉青色長衫的秀雅男子——她的大堂哥季子善。

佟貞貞的目光追著那抹鴉青色身影，不覺絞著手中的帕子，臉色染上緋紅。

佟秋秋一家到時，金洪在鋪子外放了爆竹，和親爹、兄弟迎接本家族親、姻親故舊，以及村裡的鄉親們。

上個月月尾，小舅母彭氏生了個大胖小子，現在家裡坐月子，外婆朱氏在家看顧她和小嬰兒，便沒過來。今天由大舅母方氏和大表姊金惠容端了茶水招待來客，桌上擺著炒好的花生、油炸貓耳朵、油酥豆等各色零嘴，以及一盤滷味拼盤。

金家的鋪子是單獨一間，建起來快，但放眼望去，街上還有幾家在之前蓋好開張的。如季家族中便有賣飯食的、有經營茶室的。尤其茶室，生意很不錯，地方雖小，茶水卻很清甜，聽說是季族長的三兒季慷在打理，常招待被地主、富戶派來張羅建宅、建鋪子的管事。

這些地主跟富戶，當初打的主意就是建宅供自家兒孫讀書，但也精明得很，現在瞧著地界有發展之勢，便建起鋪子來。掙錢還供兒孫讀書，兩全其美的事，當然更樂意了。

所以，這條街道上，還有不少新蓋起的磚牆，其中就有佟秋秋家的。佟秋秋邊走邊朝自家那邊看去，一進宅院的高牆已經建起，能看見屋子和鋪子的雛形。

如今，這地方也有了名字，再不是當初雜草橫生的荒地模樣，人稱環心湖新街，簡單一點就叫新街。

新街上每天都有人挑著東西來賣，加上從附近村子來趕集的人，儼然成了熱鬧集市。

金巧娘和丈夫、孩子們進了店，向娘家人道賀。今天金大川精神極好，嘴角笑紋都比平時深，看著幾個孩子格外高興，還從袖袋裡掏出一個荷包遞給佟香香。

「拿去買零嘴吧。」

金巧娘見佟香香羞赧的樣子，笑道：「快接了，這是外公給妳的。」這次她帶佟香香來，就是來認人的。以後佟香香跟著她，就當自己孩子看了。

佟香香聽到外公兩個字，險些掉下淚來，趕緊忍住，忙道謝接過荷包。

金家父子還有許多客人要招呼，大女婿一家也不是外人，便迎客去了。

早來一步的金雲娘抱著兒子錢元茂，過來對金巧娘玩笑道：「今天大姊可遲了一步。」又讓兒子喊人。

錢元茂奶聲奶氣地乖乖喊人，佟香香聽著這麼小的小豆丁叫她香香姊姊，不由摸了摸他的小手。

金雲娘看金巧娘一家的新衣裝扮，不忘誇獎。「孩子們這樣打扮可真好看。姊姊也是，都換了新衣裳，也不幫自己挑點鮮亮的顏色。」

金巧娘笑道：「我都多大年紀了，還穿那些。」

佟秋秋聽了，拆她的臺。「娘就是捨不得給自己花錢。才多大年紀，連三十歲的生辰都沒到呢。」

金雲娘哈哈大笑。「還是女兒了解妳吧。」

金巧娘沒好氣地拍了佟秋秋一下。

佟小樹和小苗兒向外公和舅舅們道賀完，就跑去看自家宅院了，心裡俱期盼不已。如今還沒建成，但看著就高興，他們馬上也有新房子住啦。

佟香香跟佟秋秋一起吃了點心、喝了茶水，看著熱熱鬧鬧的人，對佟秋秋耳語幾句。

佟秋秋看看佟香香那亮晶晶的眼睛，這丫頭一日也不讓自己閒著啊，瞧她期盼的樣子，只得點頭。

蒸糕已經打出名聲，佟香香掌握了做的技巧，手藝不比她差，做好便提著籃子去賣。每日她倆一塊兒起床，她去府城，佟香香就開始做蒸糕。待她從府城回來，佟香香已經開始為明兒的蒸糕準備了。從一日比一日多的進帳來看，生意好得不得了。

這個賣力勁兒，佟秋秋看著又是欣慰、又是心疼。既然不能阻止佟香香，就讓佟香香的路更順暢些。

她買了紙筆回來，做了幾冊小本子。現在佟香香認的字都是《千字文》上的，只會用棍子在地上比劃。她要佟香香和她一起抽出天黑之前的時間來練字，學著記帳本。

起初佟香香不肯，有這個工夫，她更願意多做幾個蒸糕。佟秋秋認認真真勸她，現在小生意，一天對一次不會錯，將來掙得多，萬一記不清就鬧笑話了。又講起記帳的重要，人家大鋪子的掌櫃都要會的，能弄清楚之前賣得好不好，又能算出得買多少麵粉跟用料。

她費了一番口舌，總算說服了佟香香。

如今，佟香香已經能像模像樣地用帳本記帳，雖然字時常寫得缺胳膊少腿的，但進步很大了。

鄉下人家沒有那麼多繁文縟節，今兒來金家道賀的，還有不少村裡人，店裡也接待不了，許多人喝過茶水，略坐坐便離開。

於是，佟香香笑著向金家舅母告辭，腳步輕快地回家做蒸糕了。

另一邊，錢宗治正與道賀時遇到的同窗季子善一桌喝茶，看見匆匆離去的桃粉身影，眼裡的驚詫神色一閃而過，而後露出笑容。

「宗治，你笑什麼？」季子善見他變化的神色，不解問道。

「沒什麼。對了，先生上堂課留下的功課，你可完成了？」錢宗治轉了話頭。

季子善順著這話聊起來。原本是硬扯出的話頭，但說著說著，兩人都忘了其他。

旁邊一桌是幾個七、八歲的小子，家裡沒來道賀，跟著客人混進店裡蹭點吃喝。那滷肉，他們老早就聞過香味了，只是家裡不給錢買來嚐鮮，這下可得吃上一回。

佟秋秋留下幫忙替客人添茶，就看見這些小子的嘴角油汪汪，一臉心虛的樣子，便知道是怎麼回事，也不拆穿，在他們茶杯裡添了茶水就離開。

小子們見到佟秋秋，有些心慌，卻故作鎮定，見她笑著倒完茶就走，輕吁一口氣，臉也紅了，時不時偷偷朝她那邊瞥一眼。

這就是兄姊跟大人嘴裡的野丫頭？長得真好看。

第二十九章

栓子家則是爹娘和奶奶都來賀喜了，一起來的還有季子旦一家。

兩家人進店，亮堂堂的鋪子窗明几淨，一排擺得整整齊齊的簇新桌椅板凳、乾淨的櫃檯，讓他們的眼睛都不夠看了。

村裡人也能有如城裡一般的鋪面哩。兩家人想好好打量這敞亮的鋪子，但沒忘記今兒來的目的。記著當初佟家遞信讓他們提前買了地的情，今兒金巧娘娘家有喜事，他們是特地來賀喜的，都帶了東西，季子旦家是一兜雞蛋，栓子家是一板豆腐。

金洪向兩家人道謝，要女兒倒茶待客。

兩家人喝著茶，環視鋪子一圈，心動不已。以往不敢想的美事，這會兒親眼看見金家的鋪子，恨不得也立刻建起這樣一間店鋪來。

衝著如今這條街興旺的模樣，再看金家賣滷肉的好生意，將來即便自家不做買賣，租出去也是個進項啊。

栓子的奶奶吳婆婆手裡拽著家中多年的積蓄，建鋪子的錢已經夠了，但拿出來就是掏空家底，因此一直觀望著。

現在，她下定了決心，宜早不宜晚，也先建個鋪子。自家還有豆腐的營生，總歸是有進帳的，再謀以後。

季子旦他娘心裡也是貓撓似的癢，但自家錢不夠呀，只恨男人死得早，她一個寡婦忙活地裡、拉拔兒女，就費盡功夫，現在有心無力。就算去族裡借錢，也是借不到的。那些買了地的人家，都恨不得蓋起房子來，哪裡有閒錢借出去。

村裡人從前作夢都想不到，靠近環心湖的這塊荒地會有如今這番光景，扶溪村和甜水村的村民出去說嘴，都與有榮焉，說他們那塊寶地如今地價幾何，又多了多少攤子，蓋起幾間鋪子云云，連兩村男婚女嫁的身價都水漲船高。

今兒聽聞金家開業，即便不是來道賀的，也有許多男女老少來湊熱鬧。

劉痦子媳婦抱著懷裡的胖男娃，看著鋪子的大門，以及那上頭的紅底大字招牌，嫉妒得眼都紅了。

她瞇眼瞧見在前頭幫著舅母和表姊倒茶的佟秋秋，咬了咬牙，戳了跟木頭似的女兒劉翠兒一把。

「眼饞死妳！不機靈點，不和佟秋秋那丫頭交好。妳瞅瞅栓子、大旦家跟在佟家後頭買的好地，不知沾了多少好處。」

劉翠兒瞪圓了眼睛，盯著佟秋秋那身簇新漂亮的水藍衣裙，冷不防被她娘一戳，身子歪了歪，卻不吭氣，心想要不是她娘不許她和人家玩，人家也不會不理她。

胖男娃聞到金家鋪子傳來的滷肉香味，口水滴落，劉痦子媳婦隨手用袖子擦了一把，瞅見季子旦湊上去和佟秋秋姊妹說話，一個勁兒推著劉翠兒。

「快去找秋秋那丫頭套套近乎。以後有什麼好處，咱們家也沾點。」

劉翠兒穿著一雙補丁布鞋，腳蹭了蹭地面，看佟秋秋舉止大方從容，面對許多人，沒有一點羞怯扭捏。又想起剛才看到的、同樣一身新衣裙的佟香香，連這無父無母的丫頭，從前比她還可憐的，現在都光鮮起來。抿了抿嘴，恨不得把頭低到地裡。

見女兒不動，劉痦子媳婦罵了句沒用的東西，丟下她，找村裡來看熱鬧的媳婦說話去了。幾人免不了要說幾句吃不到葡萄說葡萄酸的話，正說得開心，就見挺著細腰、款款踱步而來的袁細妹。

瞧那做張做致的，不知道的以為是哪家的當家太太呢。劉痦子媳婦暗自撇嘴，而後想到袁細妹跟金巧娘的仇怨，跟聞到腥味的貓似的，湊上前招呼。

「哎喲，細妹呀，妳也是來向妳姨夫家賀喜的？」

「這等好事，我自是想上門道賀，但巧娘怕是不喜看到我，我就在外頭看看吧。」袁細妹難為情道。

「哎，多大的事，不過是些小爭執，巧娘的度量也太小了些。」劉痦子媳婦說著，一副為袁細妹不平的樣子。

袁細妹想到從她娘那邊聽到的消息，和她娘的吩咐，岔開了話。「咱們不說那些了。精誠所至，金石為開，姊姊總能看到的。」

劉痦子媳婦聽了，心裡呸了聲，繼續應和著。

袁細妹一副為金家開店高興的模樣。「最近真是好事多多，不說咱們扶溪村和甜水村，田坎村也出了一樁驚人的好事。」

這會兒站在這裡的就是閒磕牙的，聽見這話，紛紛圍過來。

「什麼好事？」

「就是……」袁細妹拿著帕子的手捂了捂嘴，好似顧慮什麼，頓住話頭。

一個愛聽東家長、西家短的婦人催她。「妳倒是說呀，咱們的胃口都被妳吊起來了。」

袁細妹小聲道：「田坎村的馬有才回來了，一身綾羅綢緞，行裝快讓馬兒壓彎了腰。聽說在外頭有了營生，不知掙了多少銀錢。」

「哎喲，那馬有才不是……」劉痦子媳婦一驚一乍，飛快瞥了正忙著和人寒暄的金巧娘一眼。

經劉痦子媳婦這一提醒，大家想起了往事，不好接話。

袁細妹用帕子抵著鼻尖，低頭不讓人看到她眼裡的幸災樂禍。

不知是誰打破了這分尷尬。「咱們問的是而今如何，妳接著說呀。」催促起袁細妹。

袁細妹似禁不住大家的催促，這才說了馬有才離鄉後發財的事。

「如今他衣錦還鄉，闊綽得不得了。」她又像說漏了嘴般，道：「當初我娘替巧娘相看的可是好人家，確實有本事，到哪裡都能掙得家業，結果金家當我娘不安好心，巧娘也對我有怨懟。大夥幫忙出出主意，我和巧娘該如何解開這個疙瘩？」

有些人曉得內情，知道馬有才是個無賴潑皮，呵呵兩聲，不搭話。

剛嫁進扶溪村的媳婦應和幾句。「都是陳年舊事，說開就罷了。」

另一邊，如今他家少爺都要出師了，丁一這個偷師的學生還在配色上苦熬。出於對他手藝的不信任，沒人肯讓他試。丁一只能在自己臉上練手，畫得跟鬼畫符有得一拚，眉毛可以畫成毛毛蟲。

佟秋秋每每見到，都會「細心」點評幾句，心裡樂呵呵，這就是傳說中手殘黨的手殘黨。果然有比較才有快樂，被他家少爺打擊的自信心，能找一點回來了。

今日佟秋秋早早過來，見丁一又在折騰自己的臉，想著是最後一天，心裡怪不捨的。但見這傢伙的臉蛋塗得跟猴屁股似的，很想笑怎麼辦？

一個沒忍住，佟秋秋噗一聲破了音，啊哈哈哈……笑得直不起腰。

「丁一，去洗把臉。」季恆閉了閉眼，不知是被自家小廝傷了眼，還是被佟秋秋的尖銳笑聲刺痛了耳朵？

丁一走了，現在只有兩人在房裡，外加懶洋洋、不想睜眼的老狗黑豆。

沒別人可選，佟秋秋這個老師不得不捨身取義，誰叫尾款還抓在人家手裡呢。

季恆似乎極滿意她的上道，讓她坐下，先幫她用布巾淨面。

佟秋秋閉著眼，感覺他的動作很輕，一點不似平時冷眼看人般的冰寒。刷子在臉上輕輕掃過，有點癢，但很舒服。

今兒的天氣真好，不熱不冷。一縷陽光照在身上，佟秋秋打了個小小的哈欠，仰著頭，手順勢垂下，搭在大腿上，迷糊入夢了。

季恆手上的動作一頓，看著佟秋秋如羽翼般微微鬈曲的睫毛，挺翹的小鼻頭，再到微微嘟起的嘴唇。唇色潤澤，是好看的粉色，微微翕動，輕輕呼出氣來。仔細聽，還能聽見細小的鼾聲。

他停頓片刻，開始在她臉上著妝，動作比方才更輕了幾分。

哐噹！似有東西落地。佟秋秋猛然一驚，要是身前有張案桌，準會一頭撞上。但前面毫無遮攔，身子便往前直撲而去。

「哎喲！」佟秋秋的嘴巴磕在堅硬什物上，撐起身子，也顧不得牙疼了，和一雙黑潭似的眼睛四目相對，就見季恆雙手往後撐著，才不至於因為她撲過來，仰躺到地上。

佟秋秋乾笑兩聲，看看他下巴上可疑的牙印，裝作若無其事，收回壓在人家胸前的手。

「是不是可以從我身上起來了？」季恆扭過臉，似不忍直視此等慘狀。

「少爺，我這就去重新打水。」原來是丁一把水打翻了，才鬧出這動靜。

這一打岔，佟秋秋趕緊從季恆身上爬起來，尷尬地摸了摸鼻子。

不一會兒，丁一端著水進來，就見他家少爺正用手指細心地處理一把沾染妝粉的小刷子。佟秋秋正扭頭看窗戶上的花鳥雕刻，心思似被全部吸引了。

「天啊！」丁一放下銅盆，上前幾步，看得更清楚些，便哈哈笑了起來，如以往佟秋秋笑話他一般猖狂。

佟秋秋無言。就算發現了她輕薄他家少爺，也不必笑得如此大聲。

丁一發現佟秋秋未曾察覺自己的異樣，趕緊拿鏡子，遞到她臉前。「有沒有很驚喜？」

佟秋秋無言。「……」剛才那一點點非禮了季知非那傢伙的難為情全沒了。這副尊容，絕對引不起一點誤會。

「哈哈哈哈！」此時丁一的臉洗得乾乾淨淨，早不是手殘後的尊容，覺得自己很有資格嘲笑佟秋秋。笑過後，還很為自家少爺得意。「怎樣，我家少爺易容的本事不比妳差吧？」

佟秋秋看了仍雲淡風輕收拾案桌的季恆一眼，咬牙切齒。很不錯，要說不是因為記仇，而是讓她在最後一天體驗被化妝成猥瑣小老頭的快樂，她是不信的。

瞧這傢伙小心眼的，小心肝黑呀，算上異世兩輩子，還是那般記仇。她對他傾囊相授不算，還用她的法子來治她，簡直是搬起石頭砸自己的腳。

佟秋秋氣呼呼，堅決不原諒他。

季恆咳了一聲，吩咐丁一。「去準備一百兩紅包來。」

「是，少爺。」丁一答應著去辦。

季恆見佟秋秋原本眼睛氣得圓鼓鼓，此時目光灼灼地看著他，慢條斯理接著道：「教學的成果很不錯，再添上兩成酬勞，作為謝禮。」

丁一拿來紅包，就見小老頭嘴角的兩撇鬍子直翹，樂孜孜地抱著銀子，露出一排閃亮白牙。哎喲，真是傷眼。

他轉頭，見自家少爺微微垂頭，還在專心致志地整理化妝用具，彷彿有什麼不同。但仔細一瞧，又沒什麼不一樣，還是無甚表情。可他分明感覺到自家少爺傳來的一絲絲愉悅。

一定是他弄錯了。自從跟著少爺後，他就沒見少爺笑過。真要笑，不過是扯動臉上的肉，假得不得了。

「名師出高徒，徒弟學成這樣，我心甚慰。」佟秋秋抱著銀子，眼裡都是欣慰，被化成小老頭也不介意了。要是季恆想再來一次，她也願意。一次二十兩，和撿錢有什麼差別？

為表誠心，佟秋秋表示不用卸妝，她頂著這個妝出去，保准別人看不出異樣。末了，她還厚顏無恥地對季恆道：「你要是找不到練手的對象，只要還是這個價，可以隨時找我。」

季恆無語。「……」

真是鑽進錢眼裡了，丁一嘴角直抽。

今日佟秋秋的穿著本是男裝，不用改了。收拾好自己的小布包，揹上就要離開。

「等等。」季恆阻止她。想頂著小老頭的臉出去，不要露牙就可以，但露出來的手得再處理一下。

佟秋秋低頭看自個兒白嫩嫩的手，抬頭對季恆道：「你真要餓死我這師傅了呀。」

「佟姑娘過獎。」季恆微勾起一邊嘴角，算是很滿意這句誇獎。

他把她的手塗成和臉、脖子同色還不夠，又在她手上畫出以假亂真的皺紋。至於牙齒就算了，還要熬了黑汁塗，佟秋秋想著，她又不是去幹什麼大事，沒必要。

幸虧她現在不靠這個吃飯，不然真沒活路了。

踏出府門時，她不忘拉個墊背的，對丁一殷殷叮囑。「遇到困難不放棄，瞅瞅你家少爺，不能讓你家少爺丟人。」

丁一氣結。小姑娘家嘴多壞啊，一點面子也不給！

佟秋秋七彎八繞地出了巷子，學老人家慢吞吞走路，眼睛四處瞄瞄，還有好心的年輕後生讓路。

還是好人多啊。佟秋秋正感慨呢，胳膊忽然被人一撞，身子如陀螺似的被撞了個左歪右斜，好不容易扶住牆，就看見始作俑者哈哈笑了兩聲，而後一張大嘴朝地上吐了口唾沫。

「老不死的東西，站不穩就回家躺著等死！」說完便揚長而去。

佟秋秋抖著手指，這無賴不正是以前跟在秦用身邊那個大嘴？她站穩了，四處看看，撿起一根棍子當枴杖用，還能敲他一記悶棍，便尾隨過去。

不知跟了幾條巷子，七彎八繞的，佟秋秋覺得不對勁，這傢伙要幹什麼？正當她打算動手時，大嘴腳步加快，到了一處掛著紅燈籠的後院。

院子裡傳來絲竹聲和男女的調笑，大概是一處風月場所。

不會是到了賊窩吧？佟秋秋避到拐角，掩藏自己，打消敲大嘴悶棍的心思。對付一個人還行，人多就是去送命了。安全第一，她可是惜命得很。

大嘴敲了後門幾下，有個穿紅戴綠的老媽子來開門。大嘴不知說了什麼，遞出碎銀子，老媽子揣進懷裡點頭，合上門。大嘴就在後門處等著。

佟秋秋察覺情況不妙，這大嘴不知在等誰，要做什麼事，扭身向後慢慢退了幾步，見後頭有雜草和棄置的破籮筐，便彎身躲進草堆裡。

她的耳朵仔細分辨著聲響，聽見門吱的一聲開了，腳步聲漸近。

是大嘴的聲音。「馬爺，您讓我查的事查過了，他確實在查他爹當年的死因。不過都十幾年前的事了，一把火燒得乾乾淨淨，人早在底下化成白骨，就算問青魚胡同的老街坊，也沒問出什麼來。但看他行事，是不打算放棄。」

他是誰？誰被燒死了？躲在草堆裡的佟秋秋頭皮發麻，這爛魚爛蝦湊在一塊兒，都是什麼玩意啊？

她用手指輕輕將窗紙戳出一個窟窿，朝外看去。

穿鬆垮垮的褂子、留著八字鬍三、四十歲的細眼男人，正面朝她這個方向站著，應該就是馬爺了，他背後的人正是大嘴。

此時，大嘴正低頭哈腰說話，哪裡還有為難無辜路人的囂張。

「知道了。」馬爺仰起下巴，略點了下頭，丟了一錠銀子到大嘴身上，趕蚊子似的揮手攆人。

「馬爺有事隨時吩咐，小的隨叫隨到。小的有沒有福氣去總舵，靠您提攜了。」大嘴弓著腰，陪笑目送馬爺離開。

直到哐噹一聲，門被拴上，大嘴才拿著手裡的銀錠子，一步三擺笑著走了。

佟秋秋輕輕吁了口氣，暫且躲著不動，耐心地又等了兩刻鐘，沒有任何動靜，才輕手輕腳地出來，離開這是非之地。

以後不用去教季知非了，不用每天往返府城，得了大筆銀子進帳，本該輕輕鬆鬆的她，總覺得心神不寧。

求生的本能告訴她，那件事她管不了，她這等平民容易引火燒身。但一想到有人被殺害，凶手還在外逍遙，心裡就不爽利。

心煩意亂幹不了別的事，佟秋秋便接替佟香香的活，做起蒸糕。

堂屋那頭傳來說話聲，一聽就知是季子旦來了。

季子旦揹著背簍進了院子，人還沒到廚房，就喊道：「佟秋秋，給我來十二個蒸糕。」

季子旦注意蒸糕生意許久了，那日金家店鋪開業慶賀，他向佟香香提起批發買賣的事。佟香香說她不拿主意，要他去找佟秋秋。

可那天人多，不好談這件事，還怕旁人聽去占了先，只好隔天再說。但這一耽擱，第二日就不見佟秋秋的人影了。他心一橫，直接在她家附近等著，才堵到了人。

聽了他的來意，佟秋秋一樣爽快，沒有拿喬就答應了，價錢還是按當初賣涼粉時的優惠。但依然是老規矩，從她這裡進的貨，賣不掉的不許退。

還有，佟香香在扶溪村和甜水村賣蒸糕，季子旦得另外找地方做生意。

只要東西好賣，就算跑得遠些，季子旦也不在乎。這不，幾天下來，他早晚來進兩到三次貨，每次拿十個到二十個不等，生意好得很。

現在做的蒸糕，每個有一斤重左右，各切成六份，每份賣兩文錢就有賺頭。當然，他能賣得更貴。但佟秋秋不管這些，只要他有那個本事，也不怕人找碴。

季子旦放下背簍，佟秋秋點了點灶前桌子上的蒸籠，裡面全是做好的蒸糕。

接著，季子旦將蒸糕用油紙包好，放進背簍，而後拿一塊竹板蓋在這一層的上方固定住，再繼續裝。這樣，每一層裝三塊蒸糕也不會擠壞，可見他為了買賣，沒少動腦筋。

佟秋秋幫他倒了杯溫茶，季子旦裝好蒸糕後，不客氣地一口喝乾，也不客套，擺了擺手，揹起背簍走人。

大家都在為生活努力，平靜安寧又有錢賺的日子多麼難得，佟秋秋心裡感慨，決定不去想那些煩心事。

佟秋秋又做好一籠蒸糕，閒下來，坐在凳子上，心想等家裡有鋪子了，一間給母親開麵館，一間給爹當木匠鋪。留給她的那間，不如做糕餅店。

但要開糕餅店，只賣蒸糕顯得無趣了些，得多想幾樣點心。

佟秋秋靈機一動，哎呀，她可以做餅乾跟麵包啊！

當晚，她把這主意告訴她娘，央著她娘去跟建房的師傅說，按照她的要求，在鋪子後院蓋個烤爐。然後和她娘商量，選最左邊那間做糕餅店，中間最大的開麵館，右邊則是她爹的木匠鋪。

金巧娘聽了，沒攔著女兒的提議，點頭應下。

最後，金巧娘找來的是黃師傅的孫兒黃繼祖。黃師傅覺得，小活計讓孫子做就夠了。誰來都行，只要能辦好事就成，佟秋秋便讓黃繼祖在最左邊鋪子後面的牆邊蓋烤爐。

黃繼祖極有眼色，沒因為佟秋秋是女娃便陽奉陰違，她說哪一步驟該怎麼做，他就依言辦事，沒有自作聰明拿主意，為人還機靈。不過兩日，就按照佟秋秋的吩咐，蓋出了烤爐。

烤爐外觀呈圓拱形，既美觀又結實，佟秋秋滿意地點頭，而後就是試用。起初做的成品失敗了，但她在失敗中逐漸掌握火候，終於成功烤出酥脆的餅乾。

為此，她還特地向黃繼祖道謝，送上烤好的餅乾和幾樣口味的蒸糕，以及答謝的紅包。

第三十章

卻說那天袁細妹成心求教，想讓村裡的婦人們幫她跟金巧娘講和。大家嘴上應和，可誰也不傻，在人家娘家開店大喜時，提什麼馬有才？她們要是去說，豈不是上趕著得罪人？何況現在瞧著金佟兩家勢頭正好，說不定有求到人家跟前的時候。

許多年沒有提起金巧娘和馬有才的事了，經袁細妹一說，村裡又開始傳。閒話終究傳進金巧娘耳朵裡，金巧娘雖然生氣，卻比從前從容得多。不過是閒話罷了，馬有才與她何干？丈夫相信她便足夠。她還要開店做生意，沒工夫浪費在那些人身上。

但是有些人就是那般令人討厭，你不去理會，他自個兒找上門來。

每日金巧娘做麵、熬湯、準備搭配的小菜，忙忙碌碌。家裡的鋪子還沒建好，她也不急，依然擺攤做生意。

這日，馬有才來了麵攤，穿著一身綢緞褂子，腰間鬆鬆地繫著衣帶，留著八字鬍，一雙細細的眼盯著金巧娘瞧。

「喲，十來年不見，巧娘還是這樣俊。」

金巧娘看見來人，氣得直發抖，捏緊了手裡的抹布罵道：「哪裡來的潑皮無賴！老娘有丈夫有兒女，是你能亂說的?!」

這會兒是午後，吃麵的只有零星幾人，被突然來的一群潑皮一驚，立刻把麵扒進嘴裡，起身離開是非之地。有好心的人，連忙去金家店鋪和佟保良家裡報信。

「哎呀，脾氣大了不少。」馬有才咧嘴，笑得不懷好意。

金洪、金波趕了過來，擋在自家姊妹身前。金洪認出眼前之人，出聲大喝。

「馬有才，當初相看人家，成不成講究你情我願，我家不願意，自認沒有對不起你的地方。我大妹已經嫁了，事情便了了。事情過了這麼多年，我大妹的孩子都老大不小，你為什麼還要來糾纏？

「我告訴你，咱們家也不是好惹的，真鬧大了，大不了咱們官府見。我妹夫可是給縣太爺辦過事的人。」

當初佟保良幫縣衙做過打穀機，這會兒他就是借縣太爺的名頭，叫這不知道在哪騙了錢財回來的渾人心裡有幾分顧忌。

「哎哎哎，金大哥的火氣別這麼大嘛。我什麼都沒幹，不過是和巧娘敘舊幾句。」馬有才摸了摸鬍子笑道。

另一邊，佟保良聽人傳話，說地痞來店裡搗亂，來不及多想，丟下手裡的活，便焦急地出門去了。

佟秋秋聽到動靜，看見她爹匆忙離開的背影，趕緊問來人發生何事，一聽還得了，抄了家裡的燒火棍，疾步追上。

父女倆趕來時，佟秋秋就見一夥潑皮無賴在吃麵，大舅和小舅陪著娘，一副等著這群瘟神離開的樣子。

佟秋秋盯著為首的八字鬍男人，瞇起眼睛，原來和大嘴同夥的臭魚爛蝦就是馬有才，就是曾經害得她娘做不成生意的人，現在又捲土重來了？在外頭幹的陰暗勾當不夠，還想回來胡作非為！

金洪和金波發現佟秋秋來了，唬了一跳，立刻把外甥女拉到身後，遮得嚴嚴實實。金洪還警告地瞅了佟秋秋一眼，要她乖乖聽話，別鬧騰。這哪裡是一個女娃能摻和的事，萬一傷著，怎麼得了？

佟秋秋只得按捺住，耳朵聽著對面的動靜。

佟保良一來便擋在妻子身前，嘴巴緊抿地看著這群人。為首的人，再過十年八年，他也認得出，可不就是曾經糾纏他媳婦兒的馬有才。要是馬有才還敢有什麼不軌之舉，他就是拚了這條命，也要讓馬有才好看。

佟保良他們嚴陣以待，但馬有才吃完了麵，一抹嘴，打量他們的樣子，似乎很是有趣，嘿嘿笑了兩聲。

「別介意，我來吃口麵而已。金家妹子煮的麵還是這般好吃，我以後常來。」他說著，大搖大擺領著人走了。

佟秋秋捏緊拳頭，她不知道這群人到底想幹什麼，但讓人看著極為不痛快。

「好了，妹夫，你寬慰寬慰巧娘。」金洪對佟保良道：「這些時日，你陪著巧娘吧，有什麼事大喊一聲，我和金波就來。」

佟保良點頭，看著金巧娘的目光裡有歉疚。

金巧娘看丈夫這樣，憋屈消散，眉宇舒展開來。「沒事。他要鬧事，咱們也不怕他。」說著就要去忙，瞥見佟秋秋手裡拽著的燒火棍，立刻豎起眉毛。「魯莽丫頭，再怎麼著，也有我和妳爹跟舅舅們，哪裡用得著妳。」

佟秋秋任金巧娘奪走燒火棍，依然望著那夥人離開的方向，眯了眯眼，轉過頭。

「娘，我要去梅縣渡口附近的鐵匠鋪訂製烤盤。」

「急什麼？鋪子還沒建好，等下次去梅縣買麵粉的時候，妳說出樣子，我去幫妳訂。」金巧娘說著，但一想這些時日鋪子裡可能不太平，怕女兒莽莽撞撞幹出什麼事來，讓她有活兒做也好。「想去可以，要按時回家。」

佟秋秋點頭答應。

梅縣福來酒樓裡，小二端著茶果點心和一碟切成塊、皮黃肉白的白切雞，推門進了三樓乙字號雅間。

他進門，就見到一個穿著綢衫、臨窗而坐的富貴小老頭。這老頭最近愛上了酒樓的白切雞，時常來消遣。

「您慢用。」小二上完菜，恭敬退下，走之前還不忘關上門。他招呼了幾次，知道這位老爺不喜被打擾。這次服侍好了，下次來，這位老爺準會給他幾個打賞的錢。

小二一走，裝扮成小老頭的佟秋秋端起茶輕輕啜飲，耳朵聽著門外的動靜，並無異樣，便手腳輕快地拉開窗下的帷幔。

一根細棉線繞過窗欞的一角垂落，她從袖袋裡掏出一個竹筒，蒙上紙，用細線連接，放在耳旁，仔仔細細聽起來。

隔壁房間帷幔不起眼的一角，也藏了一只和佟秋秋耳邊相同的竹筒。正是她摸清楚了這夥人的習慣後，提前在那間房裡做的手腳。

佟秋秋屏住呼吸，聽見瓷杯相碰，以及房裡略顯嘈雜的聲音。

「來，咱們再喝一杯。」這是馬有才的聲音。

「兄弟，不是哥哥我說你，是不是泡在那村婦的攤子前走不動路了？來來去去，就查到那麼點消息。」沙啞的聲音開玩笑道。

接著，換了個年輕聲音，佟秋秋聽出是大嘴在說話。「咱們馬爺什麼好姑娘沒見過，不就是個半老徐娘。等這堆事了了，搶來就是，不過是個玩意兒。」

這群該死的混蛋！佟秋秋指甲掐進肉裡，死死握緊拳頭，咬著牙叫自己冷靜下來。

馬有才冷聲說：「要不是聽你的，為了掩人耳目，我會費功夫用那婦人當幌子？謹慎小心個屁，老子在外頭躲了十幾年，什麼事都沒有。哼，那季家小兒不過是個毛頭小子，早晚送他進地府，和他那死爹團圓！」

接著又是酒杯與桌子相撞的聲音，有道粗啞的嗓音道：「既然接了這單活計，就得仔細穩妥地辦好。破船還有三斤釘，那小子的爺爺可是進士出身，如今還要建書院，就這一根獨苗，要是突然死了，豈不鬧將起來？所以，咱們得幫他想個穩妥的死法。」

馬有才哼了一聲，似是不服氣，不過也沒反駁。

大嘴諂媚道：「和氣生財，二位爺說得都有道理。哈哈，大好的事，可別鬧了齟齬，不過是個小兒，定能順順當當了結。到時候，小的上黑欄山總舵的事，就勞二位舉薦了。」

「好說好說。」

「你小子有志向，哈哈哈……」

隔壁酒杯相碰，暢快的笑聲傳來。

佟秋秋已聽得渾身發抖，額角沁出冷汗。

原來……原來季知非父親的死……

她想到異世，想起兩世季知非不變的冷冰冰樣子，不由想，老天為什麼這麼狠心，怎麼老逮著他折騰？

等那夥人散了場，佟秋秋取下竹筒，除去痕跡，用油紙把桌上的吃食包好放入袖袋裡，在椅上坐了半晌，才走出包廂門。

出門往樓下掃了眼，那夥人早走了個乾淨，她一副吃飽喝足的閒適樣兒，從樓梯下去。擦身而過的是招待她的小二，與有過幾面之緣的溫東瑜。小二跟在溫東瑜身後，顯得極為恭敬。她略掃了一眼，逕自離開。

溫東瑜停下腳步，卻是轉頭朝佟秋秋離開的方向看了一眼。

小二見他停下來，殷勤道：「少東家，您不常來不知，那是最近常來的貴客，就愛白切雞這道招牌菜。咱們店裡的生意好得很，三樓的甲字號房極為搶手，剛才那位老爺也愛包甲字號房。不過，甲字號房是咱們最好的包間，不是每回都有機會遇上沒客的時候，但那老爺好脾氣，見甲字號房被人訂下，就會改挑乙字號房。」

溫東瑜轉過身，點點頭。那一絲眼熟的感覺，大概是看錯了吧，分明是他不認識的人。

佟秋秋離開酒樓，走進一家茶館，喝了杯茶，藉著出恭的由頭，從後門出去。這是她提前找好的路線，沿著後巷再走遠些，到了一處三面圍牆的拐角。這是一處死角，經歷上次被丁一偷襲的教訓，這個位置更加隱蔽。

她換了裝，撕掉臉上的鬍鬚，用事先準備好的濕帕子把手、臉、脖子擦乾淨，重新梳了頭髮，將換下的衣物用包袱一裹，沿梅縣渡口的方向走去，乘船渡河。

上了船，被江面的冷風一吹，佟秋秋打了個哆嗦，不知此刻是心冷，還是身體更冷些。一家子吃喝不愁，也要有了自己的鋪子，日子漸漸好了，突然遇上馬有才這災禍。雖然知道馬有才不過是拿她娘作幌子，也讓她恨極。

佟秋秋望著江面，心緒難平。最慘的是季知非那傢伙，這一世遇到他，即便知道他也有不為人知的心事，但誰沒有秘密呢？只當不知道。他的親人還在世上，雖然仍是那副冷漠性子，若能平平順順，不要像上輩子那樣苦，仇恨成了心魔，導致那樣慘烈的下場就好。

但這才多久，她就發現有人要取他性命。

下船時渾渾噩噩，要不是一起下船的人拉她一把，就要一腳踩進河裡。

她讓自己打起精神，到了那處熟悉的宅院，是一個沒見過的小廝開的門。她嘴巴抿了抿，說是姓佟，叫劉媽有事，煩他幫忙叫一聲。

時間在等待中拉長，佟秋秋等來劉媽，卻從劉媽口中得知，她家少爺不在；又問丁一，丁一也不在。再問可能去哪了，劉媽卻不再多言。

佟秋秋謝過劉媽，回渡口坐船，又一路沿著河堤走向回扶溪村的路。

這條路，她已經不知道來回多少趟，從教季知非化妝，到如今天天跟蹤馬有才那夥人，幾乎都是走這條路。跟蹤也不是十分順利，她不敢靠太近，怕被發現，都是遠遠跟著，跟丟好幾次了。

她心裡不是毫無懼意，雖在異世時學了些自保本事，但雙拳難敵四手，要真和那群人正面碰上，並無勝算。

儘管如此，她也不能放任對她家必有所圖的馬有才。馬有才視他們一家子為草芥般戲弄，她不能一點準備都沒有。

沒想到，等著她的是更大的齷齪和陰謀。

佟秋秋一路走，腳步踏下帶起灰塵。風一吹，灰塵都要吸到鼻子裡，她也不在意。已經快走到村口，佟秋秋想著，要不要去季家老宅找季知非？但她從未上門，人家門房會相信她？怕是把她當成癡纏他家少爺的小姑娘打發了。再者，她也怕貿然去季家老宅找他，打草驚蛇。

這時，後頭響起馬蹄落地的噠噠聲，佟秋秋驚喜地轉過身，見到的卻不是季恆，而是丁一騎馬飛馳而來。

佟秋秋趕緊跑過去。「丁一，你家少爺呢？我有事要和他說。」

靠近了丁一，她才發現他一腦門的汗，臉上全是著急神色，和以往嬉皮笑臉的模樣全然不同。

丁一見攔他的人是佟秋秋，本想敷衍過去，但看她臉上的表情不像是玩笑，道：「我也正在找我家少爺。」

「你家少爺失蹤了？」佟秋秋失聲道，聲音裡是她自己都沒察覺的驚慌。

「不是不是。」丁一看著她白了臉，解釋道：「黑豆今早走了，少爺抱著黑豆，不知去了哪裡。」大家都知道黑豆壽命不長了，但誰也沒想到，會這麼突然地在睡夢中死去。

黑豆去得安詳，但對他家少爺來說，這是從小陪在他身邊的玩伴，是朋友，也是慰藉。如今就這樣走了，他不敢想，少爺是多麼傷心。

「我先走了，姑娘若有要事，咱們改天再談。」丁一手腕一提，勒緊韁繩，策馬而去。

佟秋秋想起季恆溫柔地撫摸黑豆時的樣子，那張彷彿不會笑的臉似乎帶著溫柔的光暈，心裡的傷似乎得到了撫慰。

她心臟悶悶地難受，好一會兒才緩過來，連丁一走了也不知。

她捂著胸口，這是為了季知非的遭遇而感到難過吧？畢竟是在異世有了些牽扯的人，是她相熟之人。

熟人遭罪，但凡有良心的人，都高興不起來，佟秋秋如是想。

人不見了，關於馬有才那夥人的算計，還是找到機會再說。

佟秋秋抬起腳要回家，腳尖一觸地面，便跺了跺腳，轉了方向，朝西邊的林子跑去。

天色漸暗，佟秋秋跑到林子時，靜悄悄的，聽不見一點人聲。茂密的林裡，風一颳來，聲音恍若人的哀嚎。

佟秋秋不由打了個哆嗦，要穿過林子，才是季族先人的墳地。她猜想，黑豆去了，季恆可能會來看望他的父親，才趕過來看看。

可是……天色暗下，林子更顯得陰森森，看著有點駭人。

佟秋秋躊躇片刻，咬咬嘴唇，還是踏了進去。

林子裡的小路被一層厚厚的枯葉覆蓋，每踩一步，都能踏碎散落的枯葉。佟秋秋的心怦怦跳，像後頭有人正追趕著她一樣。

莫怕莫怕。佟秋秋一邊安慰、一邊在心裡罵自己，昏了頭才來找季知非。

幾十尺長的林間小路，她彷彿已經走了很久，直到走出林子那一刻，才輕輕呼出一口氣。但一口氣沒呼完，瞧見滿地墳包，腿就軟了。

身後的風聲彷彿更大了，哀嚎顯得淒厲起來。

要是再給她一次機會，她一定不進林子，一定去找丁一讓他來尋他家少爺。

現在她恨死來都來了這句話，可她最討厭做事做一半，心一橫，穩了穩軟掉的腿，邁出一步。

她定是因為季知非的遭遇，同情過了頭，才腦子不正常的。

第三十一章

踏出第一步後，接下來就破罐子破摔了。

季家的墳地極大，還種著許多常青樹，找人並不容易，佟秋秋也不知季恆父親的墳塚在哪裡。

在墳地間穿行，她的眼睛朝四周搜尋，暗暗著急是不是她想錯了，便聽見哐噹一聲，立時哆嗦得頭髮都要豎起來。

似有東西咕嚕咕嚕滾落，她竭力鎮定，縮著脖子，搓著手臂上的雞皮疙瘩，朝聲音方向看去。

只見一個圓圓的東西朝她這邊滾來，佟秋秋的聲音像是卡在喉嚨裡，完全發不了，但心裡拚命尖叫，啊啊啊啊——是人頭啊！

下一刻，那東西咕咚撞到她腳邊，有什麼灑了出來，還有酒味。

佟秋秋低頭一看，險些氣死，原來是個酒罈子。

她抬腳上去踩了幾下，才算解氣。

哎，不對，這地方怎麼會有酒罈子？佟秋秋抬頭朝酒罈子滾來的方向看去，影影綽綽，彷彿有個人影趴在地上。

「季知非，是不是你啊？」佟秋秋試探地小聲問道。

無人應答。

萬一撞到什麼東西，有個意外，她從異世飄回來不就白搭了？可夜裡風大，冷氣又重，若那人真是季知非，豈不是要凍死。

佟秋秋天人交戰，深吸口氣，一鼓作氣朝那人影衝過去。聞到濃烈的酒氣，心裡大定，但還是謹慎地用腳輕輕踢了踢，確定是人，但沒有動靜。

她趕緊將人翻過來，看到一張醉醺醺的臉，是季恆無疑了。

她想拽他起來，但人醉了，別管臉長得多好，身子就笨重得跟豬一樣，拽不動。

她伸手拍他的臉。「醒醒，你要在這過夜啊？會凍死的。」

季恆的臉動了動，佟秋秋一喜，大聲道：「趕緊起來，丁一在找你。要是你不回去，整個季府的人都得來尋你了。」

季恆坐起身，甩了甩腦袋，人晃了晃。

佟秋秋想伸手扶他一把，可沒扶到人，伸出的手就被抓住。下一刻，她的整隻手臂被季恆扯過去抱緊，想扯都扯不開，不由大驚失色。

「快放開，你這是幹什麼呀！」

「娘，我聽話，我很乖的。」季恆呼出的熱氣噴在她頸邊，聲音裡帶著祈求。

佟秋秋怔住了，彷彿以為自己出現了幻聽，然而……

「娘，您很久沒抱過我了。父親走了，您也跟著走了一樣，見到我都不會笑，見到我就尖叫、就哭，我……我不知道該怎麼辦……」

佟秋秋何曾見過這樣的季恆，他不是冷冰冰宛若石頭嗎，也堅強得如石頭一樣。耳邊仍是他語無倫次地低語。「黑豆也死了，都死了……我把牠埋在父親的墳邊。父親會不會和我一樣孤獨？現在有黑豆陪著他……」

一滴滾燙的淚流進佟秋秋的衣領，徹底不動彈了。

天色已經全黑，村裡人家亮起燭火。

金巧娘與佟保良著急，這些時日為了烤盤的事，女兒時常去縣裡的打鐵鋪，但會按時回來。怎麼今日天黑了，還不見人影？

佟小樹去栓子家、季子旦家問過，他們都沒看到佟秋秋。佟香香也一整日沒瞧見她，不曉得人去了哪裡。

金巧娘決定和佟保良出去找，之前都睜一隻眼、閉一隻眼，可這丫頭性子越發野了，天都黑了還不曉得回家，不管不行！

金巧娘的腳剛踏出大門，便和回家的佟秋秋撞個正著，佟秋秋的耳朵當即被她擰住。

「沒個姑娘家的樣子，這麼晚了還不回家！明兒起待在我跟前，哪兒也不許去！」

「哎喲喲！」佟秋秋一邊解救自己的耳朵、一邊討饒。「好好好，都聽娘的。」

金巧娘還是一副怒容。「不准陽奉陰違。」手從女兒的耳朵上鬆了下來。

「哪裡敢。」佟秋秋摸了摸耳朵，不敢觸親娘的霉頭，乖乖道。

今日不堪回首，給人白做了回娘不算，那人還昏過去。她把季恆揹出林子，那傢伙看著不胖啊，揹起來竟然那般重，費了老大的勁，腰差點累斷。

幸好丁一找來，不然她得折在半路上。

她的臉還有些紅，雖然燭光暗淡，還是不想讓家裡人看出端倪，遂立即去打水洗漱，上床躺著，用被子捂住臉。

季知非是喝得爛醉了吧，肯定記不起今天的事。嗯，就該這樣，不然記起來多尷尬啊。

夜裡的打更聲響，佟秋秋望著漆黑的床頂，覺得領口下冰冰涼涼，似乎還能感受那淚水流過的感覺，心裡悶悶的。

她翻個身，搓搓胳膊，怎麼感覺胳膊有毛病呢，覺得季知非還扒著她胳膊似的，不自在得很。

在異世就不用說了，在村裡她和多少男孩子打過架，免不了挨挨碰碰，她也不是那等彆扭的人呀。

這季知非真是……害得她反應奇奇怪怪，還睡不著覺。

隔天早上，佟香香叫醒躲在被窩裡的佟秋秋。

佟秋秋哈欠連天，一個雞窩頭，頂著兩個黑眼圈。

佟香香一看，又把被子拉回去。「姊，妳還是再睡一會兒吧。」要不是知道佟秋秋整夜睡在她身邊，會以為佟秋秋是做了一夜的賊。

「噢。」佟秋秋立刻倒下，響起了小小的呼嚕聲。

佟香香笑著搖搖頭，做蒸糕去了。

待佟秋秋醒來時，日頭照進房裡，已經快到正午。

家裡沒人，佟香香大概是出去賣蒸糕了，佟小樹上學，爹娘帶著小苗兒去新街擺麵攤。

她趕緊爬起來洗漱，鍋裡幫她留了早飯，兩三下吃完。

這時，一個四歲的村裡孩子跑來，對佟秋秋道：「有個大哥哥叫妳去西邊林子。」一邊說著、一邊吮著嘴裡的糖。

「曉得了，你快回家去吧。」佟秋秋把小孩送出門。昨日把季恆交給丁一時，她說有重要的事得說，讓他記得轉告他家少爺。

這是酒醒來找她了，真是會選地方。可見是真不記得了，不然怎麼好意思呢？

佟秋秋收拾碗筷，關上家門，去了西邊林子。

佟秋秋走進林子，就見林子中間有個長身玉立的男子背對她站立。

季恆聽見動靜，轉身極快地看她一眼，道：「隨我來。」

「哦。」佟秋秋跟著他的腳步。今日與昨日傍晚不同，沒有起風，陽光透過樹葉如星點般散落下來，照得身上暖洋洋的。

堅持著你不記得，我也絕不說穿的原則，佟秋秋臉上是落落大方、若無其事的神情。

他們走的不是穿過樹林進入墳地的小路，而是朝右邊一直走，走到一處溪邊，朝左拐去，景物又是不同，放眼望去是一片田野。

再沿著小路直行一段，拐過一片林蔭，繞過一座小山坡，瞧見一間簡陋的草木屋，一看就是農家人侍弄田地暫時歇腳的地方。

到了此處，季恆轉過身，一雙冷眼看著佟秋秋。「妳一點警戒心都沒有，就單獨跟著一個男人到這野地來？」

聽這傢伙說的話，是指責她不檢點啊！

佟秋秋氣得脫口而出。「要不是跟的人是你，你以為我會來?!」

季恆抿起嘴，深深地看了她一眼。

「哎，我的意思是有事要說，所以……」佟秋秋慌忙解釋，越解釋越亂。

「好了。」季恆指著木屋道：「跟我進來。」

佟秋秋在季恆跟前吃癟，很沒面子，嘟囔了句。「臭冰棒。」腳步還是跟了上去。

進了草木屋，佟秋秋才發現屋裡的桌椅、茶具雖然簡單，但乾淨整潔，處處妥帖，是個舒適的休憩之所。誰能想到是這樣呢？季知非真是狡兔三窟啊。

沒有拖遝，她直接說了在酒樓偷聽到的話。知道事情重要，沒了剛才的小性子，不加自己的推斷，轉述聽到的每一個字。

季恆的臉冷若冰霜，周圍的空氣似覆上一層寒意。

「掩人耳目，躲了十幾年……屁事沒有……送他到地府裡和他那死爹團圓……」

季恆呵呵笑了兩聲，一雙眼睛已經血紅，宛如刺骨冰冷的血池。

佟秋秋不忍看，轉過頭去。

她還記得，在異世時，她起早貪黑做吃食買賣；他腦子聰明，十二歲就能上網代練掙錢。十六歲用錢開路，輾轉打聽，得知當年入室搶劫殺人的搶匪之一換了身分，在外省過著逍遙日子，還娶妻生子，這雙眼裡也曾這般滿是對上天玩笑般的憤慨，和對凶手的刻骨仇恨。

他紅著眼對她笑。「妳說可笑不可笑？我的親人慘死，我因此流落孤兒院；凶手倒是開枝散葉，闔家團圓了。」

往事不堪回首。

此時此刻，她也不說安慰他的話，一切的言語都蒼白無力，給他獨自平復的時間吧。

看他平靜些許，她拿出袖中的傳聲筒，說了用法。她除了會做些吃食、做些小玩意兒，不知道還有什麼能幫到他，就把可能有所助益的一股腦全教給他。

季恆看著認認真真講解的佟秋秋，這個傻姑娘，自己將把柄遞出去，就這麼相信他？

但她看過來時，他收斂了神色，仍然冰冷著一張臉，從袖中抽出一張銀票。

若佟秋秋是個心氣高的姑娘，說不定拿了銀票就往他臉上甩，但她笑著接了，不客氣地塞進袖袋裡。

「行，這就當給我的報酬了，咱們誰也不欠誰。」

季恆警告道：「到此為止，不嫌命長就老實待在家裡。之後的事妳莫管，妳家人不會有事，我會處理。」

佟秋秋聽著他冰冷的聲音，打量他的側臉。明明還未及冠，面部線條並不冷硬，卻讓人覺得鋒利如刀。

關心的話也能說得硬邦邦，佟秋秋知道他這性子，沒有覺得受到冷待，只說：「知道了。」頓了頓，沒抬眼，道：「你小心。」上輩子年紀輕輕便沒了性命，這輩子又陷入殺父的仇恨中，凶手還猖狂地想謀他性命，若不小心命又沒了，多麼可惜。

「呵，也要他有命活到那一天。」季恆明白她的意思，但在他的嘴裡，馬有才已經是個死人了。

從樹林出來，與季恆分道揚鑣，佟秋秋摸了摸袖袋裡的銀票。

兩不相欠了嗎？明明還有前世遺產這項沒有還清的債。哎，她真是上輩子欠了他的。

她的腳步越走越慢，不由想起在異世令他身死的致命傷，飛快跑回家，去藏私房錢的地方，把錢全拿出來，帶在身上出了門。

這會兒，她已然忘了老娘擰她耳朵，不許她出門的警告。

佟家大房，青磚圍成的小院裡，五隻雞咯咯叫著亂竄，院子裡到處是雞屎。

曾大燕好不容易把雞趕到雞籠裡，腰都快累斷了，呼哧喘著粗氣，再看井邊那一大盆的髒衣裳，恨不得閉過氣去。

想起曾經乾淨整潔的院子，她嘴裡照例罵著佟香香那死丫頭，但也只能認命去洗衣裳。她越洗越煩躁，心裡越不順。以前多好啊，一早起了，佟香香已經做了早飯，燒好洗臉水，她吃完飯，還能出去閒嘮嗑。

可自從佟香香去了老二家，家裡的洗衣做飯、灑掃餵雞全要她親自操持。別看不是重活，但一家五口沒一個幹家務索利的，她幾年不動手，手也生了。

可沒辦法，白紙黑字簽下，不能再把那死丫頭抓來，只能捏著鼻子幹。

曾大燕搓洗著一家子的衣裳，女兒佟貞貞摔摔打打地回來了。

她本來就忙得上火，這會兒不由氣道：「這是幹什麼？娘嬌養妳，讓妳十指不沾陽春水，就是讓妳回來發脾氣的？」

佟貞貞跺腳。「別人在外面笑話我，回來妳還說我。」

曾大燕一聽，是在外頭受氣了，丟下衣裳道：「誰敢笑話我女兒，我揭了他的皮。」

「哼，妳揭得過來嗎？」佟貞貞甩帕子。「大家都在說，二嬸和外頭的人有首尾，在麵攤上當著眾人見面。真是醜事，羞死人，叫我也沒臉。」

方才她去找季雲芝說話，季八老爺家的幾個孫女來玩，斜眼看她，讓她氣不打一處來。要是季雲芝，還有那人也那麼想她，可怎麼辦？

「好個金巧娘，丟人現眼的玩意兒，還帶累我女兒。」

曾大燕說完，立刻去找佟保忠了。

這些時日，佟保忠就愛在買的土地那裡轉悠，看人家蓋房子，眼熱啊。尤其是看到二弟家要建起的大屋，心裡就憋著口氣，想著建個更好的揚眉吐氣，他這做大哥的怎麼也不能比二弟差了。

可家裡除了田裡的出產，沒有別的進項。三弟的撫恤銀買了地，再加上這些年花用的，已經沒了，再想用錢，只有動老娘留下的那箱東西。

但是，這件事瞞著二弟一家多年……

他一時拿不定主意，正左右為難，曾大燕就找來了。

一聽曾大燕說起二弟妹的花花事兒，他本就因二房為難，頓時怒從心頭起，找到發洩的地方了。

他衝去麵攤，扯著佟保良的袖子，指著正在切蔥花的金巧娘便道：「老二，你們還有臉在外做生意，我這張臉都要羞死！」說著拍自己的臉，拍得啪啪響。

佟保良一看他這模樣，就知道他是聽說了馬有才的事，忙道：「大哥，你冷靜點。」

佟保忠不耐煩聽，喘氣指著金巧娘。「這種不要臉、敗壞咱們家家聲的媳婦，還留著幹什麼，休了了事。」

金巧娘被指著鼻子罵，如何還忍得，丟下手中的活計道：「我行得端、坐得正，賺乾淨的錢，憑什麼要被休？」

曾大燕跟著佟保忠的後腳趕來，扠著腰道：「呸，早八百年就知道妳是個狐狸精！嫁進佟家起便勾三搭四，哄得男人瞅著妳看，怪不得引得那馬有才丟不開手。」

「放妳娘的屁！」這些時日，儘管金巧娘鼓足勇氣，絕不怕馬有才，但馬有才跟蒼蠅似的令人噁心，影響生意，她也煩憂啊，吃不好、睡不香。這會兒心頭的怒火被點燃，似一頭發怒的母獅子般衝過去，就拉著曾大燕的頭髮，坐在她腰上捶打起來。

曾大燕哪裡曉得，以往無論她說什麼，金巧娘再生氣也不會撒潑，現在冷不防被扯倒在地，失了先機，只能挨打。

兔子急了還咬人呢，佟保良被嚇了一跳，但金巧娘像瘋了一樣，拉也拉不開。

「妳這張臭嘴！從我嫁進來起，妳就沒一句好話，攛掇著婆婆折磨我，四處嚼舌根！」

「看我好欺負，我就做回潑婦給妳看看。再來惹我，我拖著妳去死！」

金巧娘發洩經年的怒氣，形狀可怖。

第三十二章

佟保忠被撒潑的金巧娘嚇了一跳。畢竟金巧娘從不跟村裡人吵架，更別說是打人了。

「反了天了，反了天了！」佟保忠嘴裡叫道，腳步卻不由往後移。婦人打架，他一個大老爺不好去攔，被誤傷更不得了。

佟保良把打累的金巧娘抱起來，替她順氣。曾大燕披頭散髮地跟著站起，就要撲上來撕了金巧娘。

佟保良見狀，趕緊抱著金巧娘轉身，用背抵擋。

曾大燕氣急，指甲往佟保良臉上撓，佟保良的脖子和臉頰都被抓傷。

金巧娘看不過去，掙扎著要出手，佟保良依然攔著她。

金巧娘發現佟保良臉上又被劃了道血印，奮力掙開他，衝進和麵的几案後頭，拿起菜刀衝過來。

「曾大燕，妳給我住手，不然我叫妳男人見血！」金巧娘揮著刀，就要朝佟保忠砍去。

佟保忠嚇得兩腿發顫，踉蹌退了幾步，打起哆嗦。「妳要幹什麼?!」見刀尖靠近，對曾大燕吼道：「還不停手！」

曾大燕被這句話驚得住手，放開佟保良，佟保良才脫開身去勸金巧娘。「巧娘，咱們不生氣，咱們好好的啊。」

金巧娘的眼睛掃過佟保忠和曾大燕。「不想讓我活，那我死也要拉你們倆下去，黑心爛肝的東西！」

佟保良悄悄靠近她，乘機奪了刀。他的力氣到底大些，不顧金巧娘反抗，把刀丟遠了。

「這種敢用刀子逼迫大伯的東西，還留著幹什麼？你今日就把她趕出門！」佟保忠拍了拍胸脯，好不容易順過氣來，就要佟保良給個交代。

曾大燕心有戚戚，她最多是撒潑打架，哪有動刀子的？這時也害怕金巧娘發瘋，只小聲叫罵著。

佟保良卻不看曾大燕，只對佟保忠道：「我是不會休巧娘的。沒有巧娘，就沒有我今天的日子。現在不過是外頭有些風言風語，便叫我把巧娘休了，我還是個男人嗎？我家裡的事，不勞大哥操心了。」

「我是你大哥，還管不得了？」佟保忠被金巧娘弄得顏面盡失，這會兒又被佟保良掃了大家長的威嚴，橫眉瞪目，臉色鐵青。

佟保良看著滿地狼藉，桌椅歪斜，碗碎了一地，不想讓日子被攪得一團糟，索性把話說白了些。

「我們已經分家，大哥顧惜著一點兄弟情分吧。」

「娘怎麼生了你這個沒骨氣的東西！」佟保忠看著油鹽不進的佟保良，羞憤道：「我這就去找三叔主持公道。就算三叔偏心，也不能由著你們夫妻敗壞佟家的家聲！」說完便抬腳離開。

曾大燕沒看見金巧娘倒楣，自己反而被打了一頓，心裡縱有不甘，但她勢單力薄，也不敢挑釁動刀子的人，只能狠狠瞪了金巧娘一眼，憤憤跟著走了。

佟保良聽了佟保忠的話，並不擔心。三叔公最是明理，定然不會跟著佟保忠胡攪蠻纏，眼下只關心金巧娘，剛才她拿刀時，也把他嚇壞了。

兩人一走，金巧娘一掃剛才的狠勁，反而對著丈夫笑起來。「你瞧，人就是這樣欺軟怕硬。以前她上前一步，我便後退一步，退到分家，退到她一叫嚷就讓三分。現在，我不退了，他們又能拿我如何？」

佟保良嘆息一聲，扶著金巧娘的背，深覺這些年對不起她。

金巧娘像是打開了心結，不僅沒有萎靡下來，反而精神煥發，內心無比堅定。

誰來了，她也不退！曾大燕算什麼，馬有才那無賴敢多伸隻手，她就用刀剁了它。

此時，佟秋秋還不知她娘在爭執中煥然新生。

該辦的事情已經辦了，她有自知之明，不再去摻和季恆的事，免得添亂。她相信他是個說話算數的人，馬有才這個大麻煩交給他處理，她不再管，安心過自家的小日子。

烤盤早在她跟蹤馬有才那夥人時，便從梅縣裡的鐵匠鋪取回，只是先藏著。現在拿出來，就說託人帶的，如今去縣裡的車多，倒也不奇怪。

現在，她每日抽空用烤爐試做各種麵點。

她家宅子的鋪子已經蓋瓦，如今就剩裡頭鋪磚、粉飾牆面的活兒，她在後頭做點心試驗，把後門一關，也不礙事。

佟秋秋提著剛出爐的蜜豆麵包，去了麵攤。人到時，桌椅整整齊齊擺放，已經看不出她娘撕打她大伯母的痕跡。

她瞧著她娘氣色極好，沒了前些時日的頹喪，心情也跟著好了些，笑嘻嘻幾步跑過去，靠在她娘肩上磨蹭幾下，感受著暖意，覺得安心極了。

「又在琢磨妳那吃食？」金巧娘當女兒累了，摸著她的頭，笑問道。

「嗯嗯。」佟秋秋拿出蜜豆麵包讓爹娘嚐，頗為得意。「今兒我烤得比昨兒還好，胖乎乎的麵包香香軟軟，包管你們吃了還想吃。」

另一邊，榮久常從府學回府，便有隨從過來耳語。

「當真？」榮久常更衣的手一頓，見隨從點頭，道：「馬上備車，去扶溪村。」

榮久常趕到季府時，七老太太正在抹淚，女兒季氏、外孫女榮佩環在一旁勸慰著。季七太爺高坐在太師椅上，臉色凝重。

「爹，何至於此，把恆兒關起來也不是長久之計啊。」榮久常擔憂道。

季七太爺滿臉寒霜。「我要是不過問一句，還不知那臭小子被跟蹤好些時日了，仗著有小廝跟護院在，就天不怕，地不怕。」拍著扶手，怒中帶淚道：「淳之已經被害，就留他一個獨苗，我絕不能讓恆兒有差池。」

「沒了王法！久常去向知府大人說一說，派人通緝，叫那些歹人不得好死！」季氏抹著淚，尖聲說道。

「這……跟蹤的人還沒有眉目，和當年的事相關與否未可知，即便找上知府大人，要拿什麼說？」榮久常為難。

榮佩環看父親一眼，低下頭，繼續輕輕為外祖母拍背。

季七太爺似是習慣了女婿這般優柔寡斷的性子，嘆口氣。「能關他一時是一時，我再想想辦法。」

沒過幾天，榮久常聽說，季七太爺那兩個要來當書院先生的學生到了，便替岳父出了個主意，打算把季恆送到同門師兄那裡讀書。

這是非把季恆送出去避難不可了。

當晚，興東府柳葉胡同。

「看看你們辦的好事。被那老東西發覺，現在要把人送走了。」

換了一身黑衣的馬有才咬牙。「我在路上了結他。」

秦氏靠著牆偷聽，聽到裡頭的腳步聲，輕手輕腳退到自己的廂房內關上門，而後用手帕掩嘴，無聲地笑了。

哈哈，睡在枕邊的男人算計著自己親姪兒的性命，她就要看那般高高在上的季氏會是什麼下場。

距離與季知非分別那一天，已有十日。

這期間，佟秋秋又出村一趟，其他時候都待在村裡。

現在她主要的心力，全用在以現有材料做出各種口味的麵點上，家人幫忙試吃。佟小樹的早餐已經改成麵包，小苗兒最愛她做成各種小動物圖樣的小餅乾，咬得脆響。

佟香香吃得瞇了眼，頻頻點頭，她秋秋姊就是好手藝啊。

佟秋秋鼓勵她，試著做出其他味道的蒸糕，讓口味更豐富。

佟香香一聽，如醍醐灌頂。是啊，她熟能生巧把蒸糕做好，卻一門心思只賣那幾樣，未免太死腦筋了些，可以用別的食材做做看。

提點到這裡，佟秋秋見她有想法，就不再多言。

於是，兩個小姊妹各自抽空研究吃食。

因為季子旦的進貨量越來越大，佟香香還要出去賣蒸糕，人手不足，上午佟秋秋便挪出工夫來做蒸糕。做完一批，再小憩一會兒。

她爹還體貼地幫她做了張躺椅。廚房裡的火滅了，但還有餘溫，往躺椅上一躺，就能瞇一會兒，忙裡偷閒。

這日，佟秋秋躺在躺椅上，蓋著小被子，迷糊著睡了過去。

季恆溜進來，看著這個睡得小臉紅撲撲的小女子，捲翹睫毛乖乖地蓋在眼瞼上，倒顯得有幾分乖巧，不似她說話時，眼睫活潑得像蝴蝶的翅膀，一點不消停。

睡夢中的臉蛋透著粉暈，臉上沒有一絲憂愁，和這屋子裡的甜香一樣，人也彷彿散發著同樣的香味。

佟秋秋覺得被什麼盯著般，摸了摸胳膊，迷糊睜開眼——

嗯？季知非？她又迷糊地閉上眼。季知非怎麼會在這裡呢，她八成是睡糊塗了。

不對！佟秋秋睜眼，而後眼睛瞪大，結結巴巴道：「你……怎麼來了？」忙抹了把嘴角，幸好沒流口水。

季恆移開目光，轉瞬又看向佟秋秋。「自然是有幾句話要交代。」

他負手而立，一身墨綠色的袍子，把人襯得更清冷些，似乎又清減了，臉上總沒有少年人該有的朝氣。

季恆身高腿長地站在廚房內，讓廚房更顯得逼仄。被他看著時，佟秋秋覺得自己好像是獵物般，整個人感覺毛毛的。

她想到什麼，顧不得那點異樣，掀開小被子爬起來。「等我一下，有樣東西要給你。」

佟秋秋走出廚房，後知後覺打量關著的後院門，季知非該不會是翻牆過來的吧？卻沒有生出面對陌生人的警戒心。在她心裡，別看季知非面冷，不愛理人，但到底有在同一個孤兒院長大的情分。

她跑過穿堂，進了自己的房間，打開衣箱，從箱底摸出一個用灰布包著的圓形東西來，折回了廚房。

佟秋秋進廚房時，季恆正用兩根指頭捏著她用的小被子，不知道在幹什麼。

她咳了一聲，把手裡的東西遞給他。

季恆完全沒有被抓包的不自在，閒庭信步，彷彿在自家後花園，上前接過佟秋秋手裡的東西。

「給我的？」

佟秋秋點頭，花了她全部的家當，找府城最好的鐵匠鋪的巧匠打造的。她用鐵匠鋪裡的刀具試過，刀穿不破，且又不笨重，便於戴在身上。她親身體驗過了，就算戴一整天，一點不舒服的感覺都沒有。

一分錢，一分貨，不枉她花了那麼多錢。

「本來做好那日就該給你，但你不在府城。我正打算再找機會送出去，你就找來了。」

季恆打開布包，盯著手中的護心鏡許久，抬頭深深望進佟秋秋眼裡。

佟秋秋的小嘴仍呱啦講個不停。「我跟你說，這是居家外出必備的好物件，看在你對我出手那麼大方的分上，送你一個，好好戴著啊，說不定能救你一命呢。」有了護心鏡，他不會再似異世時那般心口中刀而死去了吧。

季恆凝視她亮晶晶的眼睛，頓了頓，道：「我要走了，這就當是臨別禮，我收下了。」

佟秋秋一呆，脫口問他。「要走？去哪裡？」馬有才那夥人不就在這裡嗎，怎麼又要遠行，難道是要查那幕後黑手？

其實她不意外，這傢伙的秉性，兩輩子都不變，不抓住那些凶手不罷休。

季恆道：「祖父讓我去避禍。至於馬有才那夥人，妳不必擔憂，我自然會解決。」

佟秋秋看著他，不相信他會去避禍。但人家還念著相識的情分來道別，她也不能不把自己當外人，要曉得分寸。

可她猶豫一下，還是沒忍住，看向他。「你保重，平安回來。」

這一刻，兩人對視，季恆望著宛如明月般澄淨漂亮的眼睛，感覺她似乎什麼都懂，靜默良久，點了點頭。

接著，氣氛尷尬起來。

季恆不說告辭的話，佟秋秋也不知該講什麼，難道要接天冷了記得穿衣，每日按時吃飯這樣的話嗎，還是虛假的再客套幾句？

而且，這傢伙盯著她幹什麼？佟秋秋有些不自在地咳了一聲。

彷彿有根線連著心臟，被牽動著，季恆還不太懂這樣的心情，只覺得有這樣的姑娘牽掛他，得給她一個交代，思量良久道：「等三年。」

什麼三年？佟秋秋抬眼看他。

「三年之後，要是我還沒回來，妳就尋人嫁了。」季恆說完，大踏步走出廚房，要躍牆離去。

尋人嫁了？佟秋秋懵了，見他要走，行動比腦子快，一把拽住他的衣裳。「你講什麼啊？我聽不懂。」

「妳對我的心意，我知道；妳為我做的，我銘記於心。」季恆握著護心鏡，扭頭對上佟秋秋的小臉。「等妳十六歲，我若能回來，便娶妳。我給不了妳別的承諾，若我沒有音訊，妳另尋他人，不要傻等了。」

佟秋秋反應過來，感覺有人在她頭頂炸了煙花般，震得她舌頭都打結了。

天啊，這下洗不清了。難道她能說是因為異世一起長大的情分，還有他留遺產給她的回報，才這麼做的？

季恆見她仍牽著他的衣角，是十分不捨，還是因為他答應回來娶她，驚喜呆了？

他回過身，抱住了她，瞬間鬆手。「我會信守諾言。」

佟秋秋覺得自己臉紅得要燒起來，可還不待找罪魁禍首算帳，那人已經躍過院牆離開。

「誰說要嫁他了。」佟秋秋紅著臉，對著牆根喃喃道。

季恆的離去，對於扶溪村的村民來說，日子未曾起一點波瀾，連季子旦這個季家族人都沒聽聞風聲。

金巧娘的心情極好，馬有才已經有七、八日不曾來過麵攤了。她樂得禱告，那瘟神最好再也別來。他就是混在一碗香噴噴的麵裡的那顆老鼠屎，不對你怎麼樣，但看著就是噁心人。

沒了馬有才這顆老鼠屎，金巧娘把佟保良趕回家做他的木工活，新家的床櫃家什、店鋪的桌椅板凳都得靠他呢。

佟秋秋有空就來這邊幫幫忙，一邊聽著親娘的禱告、一邊麻利地收錢，幫客人送上熱騰騰的麵。

過了幾日，趕集的田坎村村人來吃麵，和人聊起，才知道馬有才不知上哪裡鬼混，丟下老娘又走了。

「哎喲，他那老娘也是個勢利眼，本來以為兒子衣錦還鄉，從此能過上好日子，在村內橫著走，誰也不放在眼裡。如今兒子又一聲招呼沒打地走了，留下的錢財花光，她在門口愣是咒罵了三天三夜。」

罩在自家頭頂的烏雲沒了，佟秋秋望著外邊的來往行人，思緒飄遠。

那人現在不知在何方，可還安好？

她才悵然片刻，就有客人叫著。「來一碗素麵！」

「好！」佟秋秋揚起笑臉答應。

日子還要好好過，她的家人在身邊，努力賺錢才是這個家的生機。沒了馬有才那禍害，她的糕餅買賣可以開業了！

與此同時，榮久常派去打聽消息的人來回報。

「人確實不在了。」

「馬有才那廝沒辦成事，就一走了之了？」大冷的天，榮久常氣得額頭冒汗，揮了揮手。「你出去吧。」

待隨從出去，榮久常狠狠踹案桌一腳，沒用的東西，收了他的錢，卻什麼都沒幹成。上次季恆被偷偷送走，這傢伙就跟丟了。如今用他的錢花天酒地完，便拍拍屁股走人？

發洩完怒火，他不由又吁了口氣。那小子命大，不過被他逼出去了。沒有那小子在，他該好好籌謀，等將來那老不死的去了，那小子沒有根基，也沒辦法跟他鬥。

火把照亮的暗房內。

暗房最裡面的牆上，被鐵鎖捆綁著的是披頭散髮、渾身是血，已然昏死過去的馬有才和同夥皮熊，以及哭得尿褲子的大嘴。

丁二恭敬地把手中的供詞遞給季恆。「少爺，已經全部問出來了。」

丁二在外不過是個略通武學的粗獷漢子，但他與丁一不同的是性格沈穩，被季恆送去學過刑獄手段，對付馬有才這等人最為拿手。

這次少爺和老太爺合演一齣戲，假意讓少爺去避難，引出馬有才和他的同夥，以及小嘍囉大嘴，實則少爺還在興東府。馬有才這夥人追殺少爺無果，回到興東府，反被他們擒了。丁一的功夫最好，搜了馬有才他們常住的居所，這傢伙曾提前跑路，竟然也無人懷疑。

季恆接過供詞看了看，大笑三聲，真是荒唐！

大嘴還在求饒。「是他們逼我的，我什麼都不知道。我只是想去總舵，不，是匪窩，混口飯吃。」

如他這樣的隆慶坊小嘍囉，若幹出引誘良民染上賭癮的勾當，每做成一筆，就能跟著分一杯羹，日子過得頗為滋潤。

日子長了，膽子也更大，就興東府城這地界，一般的富貴人家，他們也不放在眼裡，照樣敢設局叫人傾家蕩產，家破人亡，只因知道是為總舵送錢，背後有黑欄山當靠山。

黑欄山在他們這些小嘍囉眼裡，就是酒池肉林、富貴榮華的神仙所在，聽聞還有皇親貴冑為其保駕。如今黑欄山的幾位大當家之一的柴六，就是十幾年前拖榮久常下水染賭，在季家殺人越貨、手段老辣的響噹噹人物。

前輩的光輝事蹟是指路明燈，所以馬有才拉人入夥共籌「大事」時，大嘴忙不迭地鞍前馬後，想著靠著這事立功，攀上去黑欄山的登天梯，也過上神仙日子。

以前妄想得多麼熱血沸騰，大嘴今時今日就覺得有多倒楣。十幾年前季家老爺的死，跟他一點關係都沒有。當初的好處沒享受，這次謀害季小公子的計劃失敗，更是沒撈到好處。

他悲呼不止。

可惜，無論他怎麼求饒，也躲不了被關押到暗無天日的地牢的命運……

第三十三章

他叫季恆，才五歲就體會了什麼叫命運無常。

五歲前，那是小兒無憂無慮淘氣的時光，他還有個完整的家，有個愛抱著他、教他描丹青的爹，有個愛和他捉迷藏的娘。被寵愛的他，不僅任性還挑食，不喜歡的吃食，就偷偷餵了黑豆。

黑豆是他的小玩伴，是一條陪著他長大的狗。

小時候，他就喜歡玩躲貓貓的遊戲，帶著黑豆東躲西藏。他是個聰明的孩子，總能讓娘和丫鬟姊姊們都找不到。

有時候玩累了，他躲著躲著，就在藏身的地方睡著了，娘有幾次都找瘋了，弄得府裡人仰馬翻。

而他，總是在大家忙了一場後才睡醒，突然出現在大家眼前，娘總是氣得要揍他，說他是個小魔星。

這時，爹會對他打著只有他倆才懂的暗語，叫他不要跟娘叫板，快快躲了。

每每他都為躲著讓人找不到的本事驕傲，他就是這麼一個有本事的機靈小孩，是大人比不上的。

他原以為將來會這樣開心地過下去，卻不知厄運已經悄然而至。

那天，平日精神十足的黑豆蔫蔫的，他只能摸摸牠的頭，放牠一天假，自己開始探險，挑選今日的躲藏寶地。

他想著，爹又躲在屋裡畫丹青，他要出其不意地嚇嚇爹，誰叫爹幾日不理他，讓爹知道他的厲害。

爹的書房裡有各種書架、畫卷，要找個躲藏之處很容易，但要找個讓爹發現不了的地方，卻不簡單。

他在地上爬呀爬，穿過書架底下，最後選中了一個隱密地方。那是個小角落，光照不進來，縫隙也小，要不是他個子小，都擠不進去。

他悄悄找到這麼好的地方躲起來，他那傻爹還沒發現。爹就是個畫癡，待在書房畫個一天，都是家常便飯。

他趴在地上，從縫隙裡看爹畫畫入神的背影，想著爹什麼時候會發現他，什麼時候出去嚇爹才好？

想著想著，他趴在地上睡著了。

他是被桌子倒地、茶杯摔碎的聲音和娘的尖叫吵醒的。

他一個激靈，往前爬一步，剛露出半個腦袋，就見他娘軟倒在地，額角的血正汩汩地流。

他要叫娘，卻聽到砰的落地聲，對上爹那因震驚、恐慌而突然睜大的眼睛。

爹倒在地上，背心處插著一把匕首，嘴裡嘔出血來，慢慢挪動手臂，把帶血的手指放在嘴巴上，在嘴唇兩邊輕輕摩擦。

這是他和爹玩鬧時的暗號，示意他不要說話，快躲好。以往惹了娘生氣，爹就是這樣包庇他的。

他是個聰明孩子，瞧見地上散亂的書畫，多出來的幾雙黑鞋，便知道定是這些壞人傷害了他的爹娘。

他一手扣著地面、一手捂著嘴巴，不讓自己出聲。其實不用捂，舌頭跟喉嚨已經乾澀得發不出一點聲音。

那時他還不知道死亡是什麼，只是覺得難受，看著他爹用最後的力氣對他笑了笑，彷彿是要把最好的印象留給他。

但這微笑也只維持了須臾，他爹臉上青筋鼓起，神情變得猙獰，喘息一下，手垂落下去，再無反應。

他的眼眶彷彿是口泉眼，霎時有水噴湧而出，擦了一會兒又糊滿眼眶，怎麼都擦不完。

他逼著自己轉開目光，不要哭，努力抬起脖子看那幾個穿著黑鞋、黑衣的男子。

一個手戴一串佛珠、大約七尺高的光頭男人用手探了探他爹的鼻息，扭頭睇了身邊的矮壯身材的黑衣人一眼。

「成事不足，敗事有餘的東西，就管不住你褲襠那點玩意兒。」

被罵的賊人，稀疏雜亂眉毛下是雙醜陋的三角眼，嘻嘻笑道：「六哥，我只是手癢，調戲那婦人兩下，這個讀書人就發瘋，要上來撕了我，我不小心……哎，都是這傢伙自找的，不能怪我。」

他緊緊咬著下唇，忍住出去咬下那賊人一塊肉來的衝動。

他仔細觀察著所能看見的這些人，像爹曾經教他學丹青觀察所描畫的對象一樣。他們用黑布遮面，他便記下他們大略的高度、眼睛的形狀、眉毛的樣子，以及任何能觀察到、可作為特徵的地方。

他一定要記住，不放過這些壞人！

「我找到了。」另一個腿細得像棍子一樣，露出的額頭、耳朵都黑不溜丟的黑衣人，把書房翻了個底朝天，拿出一幅畫軸過來，打開讓那光頭黑衣人看。

「柴六，你看看是不是這幅？」

柴六打開，仔仔細細地看了，點點頭，飛快捲起畫。「走，點把火把這裡燒了吧。」

一股帷幔燒焦的氣味傳來，這幾人關了門窗，步伐匆匆地離開。

他再也等不及，從角落裡爬出來，拚命地推爹的身子，但爹怎麼都不醒。

他沒了辦法，哭著爬到娘身邊，使勁地拍她的臉。「娘，娘，您醒醒！」就當他嚎啕大哭，絕望了，被煙燻啞了嗓子拚命嘶吼時，他娘終於咳嗽著醒過來。

後來，他和娘拖著爹逃出了火海，娘叫他藏起來，不能叫任何人知道他出現過。他惶恐不懂，但依然聽了娘的話，嘶啞著嗓子對娘說了所見到的一切。但娘不讓他說出去，要是他說出去，她就隨著他爹一道去。

他害怕極了，他已經沒了爹，不能沒有娘。

祖父祖母住在扶溪村，第二日聞訊趕來。

娘對他們說，她半夜醒來不見夫君回房，一想夫君又不愛惜身子熬夜作畫。想叫丫鬟們去看看，可她們睡得沈，叫不醒，後來請大夫查過，才知那時被下了大量的蒙汗藥。

她自己去了書房，那些賊人躲避起來，乘機抓了她。有個賊人意圖對她不軌，掙扎反抗中，她撞到頭暈過去。醒來時，夫君已經中刀身亡。

娘知道，除了醉心畫畫的丈夫、等丈夫而誤了晚飯時辰的她，以及把飯食倒給黑豆吃的他，所有人都中了蒙汗藥。門鎖沒有被撬的痕跡，那必然是出了內鬼。要是與賊人裡應外合的內鬼知道他在書房，那他必有禍患。

娘懷疑這事和廚房有牽連，在府內查，丫鬟和僕婦互相推諉，告官也沒有結果。那群惡徒彷彿泥牛入海般，即便娘把她所看到的，加上他說的告訴官府，仍是杳無音信。

而後，府裡府外開始流傳，說是娘的美貌引來那些賊人入室，讓爹被害了。

他很生氣，為什麼不去怪那些惡人？難道因為沒有抓到凶手，就要責怪也受了傷害、險些葬身火海的娘？

姑母也來質問娘，祖母教訓姑母，但我知道自從爹去世後，祖母待娘不如以往親近。如此行事，不過是為了我罷了。

娘受著煎熬，說她的人越多，她越開始懷疑，是不是自己的錯？開始常常夢魘，自傷自憐，又愧又悔恨。

他對娘說，他見到那夥人是為了一幅畫而來，不是因為娘。

可是，連娘都開始懷疑，他是不是為了安她的心，才編造出這個謊言。

是啊，一把火將書房燒光了，用什麼來證明？

娘日漸消瘦，後來瘋了，連他都認不得。

他想殺了那些罵他娘的人，可是年幼的他，自從第一次打了那個族裡嘴最壞的老婆子之後，再想動手，就被人壓著動彈不得。

他發洩不了心中的怒氣，把房間裡的東西全砸了，還想放火燒了自己和房子。

祖父見他這般，開始管教他，帶著他讀書。他就變本加厲地搗蛋，沒日沒夜地畫丹青，後悔怎麼沒在爹生前努力學好，總覺得畫得不像，不夠像，還能更像。

官差派來的畫師，不過是從娘的口中聽聞她和他看到的那些畫面。畫出來的只有三、四分相像，要怎麼抓到那些壞人？

日復一日沒有結果，他日漸暴躁，開始拿看不順眼的人出氣。別的同齡孩子嘲笑他有個水性楊花的娘，讓他當了沒爹的孩子時，他就拚命地打他們。

打架讓他得到發洩，不管被打還是打人，都讓他覺得輕鬆。

人家告狀、挨祖父的罰是家常便飯，可他就是不知悔改。

直到有一次，他又溜出來漫無目的地遊蕩時，被人拖進巷子，拳腳相加。要不是路過的人認識他這無法無天的人，送他去醫館，他便死在那裡了。

其實他不怕死，真的。

但他醒來，祖父對他說：「你死了，你父親的仇誰報？我這把老骨頭嗎？」

從那天開始，他跟著祖父認真讀書。他不知道讀書有什麼用，祖父說那是因為沒有學通，講了許多歷代名將的故事給他聽。

祖父幫他請了武師傅，他藉由習武來療傷，讓自己不再像個小瘋子般，出外跟人打架。

不知不覺中，他也不會笑了。實在要笑，那必是虛假的。

到了十三歲，祖父允許他在外行走。十四歲，他便離家經商，實則在外探聽消息。經商當然是藉口，連學武的事，除了祖父知情，祖母認為他只是為了強身健體，有自保能力。

他把自己的目的隱藏得很好。祖父說的是，內鬼至今未抓出來，若是隱藏在暗處，那他也要學會掩飾自己。

可是，他有一張站在人群中也引人注目的臉，在外行走不方便隱藏。他沒有毀掉它，只因這張臉像他爹。

他不想從水中、從鏡子裡看到的是一張有他父親的影子，但卻殘破的臉。事不能雙全，但他從一位小姑娘那裡認識了一種化妝術，可以化成不同面貌。是老天爺給他的運氣。既然送上門來，他就要抓住它。

丁一發現她變臉的事，抓她回來，他竟沒有十分驚訝。不過，一個出身普通的鄉下姑娘，是怎麼學會這一手變妝術的？

他查過整個扶溪村，小姑娘的身分沒問題，那身上必然有什麼不可說的故事，姑且就如她所說，當她是自學的吧。

他觀察她，她比同年紀的小姑娘多了幾分閱歷，言談舉止絲毫沒有第一次走進富裕人家的拘謹，只盯著他瞧。

他有什麼好看的？一身皮囊罷了，卻叫她看得有些癡。末了，臉上還帶著他不懂的、瞧了讓人悵然若失的神情。

不過，那種神情只維持片刻，她便開心地笑起來，真是個奇怪的姑娘。

他們約在這宅子裡授課，她想也不想就點頭答應，不知該說這姑娘大膽還是真傻，一點防人之心都無。他要是起個什麼歹心，她大概連哭的地方都沒有。

還是，她另有圖謀？

他把茶水放在顯眼處，她若要弄死他，只需要在裡頭下一點毒粉。各種金銀玉器的擺件，和容易順走的金銀珠寶擱在那堆妝粉的附近，她要是圖財，忍不住便該動手了。但那看似散亂、實則數目清楚的值錢物件，連丟失也不易察覺的金瓜子都沒少一枚。

可當他獎勵她一粒金花生時，她卻笑瞇了眼睛。

那財迷表情，目光閃亮得刺人眼。要是這樣還是假的，那她的演技確實高超。

如果有人要害他，派來這樣的高手，不如直接找個人收拾他，他著實沒重要到這份上。

他暫且放下疑心，跟著她學習化妝術。

她一邊教、一邊在他臉上試，第一次就把他畫成一個粗獷漢子，第二次又把他裝扮成妖嬈女子。

他覺得這姑娘是來惡作劇的，且格外不知羞，捧著他的臉看傻了眼，還喊著仙女姊姊。

五歲以來，他第一次幼稚，為了報復回來，就把這小女子妝扮成猥瑣的老男人。竟然有點隱秘的竊喜，這種滋味實在陌生。

他想，他一定是瘋了。

十一月下旬，佟家的新宅建成。

十二月初一，佟家趁著沒下雪，天清氣朗，祭拜完祖宗，搬進新家。沒鋪張大辦喬遷宴，只請了自家親戚和黃師傅祖孫做客。

這日，金家的滷肉店歇業一天，金大川領著一大家子上門，連幾個月大的金百祥也被母親彭氏抱來了。一起來賀喜的還有金雲娘和錢宗淮，錢宗淮懷裡還抱著兒子錢元茂。

金巧娘忙招呼他們。「快進來，別讓孩子們吹了風。」怕小孩凍著了，尤其是襁褓中的金百祥。

彭氏抱著包得嚴嚴實實的襁褓笑。「這麼大的喜事兒，小百祥來沾沾喜氣。」

朱氏道：「巧娘放心，有我們照看呢。這孩子在胎裡養得好，哭聲響亮得能傳到二里去，健壯得很，腿腳也特別有勁。還是個丟不開手的，一放手就哭，不然也不敢帶出來。」

一進屋，錢元茂就不讓他爹抱了，要下來和表哥們一道玩。

佟秋秋正指著路，告訴金百昌和金百順怎麼去佟小樹那屋，兩人歡呼一聲，牽了錢元茂就跑了。

她轉過身，對抱著襁褓的彭氏笑道：「我先帶二舅母去廂房吧，廂房裡暖和。」

彭氏笑著點頭，隨了佟秋秋去。

金洪搬著半扇豬排骨，金波拿著一條肥豬後腿和二十斤的五花肉，就往廚房裡走。

金巧娘瞧著這都可以吃到年後了，不由訝異。「怎麼帶了這麼多？」

金大川聽見大女兒的話，回道：「孩子們都愛吃肉，過年嘴裡能少得了油水？還有今日，妳別省著，大好日子得讓客人吃得滿意，不夠再叫妳兄弟送來。」

滷肉生意做起來後，家裡的進項不是從前能比的，金大川心裡有數，這是享了女兒一家的福，連他那些老夥計們瞧了都羨慕。

前日縣裡的酒館來打聽，能不能每日送滷肉去？要是能，就向金家訂了，幫酒館添道下酒菜。

哪有不能的，金大川當日便和酒館老闆講好了送貨的量，次日讓大兒去買騾車，以後送貨去縣城。

今天過來，他就關心女婿一家的鋪子拾掇得如何了，讓大女婿領著他去看看。錢宗淮同姊夫寒暄幾句，正好也跟著瞧瞧。

從院子這邊的角門走，可以直通前頭鋪子的後院。從後院看，就是三間並排的鋪子。第一間是木匠鋪，鋪子裡窗明几淨，左邊是按照女子閨房裝飾的，放了床榻、案桌、椅凳、櫃子等家什，連妝匣、面盆架等物都有，讓人一下子就能看見成品。

右邊則是按照男子臥房來裝飾，床榻等一應什物有了變化，多了書櫃，少了妝匣，几案上是筆筒架、書架等用具。

錢宗淮誇道：「這樣把家什擺出來的佈置，我還是頭一次見。」

佟保良謙虛地笑，心想若按照女兒說的，真做成人住的樣子來，大家還更驚訝呢。可惜，那樣做實在太費功夫，現在這樣已經很好了。

金大川見了，暗自點頭，他一個老頭子雖然不懂內行，但一看之下便覺得做工精細，連那筆筒雕的都是雄獅盤坐，可見大女婿為開店準備的用心。

第二間是麵館，分為左右兩邊，左邊前面是櫃檯，後面是廚房；右邊則是寬敞位置，桌椅都準備得齊全了。

到了第三間，又與前兩間不同，靠近櫃檯裡面的牆面上，是一列列傾斜的木架。佟保良見岳父和妹夫疑惑，解釋道：「這是秋秋要我做的，說是展示糕點用，這樣客人看得一清二楚，方便挑選。」

另一邊，朱氏頭一次來大女兒建好的新宅，心下高興，也讓大女兒領著她四處看看。金巧娘便陪著母親和娘家嫂子們轉轉。

這院子的前頭是三間正房，正中間為廳堂。正房的兩側是耳房，左右兩邊各三間廂房，一邊給佟小樹、小苗兒住，一邊讓佟秋秋和佟香香住。

如此安排，一人一間房都有空餘，更別說每間房都敞亮，即便將來孩子們開枝散葉，也是夠住的。

朱氏看得仔細，連院子裡的井都細細瞧過，不住點頭，將來用水乾淨又方便。心裡為大女兒高興，她的巧娘是個有後福的，現在可好了。

以前金巧娘過得艱難，帶著三個孩子住破房子，她總擔心漏雨讓孩子凍著，還擔心孩子們少了吃穿。

娘家雖然能幫襯一二，但家裡兩個兒子都娶了媳婦，她想幫襯也不能太過。況且，大女兒性子倔，給個一針一線，便想著從其他地方還回來，不讓她和老頭子難做。

金大川看完店鋪，進了院子，心下愉悅，看朱氏居然抹起淚來，忙道：「眼淚趕緊收一收，今兒可是巧娘的好日子。」

「哎，我這不是高興嘛。」朱氏用袖子抹了抹眼角，一臉的笑。

佟保良引了老丈人、大小舅子和內姪金百昌，以及妹夫錢宗淮進廳堂入座，招待茶水。金百昌已經十六歲，佟保良便不把他當孩子對待了。

佟小樹與小苗兒則招呼本家的堂兄弟姊妹和表兄弟們，在自己房間玩耍吃點心。

坐在廳堂裡的，還有三叔公一家的成年男丁，以及佟保忠和大兒子佟大富、小兒子佟大貴，不，現在大名叫佟嘉貴了。自佟小樹改名後，他也覺得自己的名字土氣，他爹便請學裡的先生取大名。結果，先生知道他和佟小樹是堂兄弟，就幫他取名為佟嘉貴。

佟大貴氣壞了，總覺得十分丟面子，像跟在佟小樹屁股後頭一樣。

這會兒，那群小的都跟佟小樹和小苗兒去玩了。佟小樹來叫他，他偏不去，覺得自己是讀書人，雖然還不到十歲，和大人們待在一處也不為過。

而方氏扶著朱氏，身後是金雲娘和金惠容，由金巧娘領進廳堂左邊、招待女客的廂房。

第三十四章

三叔公家的幾個媳婦和大伯母曾大燕、表姊佟貞貞已經在廂房裡了，挨著炕坐著。

彭氏把金百祥放在炕上，那孩子已經醒了，她一邊搖著自己帶來的博浪鼓逗他玩、一邊和人說話。

大家正說著炕的事兒，以前不知道有這種坐著生熱的好東西，天寒地凍的，家裡若能做一個，晚上就不怕冷了。

曾大燕心裡恨不得明天立時叫黃師傅幫忙做上，再想想自家還沒動土的五畝地，心肝肺都疼了。他們家又不是沒家底，怎麼不能動用？要是早早用了，早建起一座比二弟家還好的宅子，現在也能享受。

她為著有福沒享心痛，抬眼便瞧金巧娘領了親娘、娘家嫂子並姪女進來。

屋裡的女眷們見到朱氏，起身打招呼。原本心不在焉的曾大燕瞥見樣貌大方、亭亭玉立的金惠容，眼睛亮了亮。

這姑娘不胖不瘦，十六歲的模樣，身段也有了，露出白嫩的臉蛋和手腕，模樣是真不錯，穿戴也齊整，一件杏色小襖更襯出好氣色，一看就是家境好，在家受寵的。

曾大燕在心裡琢磨了幾回，雖說女兒不比男兒值錢，但金家就這一個孫女，能不稀罕？

想當初金巧娘嫁進來，嫁妝也是令人豔羨的。

何況，現在金家的家境比從前更強。

於是，曾大燕熱情地上前招呼朱氏來坐。「是親家嬸子啊，快坐快坐。」又拉了金惠容的手，上下打量，問她幾歲了，平日在家做什麼？

金巧娘腦子裡飛快轉了下，知道曾大燕不可能平白無故對她娘家人如此熱情，三兩步上前，把姪女解救出來，笑道：「她小孩子家家的，臉皮薄，嫂子別見怪。」便帶姪女去另一頭坐了。

曾大燕撇撇嘴，只能暫時作罷。

佟貞貞見狀，扭過臉去。一看便知人家不願意，她娘和二嬸的交情那麼差，不知道在折騰什麼。

朱氏坐在熱炕上，立時哎喲一聲。本來就見這房間新奇模樣，摸著手底下的炕，暖呼呼的，不由用手來回摩挲。

「別把人烤著了。」

雖然三叔公的大媳婦仁大嬸子才剛經歷過這炕的新鮮勁兒，但不妨礙她跟朱氏說她聽來的火炕來歷。

「您放心，這燙不著人的。」

金巧娘特意叫娘家人和仁大嬸子坐在一起，請仁大嬸子照看些，才放心地回廚房忙了。

「那就好。」朱氏心滿意足地坐下，見佟秋秋換了新的茶水，又端了各種口味的蒸糕、麵包、餅乾過來。

仁大嬸子性子爽快，道：「這蒸糕我曉得，香香做著賣的，味道極好。這餅乾和麵包，只見小苗兒分給他堂兄弟們吃過，卻沒見外頭有賣，家裡幾個小的現在依然念著呢。可惜，秋秋的店還沒開張，不然一定去光顧。」

佟秋秋說：「嬸子放心，香香已經把這些點心端去小樹那間房了，讓堂兄弟和表兄弟們吃個夠。」

「那敢情好。小的不用我們操心，我們自己好好享受。」仁大嬸子招呼著，大家笑起來，鄉下人家沒有那麼多講究，就著茶水，用手拿著吃了。

佟秋秋幫外婆拿了塊鬆軟麵包，就算牙口不好也能吃點。朱氏吃得直點頭，這個又香又軟，但口感又和蒸糕不同。

金惠容吃的是外面有一層脆皮的麵包，說不出什麼讚美的詞來，只笑道：「很香呢，還有嚼勁。」

佟貞貞原本想著，將就著吃一點便是給面子了，但捏著的麵包一塞進嘴裡，嘴就沒停下來過。

智四嬸子是裡頭最年輕的媳婦，挑了點著芝麻的餅乾吃，咬得喀嚓一響，不禁笑起來。仁大嬸子快人快語，吃完餅乾，頭一個問：「秋秋這點心鋪什麼時候開張啊？」心想這些點心的味道確實不錯，怪不得家裡的小子們惦記呢。

曾大燕坐著熱呼呼的炕頭，吃著嘴裡的麵包，看了如今老二家的光景，心裡的酸味別提多重了，這會兒聽到仁大嫂子這樣說，腦筋又活絡起來，忙嚥下嘴裡的麵包，搶著開口。

「秋秋啊，妳這手藝好，教教妳大富堂哥。別只顧自己，也帶著大富掙幾個零花錢。」她她家男人那死腦筋不知什麼時候想通，那筆錢她動不了，不如先讓佟大富掙上銀子。她覺得小攤販上不得檯面，可現在老二一家要開店了，以後便是坐在店裡收錢的人，很不一樣。她家大富要是學了佟秋秋的手藝，將來自家建起鋪子，他坐在家裡收錢，她樂意。

佟秋秋還沒開口，朱氏便道：「都是一家子，可秋秋年紀小，我們做長輩的也要體諒。有什麼做不到的，別見怪。」

堂兄弟姊妹間幫襯些也沒什麼，但曾大燕是個惹禍精，別到時候攪和得不好收場。她怕佟秋秋年紀小，不好意思拒絕，她這做長輩的就替外孫女出聲了。

人家外婆開了口，是暗示她這已經分家的伯母別太過分呢。曾大燕又要張嘴，就被旁邊的妯娌扯了袖子，別在人家跟前丟人。

大家的日子都不富裕，誰不想跟著賺錢呢，但不能做得太難看。

仁大嬸子打圓場。「咱們也不說外道話，秋秋賣月餅，我公公和三弟的竹編手藝得到施展，還掙了錢。再說我那小叔子，趕牛車穩當，跟著秋秋賣月餅，也賺了不少。所以啊，家裡要是有拿得出手的本事，別掖著，讓秋秋知道了，以後要是用得上，豈不是兩全其美。」

佟秋秋輕輕拍了拍朱氏的手，對著仁大嬸子一笑，向各位長輩道：「馬上就到年節，我做出來的糕餅，就在咱們這地方賣。要是叔伯兄弟想從我這裡進貨，再賣到其他地方去，我給個公道價錢，進多進少都可以，就算一次只拿個一斤半斤，圍著附近幾個村賣也行。只一點，為避免傷了情分，話要說在前頭，進了的貨是不能退的。」

這下，在場的女眷們心裡有了底。年節將近，各家各戶或多或少要置辦吃食，糕啊餅的，每年自家都要買一點，給老人孩子吃了甜甜嘴。

想到這裡，有心動的，也有憂心的。很多人一年到頭都待在村裡，去到最遠的地方就是甜水村大集，對出門吆喝做買賣，還是有點怕的。

佟秋秋說到這裡就夠了，見朱氏吃喝安穩，又見曾大燕老老實實沒作怪，想來有這些長輩、堂嬸在這裡，也不敢太過分。

於是，她向長輩們招呼一聲，便去廚房幫她娘了。

佟秋秋剛到廚房門口，見她娘正準備席面，三叔公家的義二嬸子和禮三嬸子都在幫忙。

廚房的西邊是相連的兩口灶，靠裡那面牆邊有几案，上面放著砧板，極為寬敞。

此時，禮三嬸子正在切菜，隨手從牆面上的筐拿出洗乾淨的菜來。

這筐做得四四方方，深不過半尺，掛的位置是按金巧娘的個子訂的，極為方便取用。

義二嬸子蒸米飯，金巧娘在瓦罐裡放了一整隻雞和各種配料後，把瓦罐擱進灶膛煨著。

炒完菜，雞湯也煨熟了。這是此處常見的煲湯方式，既省柴火，做出來的湯滋味又極好。

這會兒，金巧娘見佟秋秋捲起袖子，趕緊道：「妳去和香香玩吧，這裡不用妳幫忙。」

義二嬸子和禮三嬸子也笑著趕她出去。「做姑娘還能在家做幾年？趁著時候鬆快些，才是正理。」

佟秋秋被這一說，腦子裡冒出一句：還早著呢，最快還得等三年。又立刻呸了自己一聲，感覺臉上發熱，趕緊避出來。

她怎麼變成這樣呢？真是中季知非的毒了！

義二嬸子和禮三嬸子瞧佟秋秋那模樣，呵呵笑出聲，義二嬸子對金巧娘道：「哎喲喲，咱們秋秋也知道不好意思啦。今兒我才確信巧娘生的是個姑娘，不是小子。」

門外的佟秋秋無語。「……」好了，這地方是真不能待了，她得靜靜！

廚房裡的玩笑過後，這次待客除了茶點，還備了酒席。

金巧娘準備的菜油水足，雞鴨魚肉皆有，每桌都上了八大碗菜餚，來客一個個吃飽喝足，滿意而歸。

吃足了老二家的好酒好菜，佟保忠回家就想躺下睡覺。

冬天的天色黑得早，曾大燕拿個舊瓦罐，裝了還帶點火星的草木灰，封了罐口，用舊布一裹，就是個好用的湯婆子。

曾大燕將瓦罐放在被中滾一滾，等有了點熱氣，人趕緊往被子裡一縮，也就睡了。天長日久都是這樣過來的，以前不覺得什麼，今兒曾大燕卻覺得不順心。瓦罐的封口沒紮緊，她一個沒留心，險些讓草木灰灑落在床上。

「妳看妳，做事笨手笨腳的，搞得睡覺都不安生。」佟保忠沒好氣地道。

今日見老二一家用上了熱炕，曾大燕心裡本就存著一股氣，被佟保忠一說，氣得把瓦罐往地上一擱。

「是我還受這個累。金巧娘都睡上熱炕頭了，我們還是這模樣！」

「大晚上的，妳嗆呼什麼？」佟保忠上床，趕緊蓋好被子，背過身去。他難道不想，心裡不難受？這不是有苦衷嘛。

曾大燕見男人不理她，脫鞋上了床，推了推他。「你說句話啊，咱們家又不是沒錢。」

以前看自家這房子，寬敞的堂屋，左右四間大廂房，後頭還搭著青磚的院子，廚房、雜物間一樣不少，她心裡不知多滿意。可現在看，房子有些年頭，看著不如新的舒坦，哪裡都不如別人家了。

「咱們一點點的花用就罷了，一下子拿出大筆錢來，讓人怎麼想？」佟保忠背著身說話，臉色也很不好看。

「那又怎樣？咱們有錢沒處花，握著有什麼意思？」曾大燕咬著下唇，心裡憋悶。

「怎麼沒花？大貴上季家族學沒花錢？家裡添的東西、比別家好的吃食，不是花錢？」

「我說的是撫恤銀子嗎？」曾大燕沒好氣地重捶佟保忠的背部一下。「咱們那一箱子——」

「住嘴！」佟保忠馬上喝住她，小聲道：「什麼話都往外說！」

曾大燕被他喝得心肝一跳，吶吶道：「那怎麼辦？反正我就是要咱們家也住上那樣的房子。總之，不能比老二家的差了。」

「妳這婆娘就是心眼針尖大，好東西在窩裡又不會壞，就只想花用。現在大冷的天，那五畝地的土都凍上了，有錢也建不了。」

曾大燕一想也是，一會兒後又沒好氣地推了他的背一把。「那就改造這間屋子，也做上炕。今兒我可是聽黃師傅說了，炕能加蓋的，咱們家是磚房，肯定沒問題。」

佟保忠被她鬧得被子裡一絲熱氣全無，也煩了。「妳讓我好好想想。」

「想什麼想！」曾大燕氣得伸手扯被子。「這被窩冷得跟冰似的，早做上就能早睡上暖被窩！」

被子被扯開，佟保忠打了個哆嗦，總算明白，自家婆娘是非要和老二家的槓上了。老二家有的，這婆娘也要有，但他自己難道就不想要？

他扯過被子蓋住自己，沈默良久，道：「明……不，明兒不行，太急了些，容易被人看出貓膩。過兩天，我拿出幾樣來，去縣裡當鋪當了。」

「那好那好。」曾大燕一聽佟保忠終於下決心要動用那箱子裡的東西，連說了兩個好才罷休，接著道：「那咱們得跟黃師傅好好講講價，他剛替二弟家做過，咱們家又給他送上生意了，這點面子要給。」這時候又把佟保良一家歸為一家人了。即便有了錢卻同樣小器的算計，任誰知道都得甘拜下風。

佟保忠卻認同她的話，暗自點頭。

曾大燕覺得今夜作夢都要笑醒，自家將來能住比老二家更大的房，睡更大的熱炕，眨眼工夫就睡著了。

佟保忠依然睜著眼睛，想著錢財的來處，要是有人問起，怎麼編出來才好？徹夜難眠。

自從買地花光撫卹銀後，他們手頭就沒銀錢了，只能動用守著許多年的那箱財寶。

然而，多年沒敢動用這箱引人注意的東西，剛想動用，頓覺有人時時刻刻盯著他們。

佟保忠不敢妄動，就怕讓人知曉。這一糾結，便拖到今天，離買地已經過了幾個月。

可今兒他們夫妻被老二一家刺激得不輕，覺得面子事大，再憋著就要憋死了。

佟保忠顧慮頗多，但等他戰戰兢兢從縣裡當鋪換了銀子回村，再到左思右想後拿出錢來花用，卻發現根本沒人細問。旁人好奇多嘴，他就說是以前攢的錢，現在取來用，人家最多羨慕幾句，便沒再多問。佟保良和三叔公他們更是沒過問一句。

佟保忠徹底放下心，膽子也大了起來。

和佟保忠糾結一夜不同，佟保良睡了個好覺，早早醒了，只是這熱炕讓人暖洋洋的，一時不想起身。

他側頭瞥見睡得安逸的媳婦兒，不由一笑，可笑容在看到她有些紅腫的手時，僵住了。摸摸媳婦兒伸在被面外的手，居然是長凍瘡了。

他把她的手放進被子裡，心裡在想，日子好過了，媳婦兒的手怎麼卻長凍瘡了呢？家裡廚房成天都有熱水，應該不會凍著手。佟保良想來想去，覺得是媳婦兒做麵，手露在外面的緣故。

做麵最費勁的就是和麵，他一下子有了靈感，他要做個和麵的工具。

想到就做，佟保良再躺不住，輕手輕腳地起身穿衣，一頭扎進木工房裡。

吃早飯時，佟秋秋沒看見她爹，問道：「爹去哪兒了？吃早飯了嗎？」

金巧娘臉上有點臊，沒看女兒，喝了口熱豆漿，才說：「妳爹在木工房裡。我幫妳爹送過飯了，妳別管。」

每回碰到這種情況，就是爹做木工做到沈迷，或是趕工的時候。可店鋪要開了，準備工作也做好了，還有什麼要趕工的呀？

現在小苗兒跟著佟小樹一起睡，佟小樹起床去上學，他也跟著起來，老早便聽見爹娘在木工房裡說話，立刻搶著回答。

「爹要做揉麵的工具給娘，讓娘的手不要凍著。」

「小苗兒吃飯，不要說話。」金巧娘繃著臉，嚴肅道。

佟香香吃著餅，嘴角不由微微翹起，二伯跟二伯母的感情可真好。

佟秋秋暗暗偷笑，看看她娘的手，再看看她的手，覺得微微發癢，看來也是生凍瘡的前兆了。又去看佟香香的手，也有些紅腫的樣子。

她們家三個女人，個個都做吃食營生，確實傷手啊。

她立刻覺得，要好好鼓勵她爹，早日做出揉麵的工具才好，能輕鬆點就輕鬆點。

第三十五章

吃完飯，佟秋秋去擠羊奶。她的糕餅店還沒開業，但佟香香的蒸糕生意一直沒停歇。

現在，宅子後頭就是羊圈，除去之前買的羊，又添了三隻母羊、一隻公羊。至於餵養的活兒，佟小樹利用下學吃飯前的工夫辦了，倒是不用佟秋秋多操心。

現在佟秋秋已經是擠奶熟手，不用她爹幫忙了，拿了木盆就要去擠奶。

這時，曾大燕一臉堆笑地上門來了。

「哎，秋秋，我找妳娘。」她笑得跟朵菊花似的，還沒空手來，手裡拿著半隻雞，看那上面的血跡，這回肯定是新鮮東西，沒糊弄人。

但就是正正經經帶禮上門，才讓佟秋秋心裡一驚。不要怪她不識好人心，要怪就怪曾大燕一毛不拔的個性太深植人心了。

佟秋秋不動聲色地問：「大伯母怎麼這般客氣，還帶了禮來？若是有事，您說一聲就是，我娘在廚房處理蘿蔔呢。」蘿蔔是要做來當佐麵配菜的。

曾大燕等不及了，手裡的半隻雞也不放下，提著去了廚房。

佟秋秋瞧見從廚房避出來的佟香香，牽了她一起去擠奶，別在這裡摻和。反正，若大伯母提出過分的要求，她娘是不會應允的。

佟秋秋擠奶，佟香香蹲下身支著頭看，豎起耳朵聽廚房的動靜，悄悄道：「這陣子大伯母正幫大堂哥物色親事呢，看了好多人家都不滿意，不知道找二伯母是不是為了這件事？」她也是聽來買蒸糕的大娘說的。

佟秋秋聽了，回憶起昨日大伯母在飯桌上對她表姊金惠容的態度，好像格外殷切，大伯母還真是敢想啊。

與大堂哥佟大富無關，光是她大伯母折騰的那些事，有這樣一個婆婆在上頭，她娘會讓自己娘家親姪女嫁進來？怕不是瘋魔了。

剛才佟秋秋還覺得，大伯母提著半隻雞就是大禮了，這會兒再想，真是小器到了骨子裡。就算妯娌間沒什麼恩怨，上門請人幫忙替婚事牽線，居然只提半隻雞當謝禮。若家裡實在困難，可以理解，但大伯母家裡不是啊，還是村裡常能吃肉的人家。

佟秋秋這樣腹誹著，便聽見從廚房傳來的吵架聲，羊奶也不擠了，趕緊過去。

果然，曾大燕提著半隻雞，氣呼呼地往大門外走，嘴裡還沒好氣地抱怨。

「就知道妳金巧娘心眼針尖大，還為這陳芝麻爛穀子的事，心裡的疙瘩放到現在。我家大富怎麼了，還是妳親姪子呢，配不上妳娘家姪女不成？」

金巧娘氣沖沖地扠著腰，眼睛都氣紅了，回道：「別跟我提大富，與那孩子沒關係，我就是瞧不上妳。我和妳誰不知道誰，對我這妯娌尚且這樣，能對兒媳婦好？我還沒有眼盲心瞎，要我上門去促成婚事，妳在作夢！」

佟秋秋聽她娘話裡話外沒提金惠容一句，知道這是顧忌表姊名聲呢，扭頭就對曾大燕開火了。

「大伯母，妳要希望大富哥娶不成媳婦，就到處嚷嚷吧。雖然姑娘家名聲重要，但大富哥便不要緊了？若好人家知道大伯母說不成婚事就要這般鬧，還願不願意把女兒嫁過去？」

曾大燕憋著氣，哼了一聲，頭也不回地走了。

第二日，金巧娘回了娘家一趟。有些話得跟嫂子說一聲，也沒叫佟秋秋跟著。

佟秋秋乖覺地沒去探究，畢竟不是什麼好事，心裡為佟大富鞠了一把同情淚。佟大富就是一個普普通通的少年，沒什麼過人之處，但也沒聽說有什麼毛病。可有曾大燕這個娘在，對金巧娘來說，就是最大的敗筆。

金惠容是個好姑娘，長得標緻，做事大方，一看便是宜室宜家的好人選。但有曾大燕在，除非兩人好得難分難捨，那金巧娘這個做大姑的也不可能硬攔著，但這怎麼可能？

佟秋秋放心地把這件事拋到了腦後。

幾天後，佟家的三間鋪子開張了。儘管不張揚，眼睛稍亮些的便發現，佟老二那閨女開的糕餅鋪，佟家的後生小子們進出不斷，還有季子旦，每次拿走的糕餅可不少。

聽說這都是進貨出去賣的，加上上門光顧的其他年輕後生跟小娃們，這一算下來，可掙得多了。

說起來，這鋪子的人氣，少不了佟小樹和小苗兒的功勞。在書院，同窗見佟小樹吃麵包吃得香，就想嚐一嚐。佟小樹也大方，把多的麵包分給大家吃，這下可好，幫佟秋秋帶來了一批學子客人。

而村裡的小娃娃們，見到小苗兒啃餅乾，一聽那喀嚓聲，也想喀嚓一口，回家坐在地上撒潑打滾，吵著要吃。

有了兩個弟弟的幫忙，現在村裡最受歡迎的吃食，變成了佟秋秋糕點鋪的麵點。

金巧娘的湯麵滋味好、麵勁道就不用多說了，佟老二的閨女手藝怎麼也那般好呢？仔細一打聽，從當初替佟老二家建新房的那幾個外姓村人嘴裡得知，是用烤爐做出來的點心。村人不禁好奇又訝異，烤爐竟有這般好用處。

烤爐是一樁，還有佟家新壘的炕，也在村裡傳說了許久，季族長的三兒媳婦也來看過，說確實是好，要讓自家婆婆用上呢。

於是，黃師傅和他孫兒黃繼祖這些時日就忙活起來了。

幫佟秋秋做烤爐的黃繼祖，還特地來了佟家一回，說是有人找他做烤爐，他能不能去？到底是她的法子，得來問過她，才能辦事。

佟秋秋覺得這小伙子做事挺講究，已經掌握了做烤爐的方法，還特地來問。而且，當初請他幫忙，她見識過他的手藝，那是真好，做出來的比她預想的更讓她滿意。

她點點頭，表示可以。當初找外人來做，她就沒打算瞞著，烤爐只是個工具，最重要的還是點心方子和手藝。在異世時，她可沒聽說過家裡有烤爐和烤箱的，都是麵點大師傅。

若真有人能用烤爐開發出新的美食，她也要去捧捧場，誰不想換換口味呀！而且她一直覺得，人類對吃的智慧無窮，挺期待的。

佟秋秋沒想到的是，她都答應黃繼祖可以幫別人做了，他居然還要分兩成利給她。

她確實吃驚，看著這個單眼皮、笑起來有些機靈的十七歲少年，覺得哪裡怪怪的，卻說不出來。

黃繼祖忙道：「佟姑娘放心，絕不叫妳承擔責任。即便我做壞了活，也和妳沒關係。」最後，竟還找來錢宗治那傢伙當中人，立了字據。

佟秋秋看著他倆，不知兩人是怎麼認識的。

事情都到了這個地步，她也沒什麼好猶豫的，總不能傻到把錢往外推呀。自從她做了護心鏡後，便荷包空空，這事就定下了。

後來，佟秋秋悄悄和她娘咬耳朵，說起這件事。金巧娘說了她一頓，黃繼祖那孩子正直善良，是個好小子，怎麼把人盡往壞處想呢？

佟秋秋還能說什麼，有了字據在手，也沒什麼好擔心的。就算這小子有狐狸尾巴，遲早也會露出來。

有了意外收入的佟秋秋，便高高興興地等著進帳了。

這一日後，連著下了幾日雪，整個扶溪村被籠罩在寒冬之中，出門都能感覺一股冷颼颼的風，書院就給學子們放了年假。

雪停後，寒冬再擋不住小孩子們的身影，房簷下的冰柱都被小孩子們敲了。

佟秋秋看見小苗兒和他的小玩伴們吃冰柱玩，隨口說了句這冰柱是鳥屎味的以後，包括小苗兒在內的小孩子們哇哇哭了一場，都不吃了，現在就愛敲冰柱。誰喜歡家門前有屎味呢，雖然他們聞不到。

栓子一路往佟家走，見各家房簷比往年乾淨就想笑。一年留下的鳥屎，隨著雪流下來，化成冰柱，可不就是帶著鳥屎味。不過之前誰都沒想到，秋秋姊怎麼這麼促狹呢。

現在村裡的小娃兒們見到佟秋秋，必定要說自己沒有吃冰柱，以示清白的。

栓子揹著斜背包，懷裡抱著熱呼呼的罐子，腳步穩當。

這包是從佟小樹開始揹起的，細繩一解開，不僅裡面有夾層，可以分類，包裡還有各種小口袋，可以放些小東西。

說起小東西，不得不提佟保良做給佟小樹的筆匣子。筆匣子輕便，但裡頭居然嵌了一方硯臺，還有放毛筆的卡榫。只要蓋上蓋子，裡頭的墨水就算未乾，也不會灑出來，而且不會弄髒毛筆。

筆匣子好用，受書院裡的學生歡迎，可以去佟家木匠鋪購買。

至於斜背包，揹著輕便，不僅在學堂裡颳起一股風氣，而後村裡其他孩子，甚至有大人出去也揹斜背包，方便行走，徹底在扶溪村紅了。

所以，栓子也叫他娘縫了一個，用起來挺方便。

到了佟家，栓子先看到三間青磚黛瓦的鋪子。下雪後，店面瞧著也冷清許多。

他輕車熟路地走到大門，拿起門環敲了敲。

「栓子來啦。快進來，外頭冷。」穿著藍色襖子、一臉帶笑的金巧娘來開門，接過他手上的罐子。「小樹在書房裡，去吧。」

「今天怎麼是你拿豆漿過來呀？」廚房裡探出個腦袋來，是個眉目秀麗、神情卻不失狡黠的姑娘，正是窩在家的佟秋秋。

「順手就帶來了，又不重。」栓子笑，又從布包裡掏出個小布袋。「喏，這是我奶奶叫我帶來給妳的豆渣包。」

佟秋秋穿著一雙暖棉棉的棉鞋，沿著房屋下的迴廊，噠噠走了過來。「回去替我謝謝吳婆婆。」房屋四面都有延伸下來的屋簷，屋簷下是兩人寬的迴廊，淋不到雪，走在上面也不怕濕了鞋。

栓子不好意思地摸摸頭。「都是妳想的法子。多虧了妳，我家生意比以前好了許多。」豆腐手藝是他太爺爺傳下來的，他奶奶、他爹娘按照太爺爺教的步驟，一絲不苟地做，做出來的豆腐是幾十年不變的好，卻從沒想過做豆腐的過程中，還能做出許多別的花樣。

現在，他們家不僅賣豆腐，還賣豆漿、豆皮、豆花，連多出來的乾豆渣也和著麵粉發酵，揉製成了豆渣包。

除此之外，他家還多了早點生意，不過是在自家買的地上搭棚子，還沒建鋪子。這是因為沒趕上，他奶奶看金家鋪子建起來後，就決定要跟著蓋了，可是那時蓋房的多，工錢漲了許多，她就覺得不划算了，要再等等。等到後來天冷了，泥土結凍，不好挖地基，今年只好作罷。

不過，雖然沒鋪子，但一家子沒喪氣，如今豆皮供給金家做滷菜，也是門固定的生意。手裡的錢攢得越多，心裡底氣越足，他奶奶連佟家這般的大院子都在想了。

佟秋秋嘿嘿笑了兩聲。「我就好口吃的，沒辦法嘛。」

金巧娘把豆漿倒入廚房碗裡，拿著空罐出來，聽見女兒這話，笑罵道：「我看妳是把心眼都長到吃食上了。」

現在他們每日在栓子家訂一罐豆漿或豆腐腦，供家裡六口人吃早飯。

本來還有幾分不習慣那個味道，這些日子卻吃得越來越喜歡，彷彿沒有這個就著餅吃，便少了點什麼似的。況且大冬天的，吃著也暖和。

金巧娘又問栓子。「吃了沒有？沒有就在嬸子家吃。」

栓子忙道：「多謝嬸子，一早就著豆漿吃了兩個豆渣包。」

佟小樹聽到動靜，放下手裡的書，下炕出門。知道栓子不是客套，就對栓子道：「我把書放在炕桌上了，你去看吧。」

《千字文》他已經熟背能寫，便開始讀季七太爺送的那套啟蒙書籍，有不懂的就請教胡先生，然後在家自己讀。

胡先生對他很好，見他不僅學得紮實，還有進取之心，對他占用自己額外的工夫，不僅沒有意見，還讓佟小樹有問題就去找他。

栓子家沒有這些書，就來這邊和佟小樹一起讀。這裡有炕，也暖和些。

「好！」栓子點頭，進了書房，一進去便感覺有別於外頭的溫暖，不由摸了摸那炕。「真是個好東西。」

他奶奶說，按照現在豆製品買賣的進項，明年建個鋪的錢足夠不說，還有餘錢能搭炕。明年冬天，自家也能用上這好東西，令他心裡期待不已。

他爹的腿一到冬天就疼，要是有炕，應該會好很多。他奶奶年紀大了，也需要用。還有他娘……

哎，一想就想遠了。栓子趕緊甩甩腦袋，拍拍身上的衣裳，脫鞋上炕，拿書看了起來。

廚房裡的圓桌上，每人面前是一碗豆漿，中間擺著兩碟麵包片，還有金巧娘做的黃豆肉末醬。

一家人拿著麵包片，沾著黃豆肉末醬吃一口，再喝點豆漿，真是渾身舒坦。

吃完了飯，佟秋秋又切了塊麵包，裝了一小碟黃豆肉末醬，叫佟小樹吃完了端去書房。

「你和栓子要是餓了，就著茶水吃。」

「待會兒我也去書房，和哥哥一起讀書。」小苗兒知道自己明年開春就要上學，一副努力跟著哥哥腳步的模樣。

現在他的小臉被養得肉肉的，說起話來，鼓起兩邊臉頰，可愛極了。

「好，咱們小苗兒真是好學。」佟秋秋笑著誇他的話剛落，敲門聲響起。

佟秋秋出去一看，是騎著驢子的季子旦。季子旦本來就生得黑，如今為人穩重，顯得成熟許多，一點都不像十三歲的孩子。

話說她這個心心念念要買毛驢的人沒買，倒是買了羊回來。可季子旦這傢伙如今出行都是有驢的人了。

自從有了競爭進貨的人出現，季子旦就不拘在鄉下了，而是跑去縣裡，頂風冒雪地在外行走，幫佟秋秋拉了不少生意來。

佟秋秋不用出門就能做上買賣，自然不能虧待了季子旦，給他的提成是極豐厚的。

「看誰來了？」季子旦笑著下了驢背，指著後面從馬車上下來的人。

佟秋秋朝他指的方向看去，就見穿著皮襖、虎背熊腰，高壯得像座山似的、滿臉絡腮鬍的男人。

她笑著拱手。「辛大客官。」她穿了碎花襖子，做這個姿勢竟無一絲違和，實在是因為她自己認為沒有問題，十分理直氣壯。

辛大哈哈大笑兩聲，來的路上聽聞從前賣月餅給他的是個小姑娘，還覺得驚奇。但一看佟秋秋舉止大方，覺得不過是換了穿著罷了，人還是那個人，便不在乎是男是女了。

現在能在家門口做生意，也不用穿男裝出去行走，佟秋秋也不在意自己的底掉不掉了，大方笑道：「讓您見笑。」

她說著，請人進來喝杯熱茶。這次辛大是為了買麵點而來，他們這些南來北往的客商，只要河水沒結凍，一年到頭少有停歇的時候。

這次到梅縣，恰巧遇到季子旦帶著佟家的麵點招攬生意，他就試吃了，覺得可以給兄弟們換口味。船上的日子，冬天也難熬啊，這個吃著挺方便，尤其那餅乾的保存時日還長。

喝完茶，佟秋秋帶辛大去店鋪挑選。辛大選的種類和數量都挺多，聽了交貨的時間，有點趕，但還能做，便點頭應下了。

事情敲定，辛大就有了閒心，在佟家的三間鋪子轉轉，聽說是家裡人分開負責，且帳本都是分開記的，不由想著，這小小人家做事倒也條理分明，沒在一個鍋裡攪糊塗帳。

佟秋秋又請辛大和季子旦去她娘的鋪子吃麵。

一口骨頭湯和著勁道的麵下肚，再配上脆爽的酸蘿蔔，真是熨貼。辛大覺得，怪不得佟家小姑娘做的麵點好吃呢，她娘的麵食也是一絕啊，不由嘆道：「要是能在船上隨時吃到這熱湯麵就好了。」

說者無心，聽者有意。佟秋秋腦子裡的想法已經飛快轉了起來，道：「可能不用多久，想吃就能吃上了。」

辛大當她在說吉祥話，笑道：「承妳吉言。」

送走辛大和季子旦後，佟秋秋飛奔去找她娘。

「娘，您要有好營生啦！」

次年二月，佟保良從打穀機找到靈感，反覆試驗，做出第一款腳踩驅動的滾筒揉麵機。

三月，金巧娘開始售賣掛麵，在梅縣乃至沿河渡口打響了名聲。

第三十六章

又是一年的陽春三月。

環心湖新街與書院以小山丘相隔的小別院內，佟秋秋正與她爹佟保良研究水車。

小別院是佟秋秋請了黃師傅，花了半年工夫建成的。

環心湖極大，景色優美，湖中心如今建有水閣，常有學子遊湖，吟詩作賦。

佟秋秋的小別院靠近環心湖之處，蓋了面朝湖的度假木屋，推開窗，便能欣賞湖邊美景。從木屋下來，就是青青草地，草地一直延伸到湖邊，湖邊的垂柳婀娜多姿，自帶風情。春日嬉遊，夏日裡乘涼，都是一處極好的所在。

佟保良的第一架水車就是在此完成的。之後，佟保良不收錢，幫村裡製造水車，灌溉農田。此舉頗受村人稱讚，得到知縣王楠的嘉獎，還因此幫佟保良木匠鋪的匾額提了字，從此聞名整個梅縣。

此時佟保良與佟秋秋在做的，就是改造水車，想變成一款能紡羊毛線的水紡車。

這段時日的辛苦沒白費，看著水紡車轉動，成功紡線的那刻，佟保良望向女兒，露出笑容來。

佟秋秋險些要落淚。她是看著她爹的辛苦過來的，真的太不容易了。

「妳這孩子怎麼還哭了呢？該高興才是。這回妳存的那些羊毛，可以派上用場了吧，爹還等著妳用羊毛，替爹做一身衣裳呢。」佟保良道。

佟秋秋擦了淚點頭。

佟保良看著女兒，卻有些擔心，感覺女兒不如從前歡喜了。

去年十月末，女兒留書一封，便追著與麵館合作的辛大的商船，說是要去沿河渡口遊歷一番，遠走去了。

金巧娘氣得不得了，恨不得立刻抓女兒回來，狠打一頓。可是看到信的時候，人已經走了多時，追都追不回來。

夫妻倆在家擔驚受怕兩個月，幸好女兒在年前跟著辛大的商隊回來了。回來的時候，女兒的臉消瘦了，原先的衣裳穿在身上都大了一圈。

兩人仔細追問辛大路上的事，說女兒一直跟著船隊，沒出什麼事，就是船上吃得差些才瘦了，如此才作罷。

可金巧娘仍不能消氣，修理了女兒一頓，但看女兒不躲不避、任她揍的消瘦模樣，到底捨不得使勁，便罰女兒待在家裡，還是最近這個月才准她出門的。

女兒出來後，精神還不錯，就是吃飯吃著便發起呆來。問她怎麼了，卻說沒什麼事。

可他和媳婦兒哪裡看不出來，女兒是有心事了。可這幾年姑娘大了，不願意說，他們也不能刨根究底。

他這做爹的，只能做些能讓女兒開心的事來。女兒養羊後，說這羊毛浪費了多可惜，要是能做個紡羊毛的器具就好了。

他記在心裡。這次做好水紡車，看女兒高興就心滿意足。

佟秋秋哪裡看不出她爹的心意，抹了把臉，對著她爹露出個大大的笑容。又在心裡念了一遍自己的決心，其他的事不要想了，多想也無用，她的餘生就是拚事業。

起初買的十畝地蓋了別院，後來因為羊奶的需求大增，要多養羊，又往外買了十畝地。能買到這十畝地，還有點緣故。原來的地主是縣裡的富戶，兒子迷上賭博，把家當全輸光了。富戶買環心湖這邊的地，本是為了讓兒子讀書之用，無奈兒子不肖，只能賣地還債，回老家度日。

佟秋秋對賭博十分厭惡，為此還告誡兩個弟弟一番，誰敢去賭博，先把腿打斷再說。此後，這十畝地，佟秋秋撥出一半種牧草養羊，一半移栽了果樹。

佟秋秋對她爹道：「咱們把這好消息告訴家裡，讓他們也高興。」

佟保良笑著頷首。

這幾年發生了許多事，金巧娘在自家買的四畝地後頭建起了掛麵廠。為此，還去人牙子那邊買了從北邊逃荒過來的一家三口打下手。

夫妻倆中的男人何田如今管著麵館，女人何田家的負責家裡的飯食灑掃，男娃何大跟在佟小樹身邊，平時跑跑腿。

至於金巧娘則不僅要負責麵館的經營，還要打理掛麵廠的事。

掛麵廠裡除了佟保信這個管理來往商人進貨和倉庫出貨的管事，以及門房和搬運工是男人之外，裡頭的製作工房招的都是附近村子的婦女。金巧娘把做麵的工序分開，女工們負責自己要做的活計，倒也井然有序，但掛麵的品質，還需要她監管。

外面不是沒人仿製掛麵來賣，可金巧娘的生意依然很好，還是客人的首選。其一，她出產的麵好，而且做得快，已經有了口碑；其二，價格公道。

這就要歸功於佟保良了，他做出的揉麵機，現在已由第一款的腳踩式換成水力推動，極為節省人力。揉麵機可在夜間不停運轉，只需安排人值班，更換揉麵機裡面的麵團即可。這樣一來，還節省了揉麵的工夫。

佟保良做的揉麵機不僅受到媳婦兒的稱讚，還為女兒佟秋秋和姪女佟香香的糕餅店帶來了方便。

佟秋秋蓋了別院，做起養殖和果園。如今佟香香的那畝地，前頭做了蛋糕鋪，後頭建了帶院子的宅院，裡頭井口、廚房、廂房、正房等一應俱全，只是還沒入住罷了。

佟保良和金巧娘不放心佟香香一個姑娘自己住，如今這邊的人多起來，怕她被有歹心的人欺負了去。

現在佟香香管著兩間糕餅鋪，還請了兩個掌櫃。糕餅店做主，商量了後，去人牙子那裡挑了兩個小姑娘，是當作將來的麵點大師傅培養的。

鋪子裡的生意極好，即便有揉麵機幫忙，四隻手也忙活不開，況且佟秋秋還常有些別的事挪不開手，所以又請了幾個幫工，做些簡單的活兒。

一輛馬車沿著河堤，從梅縣駛往扶溪村。

駕車的是個三十來歲的中年男子，一條疤痕從左眼眼瞼下一直延伸到左耳下，一看便不難想像當時受傷時的危險。他駕車極穩當，卻還能分神看附近的景色，粗糙堅硬的臉龐帶著些許憧憬，又有些許不安。

馬車裡，一名年輕少婦坐著，懷抱五歲的男童。

少婦黛眉輕皺，撩開窗簾朝外看去，道路還算寬闊，但都是荒郊的路，雜草野花沒什麼看頭。

她嘴角勾了勾，一把拉過不安分、扭來扭去的男童，道：「到了老家，見了母親要叫母親，見了哥哥姊姊要叫人，知道嗎？」也不知那孩子是男是女，要是女娃，至今也快十六歲，要是已經嫁出去，就更好了。

男童不耐煩地用手裡的木劍劈劈打打，不理她。奈何車裡放著的布疋、衣料等禮物實在太多，活動的地方有限。

坐在外面趕車的男人，正是「死了」十五年的佟家老三佟保成，聽了車廂裡的話點頭，就該這樣。

佟保成錯開了從環心湖新街那條進村的新路，沿著自己回憶的小路進村。如今這是條只有一人寬的路，四周長起雜草，顯得很荒涼。他的心沈了沈，但想到他留給家裡的錢財和那二十兩撫恤銀，日子應該不會過得太差才是，難道有什麼波折？

車裡的婦人放下窗簾，嘴角的笑紋加深，心道這鳥不拉屎的地方，那村婦不知是何種破衣爛衫的粗糙醜態。摸了摸鬢髮，理了理衣裳，心下更為輕鬆。

心裡發沈的佟保成，到了村裡，便發現大路寬闊起來，眼睛掃過，多了許多磚牆建起的屋舍，老人在外頭閒適地曬著太陽，小兒歡快地跑來跑去。

相較於他離開時，村裡許多人剛經歷亂世還帶著愁苦的臉，現在的祥和幾乎不可想。看來新朝建立後，家鄉百姓的日子過得不錯。佟保成的心裡鬆快了些。

村裡的孩子和人們發現這輛馬車，只是好奇地看看，便不在意了。

佟保成有些奇怪，他雖然沒有大張旗鼓地回村，但駕的是駿馬，車子也是簇新的，怎麼不值得小孩多看一眼呢？他希望他的孩子看到他帶回來的馬車，和車裡的許多禮物，會歡天喜地，不要過於生他的氣。

馬車駛到老宅前停下，佟保成從馬車上跳下來，正好和從老宅出來的一行人面對面。

佟保忠正跟個二十來歲的男子介紹老宅。「你看這屋齊齊整整，又是青磚房，廂房裡還搭著炕，要的租金哪裡算貴？不信你去外頭問，哪能找得到這般好的。」

男子似對這價錢不太滿意，作勢要從屋裡出來。

佟保忠拉住他，還要接著說，眼角餘光掃到站在門口的人。拉著男子的手抖了抖，面皮跟著一顫，一時不能言語。

「你……」

來租房的男子瞧見佟保成，以為是來和他搶租房子的，見佟保成穿著一身綢衣，腳踩黑靴，一看就是不缺錢的爺，立刻道：「怎麼也要有個先來後到，我不還價，直接租了。」

佟保忠被這噼哩啪啦的一串話驚得回神，激動地上前摟住佟保成，哭了起來。「保成，你回來了！」帶著哭腔，眼睛掃向後頭的馬車，目光閃了閃，抱佟保成抱得更緊，哭聲更響。「你怎麼現在才回來啊！」

「大哥，我回來了。」佟保成露出笑容。

佟保忠立刻打發租房的人。「我親兄弟回來，不能招待了。」

租房的人看佟保忠反悔，不太高興，但看看人家兄弟相見的場面，只能作罷。

佟大富不好意思地向人道歉。「您原諒則個。」

佟保忠拉了兒子上前，給佟保成看。「這是大富，你走的時候還小，如今已經娶媳婦生娃了。」

兩人正說著，馬車裡傳來一道女聲。「老爺，要不要妾身下來，給大伯見禮？還有小寶，也要見見長輩。」

「是該見見人。」佟保成上前撩開簾子，抱了男童下來。

佟保忠聽了馬車裡傳來的嬌聲軟語，目光緊跟著過去，看到下車的嬌媚婦人和五歲男娃時，緊張的心情鬆了鬆。

他轉頭小聲催促佟大富。「快叫你娘他們過來，好招待你三叔一家。」

佟大富依言去了。

佟保忠引著佟保成一家進屋，這房子沒人住了，但桌椅還留著，讓他們坐下聊。

柳姨娘拉了小寶，給他大伯見禮，小寶卻拿著木劍兀自劈劈砍砍，不搭理人。她抱歉地朝佟保忠笑了笑。

佟保成有些不悅，但也沒發作，忙問佟保忠。「大哥為何要把屋子租出去？娘和你們搬去哪裡了？」

佟保忠捂著臉，嗚嗚哭起來。「三弟啊，這些年你去哪了？你不知道，聽說你歿了的時候，娘都哭暈過去。娘……娘在貞貞八歲時就去了。」

佟保成呆住，大顆大顆的淚滾落下來。「怎麼去的？」多年過去，其實他心裡也有了壞的猜測，但他不願意想，只當不想就有希望，沒想到還是……

佟保忠擦了淚，看著玩耍的小寶，一臉慈愛。「好歹你留了後，娘去世前還遺憾呢。現在你好端端地活著，想必娘在九泉之下，也能含笑了。」又問：「三弟，你到底去了哪裡？

自從聽說你死……沒了音訊後，我心裡一日沒好受過。」

佟保成已泣不成聲，再也坐不住。「娘葬在哪裡，大哥帶我去看看。」

「好好好，我這就帶你去。」佟保忠引著路，往佟家的祖墳走。

不少村人看見了佟保成，嘴裡驚呼連連。「是保成回來了啊！」

佟保成勉強笑著回應。

「天啊，保成還活著，這真是太……」後面的話沒說出來，就被人拉扯住了，也不看這是去哪。佟家老娘不在了，做兒子的沒見上最後一面，媳婦兒還在生孩子的時候就去了。

但大家發現後頭牽著男童衣袖的美嬌娘時，面色古怪起來，佟保成不是在外頭另有了家室，才不回來的吧？

柳姨娘對著圍觀的村人溫和笑笑，去追趕前頭的男人，男童卻七歪八扭著身子，就要掙脫她的牽扯。柳姨娘使勁拽緊他的袖子，才沒讓他跑了。

離村人遠了，柳姨娘小聲喝道：「再亂動，今兒別想吃飯！」

男童聽了這話，才消停了。

村人看著佟家老大、老三和柳氏等人走得看不見人影，還在遠遠望著，嘴裡說個不停。這消息就跟匹烈馬似的，跑得飛快。

劉翠兒看見這邊的熱鬧，走過來便聽見這些大爺跟大娘的議論聲，轉了轉眼珠，腳尖立刻轉了個方向，往環心湖新街的方向跑去。

佟保忠一邊走、一邊抹淚問：「三弟這些年都去了哪裡？我心裡掛念得很。」

佟保成道：「是我對不起娘，對不起大哥，還有二哥。我替貴人辦事去了，差事要緊，不得已才多年不歸家。苗氏和孩子還好嗎？」

佟保忠聽是替貴人辦差，立刻來了精神，剛要追問，聽到佟保成提起苗氏，一時沒反應過來，頓了頓才想起，哦，是沒福氣早死的三弟妹，看跟在後頭的柳姨娘一眼，欲言又止。

「你已經成家，就好好過日子。苗氏那裡，你節哀。」

「什麼節哀？」佟保成腳步一頓，以為自己聽錯了。

「苗氏難產去了。」佟保忠臉上泛起痛惜之色。

後面的柳姨娘趕緊低下頭，掩飾從天而降的驚喜，險些沒忍住彎起的嘴角，用手絹擦眼角，似為苗氏的早逝十分傷心。

佟保成有些不知身在何方。「那、那孩子也……」

「不不不，香香那孩子很好，健健康康長大，已經是大姑娘了。你不知道，我和你大嫂子含辛茹苦地帶大她……」

佟保成跪在親娘墳前，淚濕衣襟。他押著小寶向親娘和苗氏墳前磕了頭，站起身來，走到苗氏的墓碑前，摸著墓碑。這個媳婦兒跟著他，沒過幾天好日子，後頭差事緊急，也來不及交代，就報了死訊。他想過她可能改嫁，不會怪她，誰知……

柳姨娘跪在苗氏墳前，行了大禮，還落了幾滴淚。

「三弟，你可回來了！」曾大燕氣喘吁吁地趕來，看到墓碑前的男子，大聲喊道。哎呀，把她累壞了，跑回老宅不見人影，打聽才知是跑來墳頭了。

佟保成轉過身，以為曾大燕帶了佟香香來，忍住心中的悲痛，伸長了脖子向她後頭看去，首先看到的就是跟在後頭、梳著女孩兒髮髻的佟貞貞，不由露出笑。

柳姨娘聽見來人的聲音，站起身。

佟貞貞被她娘硬扯出來見人，心裡不太暢快，此時見這臉上有道猙獰疤痕的男子對她笑得十分溫和，第一眼的厭惡感消散不少，行了個禮道：「三叔好。」

「三……」佟保成不由出聲。「哦，妳是貞貞，還是秋秋啊？」他走的那年，佟秋秋剛出世，佟貞貞還是小娃娃。

「這是我閨女貞貞，哪裡是秋秋那野丫頭，沒個女孩兒樣的。」曾大燕看著多出來的一家三口，果真如大兒回她的話那般，富貴模樣，不知在外頭混了什麼好運道。

她看向嬌媚的柳姨娘，戴著小皮帽的小寶，就要抱著小寶親熱。

小寶拿著木劍，砰的一下劈砍，喝道：「不要動小爺，小心小爺宰了妳！」

曾大燕被這突然攻擊唬了一跳，往後退一步，還是後頭跟來的小曾氏扶了她一把，才沒出醜。

「不得無禮！」佟保成對小兒子喝道。

佟保忠笑著打圓場。「三弟別怪小寶，他從沒來過，沒見過親人，心裡害怕。我們要多關懷他，讓他熟悉親人才是。」

「你大哥說得對。」曾大燕把被推開的惱恨掩飾過去，心裡罵了句小混球，拉了柳姨娘道：「我說之前怎麼作夢夢見二弟一家子齊齊整整地回來，今兒總算是見著了。妳就是我三弟妹吧，怎麼稱呼？」

在苗氏墳前，佟保成聽了曾大燕這話，心裡彆扭，道：「大嫂，妳稱她柳姨娘便是，不必客氣。」

柳姨娘用手絹拭淚的動作一滯，強忍住才沒失態，對著曾大燕欠身。「大嫂，以後家裡的事，還煩勞多指教。」

「哈哈，一定一定。」曾大燕笑著，在心裡暗自撇嘴，原來是偏房。又看了看小寶，別管多討人厭的模樣，到底是男娃，總比佟香香那丫頭片子金貴，臉上的笑又多了幾分。

曾大燕追問起佟保成這些年做什麼營生去了，怎麼不歸家？

佟保忠一聽三弟是替貴人辦差，立刻來了精神。「那之後三弟回來有什麼打算？還跟著貴人辦事？」以為佟保成是做了高門大戶的護院之類。

佟保成抹了把臉。「我求了貴人恩典，回來就不遠走了，半月後要去府城駐軍當值。」

「當什麼職？」佟保忠險些驚得咬舌頭，難道是謀了什麼好差？這三弟真要出息了？

曾大燕聽著，眼睛冒出光來，拉過柳氏的手，親熱極了。看三弟一家這穿戴，即便是個兵丁，油水也肯定足。

佟保成見大哥一臉驚訝的樣子，直言道：「任興東府駐軍左營千戶。」

佟保忠聽到千戶二字，不懂是什麼官階，卻激動得臉都紅了，忙問道：「幾品的官啊？」

佟保成道：「正五品。」

「正、正五品?!」縣令不過七品官，佟保忠好半晌才回過神來，口裡直呼。「真是祖宗保佑，祖宗顯靈了啊！」他們佟家居然出了當官的。三弟不僅還活著，還當上了官。

此時，眾人再看佟保成的眼光大不相同，本以為是在外頭發財，沒想到還做了官。天下竟有這等好事，那他們豈不是多了門做官的親戚？

佟貞貞的雙眼驟然閃過亮光，朝她三叔看去。此刻絲毫不覺得三叔身上帶著草莽之氣，令人不喜了，只覺得這人是上天見她不如意，派來襄助她的。

一直八風不動的小曾氏也變了表情，要是三叔能幫她男人謀個職位……

「都是貴人看中，才有了我的運道。」佟保成知道自己有這造化，有自己十幾年潛伏的功勞，也靠好運氣。要不是立了大功，他也不能到府城任手握實權的職務。

佟保成時不時往外望一眼，再不見有人來，沒見到迫切想見之人，道：「香香，是叫香香吧？我的女兒是生我的氣，不願意來嗎？」

幾人的心思皆停下來，只有小寶還揮著劍劈劈砍砍。

第三十七章

曾大燕坐在下首椅子上，難過地說：「香香許了人家。二弟跟二弟妹不知怎麼想的，就這麼把香香許出去。如今你可是官老爺，若等你回來再說親，準能說個更好的，可惜了。」

以前她還想著，佟香香這死丫頭走了運，訂下和錢家的婚事，錢家有家底，錢宗治前年又考上秀才。現在看來倒好，沒了佟香香這親女兒在前頭擋著，佟貞貞的婚事就好說了。

小曾氏聽了這話，垂下眼瞼。婆婆在佟香香訂親前，曾琢磨著讓佟香香嫁給她娘家小弟，就是看中佟香香跟著佟秋秋學了糕餅手藝，肥水不流外人田。不過佟香香是個有心眼的，早早和錢家小兒子看對了眼，婆婆的打算才落空。

當時小曾氏有些失望，不過也知道強扭的瓜不甜，心裡清楚佟香香有二房庇護，不是那沒依靠的孤女，能隨意拿捏的，遂沒有摻和進去。現在，她鬆了口氣，幸虧當時沒鬧得難看，婆婆見事情不成就罷手，不然現在不知如何收場呢。

「香香已經出嫁了？」佟保成看著仍梳姑娘家髮髻的佟貞貞。佟貞貞今年應該是十九，還沒出嫁。佟香香才十六，未免太急了些。

曾大燕語塞。「這倒沒有，就是早早訂親。要是等你這父親回來做主，豈不是更好。」

「是我對不起她，沒盡到父親的責任。婚事有你們做主，只要訂親的男子人品好，也沒什麼可指責的。」佟保成以為大嫂是擔心他怪罪，接著問：「訂的是哪家？」他可得好好掌掌眼，實在不成，退了就是。

曾大燕回答。「是錢家。」

佟保成疑惑。「哪個錢家？」

曾大燕說：「甜水村錢家。」

佟保成恍然大悟。「開糖作坊的錢家？」那可是富戶，記得在鄉里的風評還不錯，看來二哥與二嫂確實為他女兒的婚事操心了。

曾大燕聽了，只得點頭。「可惜是小兒子，又不當家，將來分出來過就難了。」

佟保成笑。「我記得我走的那年，錢家大兒已經是半大小子，和我家香香的年紀也不般配。倒是他家小兒子，我離開時也是小娃娃，年紀倒相襯，訂的是不是就是這個小兒子？」

佟保忠接話。「正是這小兒子。三弟想得開就好，只是我這做大伯的和她大伯母看著她長大，總愛為小輩多思多想。」頓了頓，接著道：「今兒能等到三弟回來，我就把話說明白些。老娘在世時，覺得二弟妹不像話，處不來，老二就搬出去單過，家當也分清楚了。」

曾大燕聽到家當二字，飛快地道：「哪裡是處不好，二弟妹讓老太太嘔些氣出病來。要不是二弟妹，說不定婆婆還能多活幾年，等到三弟回來，怎麼都能瞑目了。」

「爺兒們說話，妳婦道人家不要插嘴。」佟保忠訓了一句，對佟保成說：「都是些瑣事，你別聽你大嫂的氣話。」說著站起身。「這裡不是說話的地方。走，先回家裡歇歇腳。」

佟保成點頭，將小寶抱起。小寶推他就要下來，被他打了下屁股。「你再鬧，今兒我就要親手教訓你了。」

小寶對他甩了一個白眼，不動了。

一行人離開墳地，朝村裡的大路走去。

佟保忠知道有些事瞞不住，邊走邊道：「香香跟著我和她大伯母長到十二歲，是大姑娘了，再過幾年便能相看人家。可二弟一家不知走了什麼財運，家裡發達起來，香香突然就不願意跟我們過活了，我和她大伯母怎麼也勸不住，又不能硬拉著她，違了她的意願，只好由著她跟老二一家過。

「住到老二家後，香香總是跟在秋秋後頭，起早貪黑地忙活，沒有一日停歇，幫老二家掙錢，我看著著實心疼。到時候你見了她，也好生勸勸，身子骨要緊。」

佟保忠說完，打量著佟保成的神色，只見他略一點頭，也不說話，看不出什麼思緒，心底有些失望。

佟貞貞溫婉地笑著，在一旁湊趣。「我和香香一塊兒長大的，小時候不懂事，還鬧過許多脾氣。現在想來，因為有香香陪著，我也多了許多回憶的樂事。」

佟保成聽了，露出笑容來，以為是小女兒家吵吵鬧鬧又和好的趣事，當佟貞貞和女兒感情深厚，看向佟貞貞的眼神又多了些慈愛。

小曾氏飛快地瞥佟貞貞一眼，這小姑性子向來清高，她沒見過小姑子搭理佟香香，更別說親熱了。現在為了能在這當官的三叔面前掙個好印象，這話也太……

小曾氏心下一跳，小姑正和周秀才議親呢，莫非還惦記著季家的舉人老爺季子善？周秀才雖說今年已經二十有六，家裡兄弟和姪兒多，但現在已經有功名在身。要不是二叔的名聲好，二嬸的掛麵生意做得大，自家又有錢，周家不見得看得上她。

更別說季舉人了，自家婆婆又不是沒去探過口風，卻被婉拒了。不過人家是知禮人家，好歹留了些情面，外頭沒傳出什麼風聲，不然小姑這婚事越發不好說了。

現在看當官的三叔一來，小姑這番作態，定是心思還沒死。

想到婆婆替小姑備的嫁妝，小曾氏抿了抿唇。她在心裡一直琢磨，也琢磨不明白，她是曾大燕的娘家姪女，照理應該知道一二，可實在不清楚家裡哪裡有錢財建得起那大宅院，她大姑嫁進來的前十幾年，也沒這般闊綽，又不像佟家二叔有營生買賣。建大宅院以後，這一房也不過是靠著收租，還有田地裡的出產過活，再無其他。

曾大燕可不知自己的兒媳婦心中琢磨的事，正跟著湊趣，又說許多佟香香小時候的事兒。總之，嘴裡都是好話。

但聽人家嘴裡說的，哪有親眼看的好？佟保成有些急切。

佟保忠察言觀色，打算領了三弟一家去自家宅院，讓大富去叫佟香香來見見親爹。

「我去吧，免得孩子奔波。」佟保成道。

「這怎麼行？你都舟車勞頓了。再說，必得到大哥家裡喝杯茶水，還要讓你大嫂準備一桌飯食好好招待，不然也太讓大哥傷心。其他的，你不必操心，我叫大富去把香香還有老二、三叔一家子都請上門。」說著便吩咐佟大富。「回頭再把你三叔的馬車牽來。」

佟大富只得應聲去了，覺得今兒的腿可要跑細一圈。

盛情難卻，佟保成只得點頭。

「對對對，我這就去準備飯菜，柳妹子和小寶也嚐嚐我們這裡的家鄉菜。」曾大燕挽了柳姨娘的手。

兄弟倆邊走邊聊，曾大燕對柳姨娘說著這些年的不易，帶佟香香的時候多麼辛苦云云。

「有勞大嫂子操心，我想老爺心裡也是明白的。」柳姨娘笑著應和，又問起佟香香和二房的許多事來。

柳姨娘聽說二房是做買賣的，家裡掙了幾個錢，佟香香跟著二房，也是寄人籬下討生活後，直嘆道：「可憐了孩子。她爹回來，以後也有了依靠。」

一行人說著，拐過一條村路，走到環心湖新街的大道上。遙遙望去，能看見一排排的屋舍，與來往的行人跟車子。

「這……」佟保良看到村裡的變化，已經小有驚訝，此時看到這條新街，無法用驚訝兩字來形容了，就像是從鄉村猝不及防地一腳踏入鬧市。

佟香香本在鋪子裡照看生意，聽到父親歸來的消息，一時不知作何反應，只是呆呆的。旁邊兩個十歲上下的小丫頭小多和小菊瞪圓了眼睛，沒敢吱聲。

來報信的是劉翠兒，此時看著佟香香呆愣的樣子，恨不得把手伸進櫃檯裡去。

「真的，妳爹沒死，是在外頭置了家室。妳不知，妳親爹帶回來的媳婦，穿綢戴釵，嬌滴滴的，還帶個男娃回來。這怎麼得了，妳一個姑娘家，哪裡掙得過妳弟弟呀？妳快去妳爹跟前多說幾句好話，讓他心裡也記掛妳幾分，別一走了之，又把妳丟下不管了。」

佟香香聽了，垂下眸，滿臉不耐。「不勞妳操心，我自有計較。」

「哎喲，妳怎麼回事，現在就算吃好穿好，還不是佟秋秋家的，和妳有什麼干係？我是為了妳著想，妳親爹回來了，穿的是綾羅綢緞，駕的是高頭大馬，才是好依靠。要是妳嫁到錢家，一點嫁妝都沒有，多惹人笑話啊！」

佟香香心中好笑不已，她什麼都沒有的時候，她親爹不在；她受欺負的時候，親爹不在。現在，她有房子、有鋪子、有安身立命的本事，她親爹回來了，還攜妻帶子！

她見有客人進店挑選糕點，放下手中的帳本，不想搭理劉翠兒，跟客人介紹起新推出的、可以試吃的一款麵包來。

劉翠兒還沒說夠，見佟香香從櫃檯後出來招呼客人，不搭理她，就要拉著佟香香走。

佟香香見有客人在，本是想忍氣，不跟劉翠兒計較。

可實在忍無可忍，佟香香終是拍開她的手。

劉翠兒看著被打紅的手，面子下不來，道：「怎麼說也是從小一起玩的玩伴，我好心來報信，妳這樣也太傷人了些。」

「我怎麼不記得了？妳娘不是說我剋父剋母剋奶奶，不許妳和我玩嗎？」佟香香笑得諷刺。「我只記得秋秋姊怎麼帶我們玩的，可沒有妳。」

劉翠兒被這樣說，拉住佟香香，不讓她走。「妳不過是扒上了妳二伯家，又攀上高枝兒，訂下與錢家的親事，怎麼就從門縫裡看人了？」

小多和小菊忙上前幫忙，卻沒能把劉翠兒扯開。

佟秋秋進門就看見店裡混亂的場面，一把將劉翠兒揪出來。

劉翠兒突然被人拽出門，扭頭就見佟秋秋眼神冷厲地看著她，扭了下臉，閃到一邊。

「我只是好心來遞消息，妳們可不能錯怪好人。」

佟秋秋嗤笑一聲。「想看好戲吧？且有妳等的。」

劉翠兒往後縮了縮，儘管如今佟秋秋對著人常是和氣笑臉，可她還記得佟秋秋小時候和村裡男娃打架都不輸的狠勁兒。

這會兒佟秋秋冷起臉，萬一真的要揍她，她哪裡打得過？

劉翠兒看了佟秋秋一眼，抿了抿嘴，見佟秋秋還盯著她，才不甘不願地走了。

「讓您見笑。」佟秋秋笑著向小廝打扮的客人道歉。

這小廝不是旁人，正是溫東瑜身邊的家僕。前年扶溪書院的學子考出名聲後，他家少爺就被老爺送進來。他平日伴讀，也為少爺跑腿，少爺愛吃這家鋪子的糕點，他就常來光顧。

今日上門，見一群小女子鬧起來，他還目瞪口呆，看得正有趣，沒想到被突然過來的佟秋秋打斷了。

這佟小東家，以前見面都是笑呵呵的，客客氣氣，看不出來啊，今天那眼神冷冰冰的跟刀子似的，就那樣把人逼退。

少爺說得沒錯，佟秋秋確實有點本事，不然一個未出閣的姑娘能開兩間糕餅鋪子？

「是幫你家少爺買的吧，還是要那幾樣？要不要嚐嚐我們店的新品？」佟秋秋不管小廝如何想，笑著給了優惠的價錢，把他送走。

佟香香低著頭，有些羞愧，她怎麼就亂了分寸？劉翠兒要來搗亂，第一步就要把她喝住，讓她離開，不許她得寸進尺才是。

佟秋秋看著佟香香，心裡一嘆，拉了她的手。「妳先跟著我回後院。」又對小多和小菊道：「妳們倆看著店。今兒孫掌櫃不在，有急事就去隔壁的二號店找田掌櫃。」

別看兩個小丫頭年紀還小，但已經能辦事了，點頭應好。

自從佟香香那邊的宅子跟鋪子建好後，鋪子改成蛋糕店，這邊的糕餅老店就叫一號店了。兩家的糕餅店，平時佟香香管得多，佟秋秋就把佟香香所占的分額又多加了一成。

起初，佟香香這丫頭又死不肯要，但親姊妹明算帳，還是按照佟秋秋的意思劃分了。兩人的帳目十分清楚明瞭，兩邊鋪面的租金也劃分清楚，沒有瞎攪和在一起。

佟秋秋想著，要維繫長久的姊妹感情，就不能在中間生出什麼齟齬來。

她拉著佟香香回後宅，佟保良也趕到了，擦了擦腦門的汗。他和女兒從別院回來的路上便聽到傳言，佟秋秋騎著驢跑得快，他只能跟在後頭趕。

佟保良看向佟香香，穿著一身淡粉色衣裳，圍著白布圍裙，和佟秋秋一樣，只在頭頂挽了個髻。因為待在蛋糕店裡，頭上還戴著粉色頭巾，打扮得極簡單索利。

這兩、三年，佟香香和佟秋秋一起做買賣，已經能獨當一面，雖然木著臉，倒也不見多少徬徨。

佟保良看著這樣的姪女，心裡嘆息，也不知是怎麼回事。

這一會兒工夫，金巧娘也回來了，看著佟香香的神情也是擔憂。

佟小樹和小苗兒一個在書院讀書、一個在季家族學開蒙。不論他們，一家子算到齊了。

佟秋秋暗暗嘆氣。她對三叔是一點印象都沒有了，何況是佟香香。遠走十多年杳無音信，回來還帶了女眷和孩子。三嬸不在了，不然見了情何以堪？

不管其中是否有隱情，這種事發生在誰身上，心裡都可能慪出血來。

「香香，還是去看看妳爹吧，聽聽他怎麼說，總要給妳一個交代的。」佟保良道。

佟秋秋也看佟香香。不管她怎麼想，這種時候，誰都不能代替佟香香拿主意。

佟香香勉強笑了笑。「好，我去看看。」

金巧娘對佟香香說：「妳別擔心，有二伯和二伯母在，不會讓妳受欺負的。若心裡不舒坦，咱們就回家來。」她也不知三弟帶回來的是什麼小妖精，同是女人，心裡替早逝的三弟妹很不值。

佟香香本來平靜的眼睛染上淚意，點了點頭。

既然佟香香決定要見，那就得好好見。

佟秋秋見一家人說走就要走，忙攔了他們。「等等，我幫香香打扮打扮，咱們輸人不輸陣。」拉著佟香香就要去房裡，走了一步，轉過頭道：「爹跟娘也好好打扮一下，不然還以為窮親戚上門，讓人覺得咱們說話沒分量。」

「妳這孩子說的什麼話呀，妳三叔不是這種人。」佟保良聽了這話，訓了女兒一句。他和三弟一起長大，儘管不知為何三弟死而復生，但他覺得三弟應該是有苦衷，不然不至於離家這麼多年不歸。

「好了，咱們也換身衣裳，見客總要有個樣子不是？」

金巧娘看看家裡人，都是平時有事忙活的，穿得輕便，顯得有些寒酸。尤其是丈夫，衣袖和褲腳都有汗濕痕跡，不換不行。

進了佟香香住的廂房，佟香香低著頭，抱住佟秋秋的胳膊。

「姊……」

佟秋秋摸摸她的頭。「想怎麼做，就怎麼做。」

「要是我還一無所有，是不是只能去巴結討好這個連面都沒見過的親爹？」佟香香的聲音帶了些許鼻音。

若她還待在大伯母家，現在可能已經嫁到哪戶人家也不一定，過著不如意的生活，然後也不管什麼顏面和尊嚴，只能拚命拉著這天降親爹當救命稻草，搖尾乞憐了。

「現在不一樣了啊，妳自己有房有鋪，就是不求人，自己也有飯吃，所以咱們不是去受氣的。」佟秋秋順了順她的背。

「剛才我說的是氣話，說不定是有什麼苦衷，咱們先別自己氣自己，聽聽妳爹怎麼說。咱們不聽外人胡言亂語，妳自己聽了事情始末，再做決定。」

佟香香哭著點點頭。

佟秋秋把帕子遞給她。「頭一次見面，咱們穿得漂漂亮亮，底氣足足的。」

世上多的是先看衣裳後看人的，那帶回來的女人不知是什麼身分，若真做了佟香香的繼母，沒壞心思就罷了。若是有，看佟香香穿得普通，心裡定會嘲笑她是村姑，看低了人。

佟秋秋幫佟香香配完衣裳，挽好頭髮，修了眉毛，化上淡淡的妝，看了又看，沒有過於隆重，搞得好像是為了見親爹特意準備的一樣，但整體看又十分適宜。佟香香圓臉粉頰，配上彎彎的眉毛和大大的眼睛，是老少看了都喜歡的面相。

待佟秋秋和佟香香收拾好出來，金巧娘和佟保良已經換過衣裳，在院子外等著了。

金巧娘道：「剛才妳們大富堂哥來傳話，讓我們到大房那邊見面，我打發他先回去了。」

佟秋秋點頭，一家人便出了門。

第三十八章

一路上，一家人又遇到許多關心，實則想打探消息的人，金巧娘一一應付了過去。

剛到大房的宅子前，就見佟大富在門外等著，瞧見他們才鬆了口氣，笑道：「二叔，二嬸，香香，你們總算來了。」

他回來後，他爹當著三叔的面，把他罵了一頓，說他不會辦事，不會等佟香香一起來。

他心裡叫屈，佟香香還住在他家的時候，他和佟香香沒說上過幾句話，而佟香香去二叔家以後，平日更少和這堂妹打交道。況且，剛才聽了爹娘跟三叔說的那些話，他知道自己的親娘以前是怎麼對佟香香的，就是他，雖說沒欺負過佟香香，但也沒關心過，心裡怪彆扭的，總覺得面對佟香香有些不自在。

佟保良點點頭，與佟大富一起進了大門。

佟秋秋掃了前面的鋪子一眼，知道大伯家前頭和自家一樣是建鋪子，還比自家多兩間，一共五間，如今都在出租。記得之前大伯母留了一間開吃食店，後頭不知怎的就關了，可能是經營不善吧。

她跟在爹娘後頭，和佟香香一道進了院子。院子的格局和她家的相差不大，只是更大，房間也更多。

剛進門，就聽見廳堂那頭傳來的哭聲。

佟保良眼睛裡染上淚意，佟保成在廳堂裡拉著三叔公的手淚流不止。

佟保良看著這個三弟，老了許多，多了許多風霜，終究是心疼的。三弟小小年紀就去從軍，貼補家裡，比他這做哥哥的不知多受了多少苦，如今回來了就好。

佟保成看見佟保良，快走兩步抱住他。「二哥，我回來了！」

佟保良看到他臉上的疤，流下淚來，狠狠拍了他的背兩下。

佟秋秋掃過廳內眾人，很快發現站在大伯母身旁的陌生女子，確實長得不錯，此時一雙眼睛正盯著她和佟香香瞧，目光裡似在估量什麼，不過，很快就把目光移開了。佟秋秋就覺得，這不是個好相處的。

佟秋秋在觀察柳姨娘，柳姨娘也飛快地掃視院子裡的兩個姑娘，和她想的不一樣。她在心裡安慰自己，不過是個沒了娘的丫頭而已，不必太當一回事。

佟保成放開佟保良，眼睛早已看向對面的姑娘們，無須區分，他就知道圓臉的小姑娘是他的女兒。

他緊緊盯著佟香香。她和她娘有些像，但眉宇間又有他的影子。

佟香香拽著佟秋秋的手，停在幾步之外。

佟秋秋打量著這個三叔，心裡吁了口氣，看樣子倒不像是個薄情無義的人。捏了捏佟香香有些顫抖的手，讓她不要害怕。

佟保成上前兩步，道：「香香，我的女兒，是我對不起妳，對不起妳娘。」

佟香香扭過臉，眼淚大顆大顆落了下來。

佟保成見女兒哭了，手足無措，急得不得了，不知如何是好，看向旁邊的姑娘，應該是姪女佟秋秋，示意她幫忙勸勸。

有些話，佟香香不好說出口，佟秋秋便道：「恕姪女無禮，有幾句話要對三叔說，不知可否？」

「姪女妳說。」佟保成道。

「那姪女就直說了，無禮之處，請三叔見諒。」佟秋秋欠了欠身。「不管您之前因何緣故不歸家，現在既然回來，即便之前有什麼不可說的，現在對香香也能說。您不要把香香當成不懂事的孩子，有內情都跟她一一說明白，就算心結一時解不了，我相信也不會因為誤會，而產生不必要的隔閡。三叔您說呢？」

佟保成看向佟香香點頭。「是，就現在吧。香香隨我去空房，我們好好說話。」

佟秋秋拍拍佟香香的背。「去吧，與其從別人嘴裡了解內情，不如自己親耳聽個明白。」至於聽了之後，如何做，也該是她自己的判斷，自己的選擇。

何況……佟秋秋掃了屋內一眼，傳話的人要是另一位，和大伯母聯手起來，在裡頭搞點風雨，最後不好受的還不是佟香香。

曾大燕恨不得把佟秋秋這死丫頭扠出去，勉強忍住，笑著勸道：「都是一家人，有什麼不能當著三叔他老人家面前說的，非得單獨去說。」

三叔公用大兒子佟保仁遞過來的帕子擦了淚，道：「這有什麼不成的，香香可是他親生的女兒。」

拿三叔公作筏子沒成，曾大燕在心裡罵了句老不死的，只能笑著點頭。

因現在佟保成的身分到底不同了，佟保忠忍住不悅，遂讓佟大富領了佟保成和佟香香去一間廂房說話。

佟貞貞看向離開的三叔和佟香香，垂下眼，暗暗咬了咬唇。

其餘人坐在廳堂裡，曾大燕讓杜婆子上了茶水來。杜婆子是她聘的灶上婆子，專門做些煮飯端茶、洗衣灑掃的活計。

這幾年曾大燕好吃好喝地養著，又發福許多，拿出當家女主人的架式，拉了柳姨娘的手，對眾人介紹。

「剛才沒來得及認識，這是老三的偏房柳姨娘，大夥見一見。」

柳姨娘恭恭敬敬地向眾人見禮，姿態擺得很低，一副老實羞澀的小媳婦模樣。

佟保良和金巧娘聽了，心裡略好受些。原來是個妾，看來三弟不是完全沒把死去的三弟妹放在眼裡。

佟秋秋卻暗暗警戒起來，這柳姨娘看來還是個能屈能伸，會搬弄口舌的人。

見佟秋秋看她，柳姨娘對著她輕輕點頭，笑了笑。佟秋秋扯起嘴角，回以一笑。

柳姨娘轉過身去，面上平靜，內心煎熬，恨極這個叫佟秋秋的小丫頭。一個丫頭片子，這目光也太精了些！

方才兩個丫頭一進來，她就知道和她預想中好拿捏的村姑相去甚遠，原以為佟香香無父無母，沒有倚仗，是個可憐蟲，只需要略關懷些，給點好處，就能籠絡好。沒想到竟然穿戴得還不錯，看那樣子，也不像是吃過苦頭的。

還有二房這個叫佟秋秋的丫頭，性子更強，竟然不怕素未謀面的三叔，一照面就要他把事情向他女兒交代清楚。

這不知會扯出多少事情來，要是他說了不該說的話，那她還怎麼在這家裡站住腳？

過了半炷香工夫，佟保成和佟香香從廂房裡出來。

佟秋秋仔細觀察佟香香的臉色，雖然臉上帶了些許淚痕，但神情比之前要好上許多，看來事情沒有想像中那般難以接受。

佟保成對著三叔公磕頭。「謝謝您老人家照應著家裡。」

三叔公拉著他。「你這孩子，還對三叔行這麼大的禮，就是見外了。」

佟保成順勢站起來，不違他老人家的意。又向親哥哥和親嫂子們道謝，感激他們對女兒的照顧，讓女兒平平安安長大成人，又被教得如此好，再感謝堂兄弟與堂嫂們的看顧。

而後，他把這次帶來的禮物分給各家。那料子一看就不是凡品，雖然現在大家手裡都不缺錢了，但還是咋舌不已。

佟保忠從佟保成出來開始，就一直仔細觀察他的表情，此時見他面色大好，笑道：「三弟說的什麼話，這是兄弟該做的。」

曾大燕更是喜笑顏開，吩咐杜婆子擺飯。

旁邊的佟貞貞攥緊手帕的手微鬆。小曾氏抱著睡著的兒子小虎子，瞥了小姑子捏得皺巴巴的手帕一眼，心裡有了猜測。起先佟香香可是待在大房的，看來小姑子沒少欺負她。

男女分了兩桌。女桌這邊，曾大燕坐主位，拉了柳姨娘坐在左邊。仁大嬸子看她一眼，沒多言，坐在金巧娘旁邊，幾個堂嬸也挨著坐下。

曾大燕臉上能開出一朵花來。「來，妳們三個姑娘坐一起，說些悄悄話我們這些做長輩的也不打擾妳們。」叫佟貞貞在佟香香身邊坐了。

佟貞貞依言坐下。等菜上桌，還貼心地問佟香香，有什麼愛吃的就說，不好挾菜沒關係，她來幫忙。

佟香香拒絕她。「堂姊不用忙，我自會挾菜吃。」這樣突然來的周到熱情，並沒有讓她感覺揚眉吐氣，反而覺得芒刺在背。

何必呢，不過是虛情假意罷了。有個要當官的爹，如今她在大伯母和堂姊的眼裡，身價也看漲了。

佟貞貞的笑臉一僵，復又笑著點頭。「如此也好。」

這邊佟貞貞作罷，那邊曾大燕沒有停歇，還在為柳姨娘布菜，又挾了一塊八分肥兩分瘦的豬肉給佟香香。

「以前妳最愛吃的，大伯母幫妳多挾點。」

「不用，大伯母自己吃吧，現在我不愛吃太油膩的。」佟香香心裡只覺得可笑，以前有點肉湯都是厚待。現在這般，不過是演給一個人看罷了。

曾大燕聽了，一時有些下不了臺，呵呵笑了兩聲。「妳這孩子，一時愛吃這個，一時愛吃那個。那妳自己挑喜歡的吃吧，大伯母就不忙了。」

男桌這邊已經商量好佟保成回鄉後的祭祖事宜，佟保成還要去小香山廟，請了和尚替過世的親娘和苗氏做法事。

三叔公點頭。「應當如此。雖說你現在當官了，這些事更應該做到才是。」

佟保忠吃著席，聽著那邊媳婦對姪女的關照，笑著點點頭。從前的事，都是小孩子不懂事鬧的，現在不好好的嘛。

他一邊吃、一邊看著在旁邊啃雞腿的小寶。佟香香總歸是要嫁出去的，嫁出去的女兒潑出去的水，只要姪兒向著家裡就好。

柳姨娘暗暗打量著一桌子人的神情變化，見其他人只是瞧曾大燕一眼，就各自吃菜了。

佟秋秋看佟香香實在彆扭，便拉著她說起水紡車已經做出來的好消息。

佟香香終於露出笑來。早聽說佟秋秋要做水紡車，要紡羊毛線，還要教她織毛衣。她不知毛線長什麼樣子，做成衣裳又怎麼穿在身上，卻覺得肯定很有意思，心裡一直記掛著呢。

前年佟保信娶了媳婦，今年才十九歲，還是年輕鮮嫩的臉，但佟秋秋等小輩都得喊一聲信五嬸子。

信五嬸子坐在佟秋秋的另一邊，一聽佟秋秋說起水紡車的事，也好奇不已，說到時候也要跟著學。

佟秋秋笑著點頭，說著說著，話題又扯到三叔公家的客棧。

如今三叔公家都還沒分家，倒不是三叔公硬要拘著兒子們，而是五兄弟現在齊心協力把客棧辦得有聲有色。

主要是妯娌間有仁大嬸子坐鎮，她又向來公正，當初客棧還沒建起來，便拉著幾個妯娌，也不覺得害臊，跟著佟秋秋認些常用字，學著做帳本，可是費好大的勁兒。

客棧開張之前，仁大嬸子就先把能分開的帳目安排明白，老爺子還在世，客棧他老人家占五成，其他兄弟分另外五成，分紅就按占的分子分。但每月的月錢，卻是按照幹多幹少來算，像佟保信在金巧娘的掛麵廠做事，不插手客棧事務，就不拿月錢，只拿分紅。

到目前為止，經過磨合，現在三叔公家倒是越幹越火紅了。

男桌那邊，也正說著客棧的事。說起這個，三叔公就紅光滿面。

「起初我有些不滿意的，不過這世上就沒有十全十美的事，還是秋秋丫頭勸我，說已然很好，全天下找不出第二家來，我才肯作罷。」

佟保成被佟保忠領到環心湖新街上時，看了街景便驚詫不已，怎麼也沒想到曾經雜草叢生的荒廢之地，如今變了一副模樣。

「我倒是好奇，定要好好去看看三叔開的客棧。」

「哈哈哈，吃完飯，我就領了你去。」三叔公笑。

佟保成不由問起這變化的由來。

「如今這條街欣欣向榮，書院居了大功。就說前年，書院就出了一個舉人，三個秀才，三個呀！還有若干個童生。」三叔公十分樂意為久不在家裡的姪兒解說這幾年的變化。「雖說咱們這地界也出過文曲星，如季家大房的老祖宗。但這次除去季家的季子善中舉，其他三個秀才都是外姓人，可是百年間頭一次。」

三叔公說著，笑了起來。「秀才裡頭就有宗治，正是你未來的女婿，為人厚道又有出息，可替他們錢家長臉了。你不知，宗治考上後，錢老太爺大擺了三天筵席，高興得不得了。以後你們翁婿得好好見見。」

佟保成笑著點頭，沒想到他一介武夫，居然能有個會讀書的女婿，想必女婿一定十分斯文俊秀。

三叔公說話說到興頭上，又道：「書院第二年就有了這好成績，吸引許多學子前來，不拘是縣裡還是鄉裡，甚至有府城學子慕名而來，人氣就旺了。還有你二嫂的掛麵，那可是打出名氣的，現在一天的出貨量不知多少，那群天南地北來的客商，都在她那邊進貨。」

「掛麵？」佟保成覺得今天都在打破他對家鄉的舊印象。「可是那種一把白色的乾麵條，放進水裡滾一滾後，就能食用的掛麵？」

佟保良點頭，很是與有榮焉。他媳婦兒經營有道，連不在家的三弟都知道。

「那可是好東西，帶著走都方便。」佟保成稱讚。

三叔公說著，提起這街上的鋪子，如季七太爺家的書鋪、錢家的糖鋪、金家的滷肉、季子旦家的雜貨、季五家的羊肉饟、趙家的鍋貼、吳家的豆製品等等。

三叔公說得口乾，喝了口茶，感慨道：「咱們這地方正是因為天時地利人和，就這樣興旺起來了。以前天天埋頭過日子，哪能想到咱們這塊地有這福氣。以前，這地界上的人出門找活兒幹，現在是旁人上咱們這裡租鋪子做買賣，或來找活計。現在出門買東西也方便，就是扯布做衣裳，也不用跑遠了。」

佟保忠聽著聽著，便有些不順耳了。三叔公提了這許多，和他家一點干係都沒有。

只是他氣也無用，自家媳婦也不是沒折騰過，錢沒掙到，反而賠了本。如今大兒子看著沒出挑的地方，只能指望他三叔能不能幫忙謀個前程。現在他寄予最大期望的就是小兒子，盼著他能考出功名，光宗耀祖，也是家裡的第一人了。

於是，佟保忠提到了在書院讀書的小兒子。「等大貴下學回來，也要拜見你這三叔。你走的時候，他還沒出世呢，親叔姪一面都沒見著，可得好好相處。」

佟保成點頭，又問二哥家裡和堂兄弟的孩子們的情況。

佟保良道：「如今也在讀書了，讀書尚可，也不求他們一定要有功名，能明理，將來撐得起家來就好。」

而今三叔公也送了家裡的孫輩去上學了。現在說來，一家子都挺有奔頭的。以前除了地裡的出產，什麼都沒能指望，現在孩子們讀書是條出路，自家經營的生意又是另一條出路。

親人相見，飯桌敘話，佟保成覺得自己失去的，恐怕不僅僅是時間，還有女兒的成長，還有家鄉的變化。

可世上之事就是這樣，有捨有得。他於心有愧，可若是再給他一次機會，他還會做同樣的選擇。

他一個小兵丁，仗打完了，就該領著微薄的遣散銀子歸鄉。那時的他，除了跟著將軍打仗，什麼都不會，只覺得天一片黑暗。

後來，他抓住機會，毛遂自薦聽了將軍的派遣，隱姓埋名這麼多年，立了功，才從一名無名小卒到現在的五品官，衣錦還鄉。

他看向旁桌的女兒，他虧欠的，只能盡力去彌補。但往事已矣，他來不及彌補的人，只能成為遺憾，他必須往前走。

飯畢，三叔公老當益壯，就要領著佟保成去環心湖新街上走走看看。

佟保忠要留人，現在老宅子沒住人了，讓三弟帶了柳姨娘和小寶留在家裡住。

佟保成婉拒。「我這個做父親的失職，想跟香香多相處些時日，打算住在二哥家。」說著，對佟保良笑道：「二哥不會嫌棄弟弟吧？」

「這說的是什麼話。」佟保良看著三弟。「年紀大了，還沒個正經。」

佟保忠被拒絕，又見兩個弟弟親近的樣子，想起三弟從小便和二弟的感情好，心裡不太舒服。

見老三一家要走，這還沒處出感情來，曾大燕心裡著急，抬眼瞅佟香香。老三眼裡頗為重視這丫頭，怎麼說都養了她那些年，臨走之際，就要拉了佟香香的手，表示親熱，也好讓老三記住養他閨女一場的恩情。

佟香香如避蛇蠍般避開了。「姪女先走了，謝大伯母款待。」

佟保成一直留神關注女兒，見狀心中更明瞭幾分。雖然女兒只是大概跟他說了這些年的情況，但女兒跟著大哥一家一起生活十二年，卻只用幾句話輕描淡寫地略過，便知女兒跟著大哥一家過得並不好。

其實他心中是有些不快的，但大哥一家養了女兒那麼多年，人情比金銀貴重。

而後，眾人出了大房的門，佟保成請三叔公領著他去客棧。

客棧的大門前掛著一塊竹編做框架的牌匾，上書「佟記竹藝客棧」幾個大字。店門兩邊分別掛著兩串竹編的大紅燈籠。

進了門，裡頭擺設幾乎無一不與竹相關，正堂中間是用精美竹扇與竹葉枝條拼接、比人還高的大擺件。這擺件線條流暢精美，竹扇與枝葉、枝條完美融合，竟有美人纖腰款款之態，手藝高超絕倫。

三叔公摸著鬍鬚，頗為驕傲於佟保成的嘆為觀止。「這擺件，好幾戶富貴人家瞧中了，想買了去。我捨不得賣，就當了店裡的鎮店之寶。」

佟保義與他媳婦正在客棧招呼客人，此時穿著一色的竹葉花紋衣裳，瞧見活著回來的佟保成，驚嘆又高興，連忙招待，幫他上茶、上點心。

佟保成看著，感覺以前在泥裡打滾的漢子都帶了點風雅的味道，覺得真是什麼都有可能啊，笑著拍拍佟保義的肩膀。

「這要是在外頭碰上，我都不敢認了。」

「嘿嘿。」佟保義幾個兄弟都笑。「是秋秋出的主意，說這風格肯定能吸引讀書人還有那些附庸風雅的人前來，咱們也不能差太多啊。」

佟秋秋朗聲笑道：「保義叔，你就說好不好吧？是不是受人稱讚？」

佟香香在一邊，跟著捂嘴笑了。

「自然是好。房錢和茶水，都比別人家要貴三分呢。」仁大嫂子喜不自禁。

「這樣精心，當得。」佟保成笑著點頭，只見兩層的客棧之內，座椅、櫃檯、牆面上的四季花鳥屏風、櫃檯上的動物造型擺飾、端茶水用的托盤，都是高超的竹編手藝，處處透著精美，帶著古韻。

在客棧裡喝了茶，又吃了點心，歇了半晌，再逛逛環心湖新街，佟保成便先讓三叔公回去，別累著他老人家了。

第三十九章

送走三叔公一家，等回到佟保良這一房時，正好是下學時候。學子成群結隊，朝這邊的麵館和糕餅店而來。

佟秋秋知道今天一號店只有小多和小菊，有點擔心她們年紀小，支應不過來，便向長輩們告了聲罪，去店裡忙，佟香香也跟著去了。

柳姨娘的眼睛都瞪大了，沒承想老二這房對面就是偌大的書院，一看便是有文氣的地方。位置這般好，想必鋪子跟宅子也值不少錢。

她打量著宅前三間鋪子，聽說都是二房自家經營的，生意極好，看著也不像大房那邊，還有些冷清。

此時，有一群車隊從大麯河河岸那頭而來，領頭的辛大直接駕車過來，其他車輛則從岔路朝後頭的掛麵廠駛去。

辛大過來，就對著金巧娘拱了拱手。「金老闆。」

金巧娘一笑。「辛老闆。」辛大家裡有商隊，如今生意中的一大項便是掛麵，當然還有佟秋秋和佟香香鋪子裡的糕餅。他這次來，就是要談下次進貨的日期和數量。

佟保成瞧二嫂跟人談生意談笑風生的樣子，朝他二哥看去，卻見他二哥站在一旁笑看著。得了，只要二哥不覺得夫綱不振，那都不是問題。

柳姨娘看著這樣的金巧娘，抿了抿唇，又和她想的大不相同，這二房的媳婦不是她以為的鄉野村婦便罷了，居然還攬著大生意。

佟保成轉頭朝糕餅店看去，看見女兒和佟秋秋一起招待客人，一個幫客人打包、一個收錢，配合得很好，一看就是做慣了的。

小苗兒早些下學，七歲的娃兒了，生得有些圓潤，小炮彈一樣衝回來，發現待在自家院中的佟保成，卻是不認得。

「你是誰？」小苗兒見他跟爹長得有幾分像，歪著頭瞧了瞧。

佟保成也不說話，好笑地看著他。

佟保良過來拍他的頭。「是你三叔。香香她爹回來了，快叫三叔。」

「三叔不是……」小苗兒趕緊捂住嘴，乖乖叫了聲三叔。

佟保成笑著摸摸他的頭，從後頭拉來正用木劍在地上刨坑的小寶。「快叫哥哥，這是你嘉禾堂哥。剛好，我還沒替小寶取大名，就叫佟嘉寶吧。」

小苗兒有些好奇地打量著小寶。小寶卻給他一白眼，不理他。

「你一個男娃，都五歲了，怎麼還這個樣子！」佟保成早想揍娃了，但頭一天回鄉，還是忍住了。

小寶扭過身，繼續戳土，給他一個屁股瞧。

忙完書院學子這一波，佟秋秋就能歇口氣，正好辛大來了，便請他去糕餅店後頭專門招待大客戶的雅間喝茶。

辛大與金巧娘訂好掛麵的量，這會兒看著佟秋秋待客的奶茶和奶心麵包，全是他喜愛的吃食。

「還是小丫頭這裡好啊，我出去了，想喝都難，也不知妳是如何調製的，真是醇香甜美。」他話頭一轉，又笑道：「上次回來，被妳娘好一頓收拾吧？」

佟秋秋笑著朝他拱拱手。「多謝辛叔替我圓謊。」

辛大無奈地搖搖頭。當初佟秋秋找上門，一副小兒郎的打扮，真的是一點破綻都沒有，說是常在一隅之地，難免眼界小，想去外頭看看，請他成全。

他真被一個小姑娘的膽識和偽裝的本事驚豔了，覺得佟秋秋雖是女娃，但膽識不輸許多男兒，便點頭答應。

哪承想，說好是去開開眼界的，她居然連黑欄山那有名的官匪勾結匪窩都敢闖！當時，他的船隊途經黑欄山渡口，老實交了買路錢，小姑娘卻轉眼不見蹤影，嚇得他出了一身汗。

幸好，她趁著天亮開船之前回來了。

辛大到現在還不知佟秋秋到底幹什麼去了，又看佟秋秋一眼，手藝這麼好，還擅長經營的小姑娘，本想替自家姪兒保媒，可惜呀可惜，這膽子大得自家姪兒根本壓不住，也不知哪個臭小子有這福氣。

佟秋秋見狀，不多說什麼，只道下回辛大來，要跟他做筆大買賣。

辛大問是什麼，佟秋秋卻打起了啞謎。「到時候，您就知道了。」

辛大用手指虛點她，想他從跟佟家做生意以來，還沒虧過，心裡挺期待。無奈這女娃嘴緊，她不想說也問不出來，只能作罷。

自從佟保成在二房安頓後，便迎來一批一批的故舊，有村裡的長輩，還有一塊兒長大的村裡漢子。

佟保忠的小兒子佟大貴，也見了他一面，不過這小子是讀書人，有點不喜歡他這莽夫模樣，還不會掩飾。佟保成哈哈一笑而過，卻把佟保忠氣了個半死。

金巧娘去收拾佟小樹那邊帶炕的廂房給佟保成住。這邊的炕大，怎麼都夠睡的。

佟保成什麼地方都睡過，二嫂準備得如此妥當，自然沒什麼意見。

佟小樹下學回來，看見佟保成也驚了一跳，但他到底本性沈穩，聽爹介紹了，便八風不動地向佟保成行禮。

佟保成見這男娃長得如棵小青松般，眼睛一亮，問了幾句話，發現這孩子是真沈穩，不急不躁，瞧這心性，是個可造之材。

見過了許多人，佟保成才有空閒打量佟保良的宅子，這邊雖然不如佟保忠那邊大，卻處處透著溫馨，外頭曬著的鞋、晾著的衣裳，都整整齊齊。兩個姑娘新房的門簾用了梅花和桃花的圖案，兩個小子則是青松與翠柏，正房則選了富貴牡丹，看來應該是二嫂選的，他二哥的性子不會選這種熱鬧花樣。

佟香香從角門進院子，就見她爹正四處轉悠著，便想縮回腳來。她知道了他遠走的內情，知道他是為了前程，但再多的原因，她心裡也有過不去的坎。

佟保成聽到動靜，轉頭看來，立刻笑著朝她招手。「過來，爹給妳一樣東西。」說著，走近牽進院裡的馬車。

佟香香抿了抿嘴，還是走過去。

佟保成從車廂底下的暗格裡取出一只紅漆木匣，遞給佟香香。「原來要給妳娘和妳的，想著若妳是女孩兒，也好留了當嫁妝。現在，只能送給妳了。」頓了頓，又從腰間摸出一個荷包。「裡頭是銀票，爹擔心自己買得不好，留這些給妳，妳喜歡什麼，便置辦什麼。以後還要別的東西，爹幫妳添。」

佟香香被塞了木匣和銀票，握著木匣的手指因為抓緊而泛白，心裡自嘲地笑，她為什麼不接，不接難道便宜了旁人？

晚上，佟香香抱了枕頭去和佟秋秋擠一個被窩，問道：「姊，我是不是很沒有廉恥心？我一邊怨著他、一邊跟他裝模作樣，接受他的好處。」只不過她現在不是可憐人，不用巴著他過活，能維持著體面罷了。

「什麼廉恥不廉恥的。」佟秋秋就知道她心裡過不去，扳著指頭算給她聽。「我們算算啊，妳給大伯一家幹活，這相當於打工掙飯錢了，更別提那撫恤銀了，妳見著一分錢了沒有？這都是因為親爹不在的緣故，現在他要補償妳，妳就好好接著。」

佟秋秋說著，拍拍佟香香的背。「咱們多厚道啊，沒有獅子大開口，妳爹該偷笑了。」

佟香香噗哧一聲笑出來。「姊就哄我。」

佟秋秋等佟香香睡著了，才輕嘆口氣。這小妮子心軟，這才多少，要是一切都能用銀錢解決，她想三叔巴不得呢。

第二天的法事，柳姨娘幾次想來和佟香香說幾句話，都被有意無意地避開了，只好暫時作罷。

這次佟保成回鄉，不僅對佟家人來說是件震動的大事，在村裡也是一時轟動。蓋因佟家老三活著回來了，不像起初傳言的，是在外頭另有家室不歸家，而是混出了官身。這可不得了，真是祖墳裡冒青煙的事。

未來親家有如此運道，對錢家來說，更是個大消息。

去年小兒子錢宗治和佟香香訂親，其實錢父和錢母是有些不滿意的，覺得佟香香是個孤女，沒依沒靠，不是個好人選。他們覺得兒子中了秀才，不找那有家底的，找個秀才或童生這樣讀書人家的女兒也好啊。

而且仔細算起來，小兒子和佟香香還差著輩分哩。可小兒子跟大兒子一樣，也是個有主見的，非要結這門親。

他們不當家慣了，上頭有老太爺，下頭有大兒子錢宗淮，老太爺和大兒子都不反對，他們便答應了。

現在聽聞親家老爺不僅健在，還當官的好消息，不禁在心裡念叨，看來兒子拿主意也不是壞事，這就有了個當官的岳父了。

錢老太爺看著驚喜的兒子與兒媳，摸了摸鬍鬚。當初他會答應這門婚事，當然不是縱著小孫子胡亂選的。

自從佟秋秋拿出製作白糖的方子，錢佟兩家成了穩定的生意夥伴。現在環心湖新街上的錢家糖鋪子推出的各種滋味棒棒糖，還有牛軋糖，極受歡迎。

現在糖鋪生意興隆得很，以前是在這十里八鄉有名氣，如今去縣裡，甚至府城打聽，問了都知曉一二的。

現在還沒把白糖單獨拿出來售賣，就是擔心動了大商戶的利益，自家根基還算是淺的，怕因此惹禍。

維繫兩房的關係，當然是越緊密越好，佟老二夫妻等於是把佟香香當親女兒了，且佟香香還帶著大筆嫁妝。外人不知曉，還是兩個孩子有情分，金雲娘才透了底，他雖知道佟秋秋能掙錢，可沒想到那生意火紅的糕餅店，佟香香就占了近一半。

現在更是喜從天降，有了當千戶的親家在，待親家老爺的官位坐穩，孫子又是秀才，有些生意就可以放心地做起來了。

於是，錢老太爺吩咐兒子、兒媳備了禮，去拜訪親家老爺。

佟保成過來的前幾日，客人來得挺多，佟秋秋留在家裡幫著招呼。後來許是佟保成覺得這一批批人來，著實讓家裡忙亂，再有不得不會的客時，就在外頭酒館設宴。

要說這幾天家裡待客，也不是一點意思都沒有，就說錢宗治這醜女婿見岳父，險些要把佟秋秋笑死。

也不知佟保成是怎麼想的，見到錢宗治便目瞪口呆，嘴裡直言道：「這就是我那秀才公女婿？」

看那表情，這高大健壯、站起來比他還高的女婿，可能與他想的秀才公相去甚遠。

錢宗治忐忑不已，洋相百出，只見他一會兒把茶杯打翻了、一會兒嘴笨了，陪著一道前來的錢父錢母都覺得頗為汗顏。要不是佟香香在一旁支應著，不知道還要鬧什麼笑話來。

佟秋秋暗自好笑，還有點吾家有女初長成的悵然。哎，她家的小姑娘，這麼早就被錢宗治訂下了，說來她這做姊姊的確實有些失職，也不知這兩人怎麼看對眼的，她知道時，就是錢家來提親的時候了。

錢宗治那臉皮厚的，訂親之後，便開始大大方方地光顧糕餅鋪，時不時來看佟香香一眼，對著她就道，讓她這做小輩的，多多照看她小孀兒。

真是人心不古啊，她在輩分上是不服輸的，小姨母那邊照算，但在這邊，他得叫姊。

每當一扯這個話題，佟香香便紅了臉。而後，錢宗治乖乖地閉嘴，看著佟香香傻笑。

每每這個時候，佟秋秋都頗為哀怨。她這是造了什麼孽啊，要看著小情侶湊一堆。

此時，見錢宗治在他親岳父跟前吃癟，佟秋秋就覺得解氣，要娶她妹妹的人，就是得吃點苦頭。

忙完這幾天待客的瑣事，佟秋秋又開始投身於她的毛線事業。現在水紡車一日的紡線量就高達上百斤，她準備的那些庫存，過不了多久就要用完了。

她去縣裡養羊的幾個村子收羊毛，然後請幫工清洗、乾燥、梳毛。這關係到之後的買賣，庫存準備必須充足。

當佟秋秋收完羊毛回來時，佟保成已經在府城駐軍所買好宅子和兩房下人，也要帶著柳姨娘離開。

但小寶這娃卻被親爹留下來了。

佟保成說，初上任諸事還沒理順，小寶多留些時日，還能讓他和親姊姊以及堂哥、堂姊們多相處。

其實佟保成是看出了佟香香對小寶冷淡，小寶對佟香香這個親姊姊也是視而不見。這可不是好事，將來佟香香出嫁，小寶就是家裡唯一的男丁，對親姊姊沒感情，將來佟香香出嫁後，怎麼替她撐腰？遂硬是將小寶留下來。

柳姨娘哭了一場，但也沒說一句要留下來照顧孩子的話。

佟秋秋冷眼旁觀，發現柳姨娘與親兒子也不親厚。就算她想親熱，小寶也是與對旁人一般，不理不睬。

走的前一夜，佟保成拉著佟保良，喝了半宿的酒。

他知道他是不可能把女兒帶走了。那一日佟香香就對他說了，二伯一家對她不薄，她過得也好，沒出嫁前都要跟著二伯一家生活。他才知道，做糕餅買賣不像是大哥大嫂說的，是替佟秋秋打工，而是拿了近半的分成。

除此之外，二哥還幫佟香香買了地，如今連宅子跟鋪子都有了。他去看過，就算他不回來，女兒有這樣的私產，出嫁時也絕不寒酸。

佟保成心裡好受了些，二哥果然沒讓他失望過，心裡感激。

佟保成帶走柳姨娘，上任去了。佟秋秋一家的生活依然照舊。

而大房一家，要說之前心裡有多期盼，此時家裡氛圍就有多低沈。

「三弟雖當了官，但去季家說親也不管用，被回絕了。」曾大燕嘴裡還在埋怨。「幫大富謀個一官半職的事，也不給個準信。」

佟貞貞哭得不能自已，小曾氏在一旁勸著。

佟保忠面色不豫。「他剛上任，官位還沒坐熱，且再等等。」

「等什麼等！」曾大燕恨道：「貞貞都十九了，這婚事不成，可不能再蹉跎，不然真成了老姑娘，被人家笑話。」

佟貞貞聽了這話，再待不住，甩開小曾氏的手，摔了門簾，回閨房去了。

小曾氏被甩得一趔趄，臉色也變得有些冷。佟大富趕忙過來攙扶她一把，小曾氏便對他笑了笑。

佟大富不高興了，對他娘道：「您也說說妹妹，這性子太衝了些。」

「你還說你妹妹，她這不是因為期盼的親事沒著落傷心嗎。你這做大哥沒了心肝，竟是一點也不心疼。」曾大燕氣道：「自老三回來，我哪一日沒去巴結奉承，結果連貞貞的婚事都沒辦成。」

今日書院休沐，佟大貴在家，聽了這話，不耐煩地直言道：「就算三叔把官位坐穩了，也是個武官。季家的子善學兄才二十一歲，就已是舉人之身。三叔是對舉人老爺的舉業有幫助，還是對舉人老爺將來的官途有助益？」

佟保忠知道文武是兩條道，自家女兒又不是三弟的親女，季家人不買帳也是有的。但心裡仍想著，若季子善做了他的女婿，將來再考上進士做官，他這岳父後半輩子就不用愁了。

佟大貴接著道：「要我說，姊的心也太大了些，本就般配不上，既然人家婉拒，就不要糾纏，免得丟人現眼。」在扶溪書院，季子善頗受同窗和先生的喜愛，他看了季子善做的卷子，也對季子善的才學佩服不已。要是讓人知道他姊求著婚事不放，他有何臉面在書院立足，真是氣煞人也。

「你這孩子說的是什麼話。」曾大燕飛快瞥女兒的廂房方向一眼，說了小兒子一句，卻沒狠心責怪。小兒子也是她的心頭寶，將來還要考功名的。

佟大富見狀，低下頭去。小曾氏輕輕捏了丈夫的手，佟大富對她勉強地笑了笑。

第四十章

佟保成一走，當晚小寶就和小苗兒打了一架，一家人都被吵醒了。

小苗兒一個人睡，現在加了個小寶。小苗兒好客，對這個小堂弟挺關照，這些天帶著他吃吃喝喝，雖然小寶還是不搭理人，但小苗兒話多，自覺兩人處得還不錯，沒承想這就打起架來。

佟秋秋把兩人拉開，小苗兒還好，只是嘟著嘴生氣；小寶跟小炮仗似的，掙扎著躲進了被窩裡。

小苗兒道：「我半夜醒來，一摸發現床上濕了，就問小寶是不是尿了？小寶朝我踹了一腳，說是我尿的。我怎麼會尿床呢，我都七歲了！」

小寶哼了一聲，臉上是不過才比他大兩歲，有什麼好得意的表情。

佟小樹披著衣服，看著房間几案上的杯子，裡頭還有殘存的奶汁。「小苗兒，你是不是帶小寶睡前喝多了奶，還沒方便過？」

小苗兒心虛地點點頭。

「以後記得睡前帶小寶方便，知道不？」佟小樹叮囑道。

金巧娘好笑不已，拿了乾淨鋪蓋和褲子來，哄小寶道：「換了褲子跟鋪蓋，就睡吧。」

小寶飛快地奪了褲子，整個人埋進被子裡一動不動，像在表示有人在，他絕對不換。

這麼點小人兒，也是要臉面的。佟保良拉媳婦兒出去，又叮囑小苗兒，待會兒換了鋪蓋再睡。

這點活兒，小苗兒從一個人住一間房開始就會做了，點點頭，覺得自己也有錯，就不跟尿床丟臉的小堂弟一般計較了。

佟香香拉佟秋秋回房。她這便宜弟弟就是事多，趕緊回去睡覺。

最近佟秋秋請了幫工處理完新買的一批羊毛，而後就是看新蛋糕店的經營。蛋糕店開的時日不長，但生意卻不比一號店差，通常是供不應求的。這裡的蛋糕，除了定期推出的觀賞品外，每天的蛋糕都是定量銷售，要想訂製大蛋糕，需要提前預訂。

這也是佟秋秋經營的手段，效果還不錯。

之所以這樣規定，是因為奶油蛋糕不似其他糕餅禁得起折騰，不好遠途售賣。其次，就是做的過程實在太累了。

目前是她和佟香香當主力，小多和小菊做助手，每天出貨的數量還是讓人累得很。何況佟秋秋有時還沒空做，就苦了這三個姑娘。要不是有佟秋秋她爹做出的簡易打蛋器，還會更辛苦。

說來這簡易打蛋器，也是費了佟保良老大的勁了，但目前為止，效率仍然低下，若要趕大批訂單的活，她們不用打蛋器，自己動手做還快些。

佟秋秋進店，就看見田掌櫃正和櫃檯前的小男娃大眼瞪小眼。

田掌櫃見佟秋秋來，忙道：「東家妳看，堂少爺已經吃了兩塊蛋糕，喝了一壺奶茶。我擔心他撐出個好歹來，不敢再給。」這位堂少爺的親爹，聽說可是有品級的武官，他可不敢讓堂少爺有什麼閃失。

佟秋秋低頭瞧瘦巴巴的小寶，和當初的小苗兒倒是有幾分像，心裡一軟，再看那鼓鼓的小肚子，也不知這小身板和這猛吃的勁是怎麼養的，難道跟著三叔在外頭吃得不好？

小寶甩了個白眼給她，哼了一聲，就當沒看見她，只看櫃檯上的蛋糕了。

佟秋秋才心軟沒一會兒，就被這小子目中無人的樣子氣得手癢。

「我們這裡的蛋糕可是有定量的，今日賣與你的，已經賣完了。」佟秋秋果斷道，田掌櫃立刻應和稱是。

小寶握緊拳頭，一拳便朝佟秋秋攻來。

佟秋秋豈會怕個小屁孩，捏住攻來的小拳頭。沒想到這孩子小小的，力氣挺大。她用力箝制住小寶的雙手，而後飛快從櫃檯上抽出一根包裝用的絲帶，捆了起來。

小寶拚命蹬腿反抗，佟秋秋被踹中一腳，乾脆把他的腳也捆了，而後拎起他的後衣領，跟拎著待宰的小羊羔一樣。

「沒道理就敢動手打人？今兒要好好教訓你！」

一道聲音從店裡臨窗的雅座傳來。「小佟老闆還和一個小孩鬥智鬥勇啊？」

「讓溫公子見笑。」佟秋秋見是老客戶溫東瑜，笑著頷首告辭，拎著小寶離開。

和溫東瑜在一桌的同窗，也是縣裡慕名來求學的富貴公子，笑道：「小佟老闆這脾氣、這俐落身手，將來嫁了人，一個不如意，豈不是要打夫婿？可惜了這美貌。」

溫東瑜聽了，面上有些不豫，把話題引開了。

他記得來扶溪書院讀書後，到店裡吃茶點，一同來的同窗說溜了嘴，道出他是福來酒樓少東家。

這姑娘剛好聽到了，不過她只是略驚訝一下，便一笑而過，客氣而不失禮地繼續幫他們上茶點。

不知為何，他心裡是有些失望的。

此時，他從窗口瞄了眼佟秋秋離開的方向，心思好像也被抽走般，連同窗們說的話都聽不進去了。

佟香香看見小寶被佟秋秋綁著領回來，不太想管他，但還是問道：「這小子惹事了？」

「嗯。年紀不大，卻動不動就出手打人。不教訓一下，以後還得了。」佟秋秋點頭，把小寶丟在臨窗的炕上。

小寶翻身坐起來，對佟秋秋怒目而視，終於出聲了。「妳這個醜女人，快放開小爺！」

佟秋秋笑話他。「還小爺哩。我不放又怎樣，我這個醜女人，一隻手就能把你制住。」

「哼！」小寶還在掙扎，也不知佟秋秋怎麼綁的，如何也掙扎不開。

佟秋秋好笑，轉身離開。

佟香香看了一眼，見小寶還生龍活虎地撲騰，跟著走了。

小寶見人都不在了，乾脆躺在炕上不動，暗暗咬牙，等會兒要叫佟秋秋好看，想著想著，就睡著了。

這一睡，一個中午過去了。

佟秋秋端著煎餅進來，盤子在小寶鼻尖掃過，又挪開。

小寶睡著還吸著鼻子，口水流了出來。夢裡，好吃的正送到他跟前，他去抓，又飄走了，真是惱人得很。

如此幾次，他急了，一個翻身上手，卻發現手掙不開，立時醒過來。

他睜開眼，就發現那個討厭的醜女人正端著一托盤的食物，正和他那叫香香的親姊姊，一左一右坐在炕上的桌前看著他。

見他醒來，兩人呵呵一笑，拿起攤了雞蛋的黃燦燦煎餅。佟秋秋用刷子蘸了甜辣醬，一下一下刷在煎餅上。

醬香和著煎餅的香味，直往小寶鼻子裡鑽，讓他想流口水。

「這刷了醬的煎餅才夠味。」佟秋秋慢條斯理地放下刷子。

小寶別開臉不看，嚥了嚥口水，忍不住用眼角餘光悄悄地瞥向那邊。

佟秋秋早發現這娃不愛吃米，就愛吃麵食，那怎麼能少了煎餅。她在煎餅裡加了切開的滷蛋，還包著黃瓜絲、藕丁、薄脆、酸筍。

她一邊加、一邊道：「咱們愛吃什麼，就加什麼。」

佟香香點頭。「嗯，我最愛香菜和蔥。多加些，吃著最香。」

兩人包好煎餅，而後一口一口地把煎餅吃光。吃完最後一口，佟秋秋慢條斯理地擦乾淨手，才蹲下身，解開綁小寶的絲帶。

小寶抖開手，人還沒站起，小拳頭便朝佟秋秋面門而來。佟秋秋用手頂開，任他怎麼動，都無可奈何。

佟香香看到的正是短手短腳的娃要打人又打不著的場面。憑他怎麼動，就是被死死地制住了。

她險些笑出聲來，好歹忍住了。這小子真是會折騰，她姊在村裡打架時，他還不知在哪裡呢。

「你要是聽話呢，我有什麼好吃的，你就有什麼好吃的。要是不聽話呢，哼！」佟秋秋學著小寶那模樣哼了一聲。「那就要你好看。」

小寶打不過佟秋秋，折騰得沒了力氣，放下手不動彈了，喘著氣。「等我大了，定要妳好看！」

「好好好，我等著。」佟秋秋鬆開手，指了指桌上。「吃不吃？」

小寶瞪她一眼，腿還是不自覺走過來，一看桌上的托盤，哇的一聲指著佟秋秋叫嚷。

「妳欺負人！」眼裡立刻含了淚。被綁時沒哭，被制住沒哭，這會兒卻委屈得哭了。

那盤子裡，只留了一塊極小的煎餅，大概只夠他塞一嘴的。

佟秋秋咳了一聲，抬頭不看這小可憐，道：「你今天不聽話，不能給你同樣的待遇。」

小寶含著淚，拿了還沒他手心大的煎餅，一口吞了，看佟秋秋就像看仇人似的。

佟秋秋要求，以後小寶不能對人愛理不理地甩臉，更不能對人動手。要是整天沒惹事，就給他做好吃的。

小寶沒有鬧騰的第一天，佟秋秋做了辣條，見這小傢伙吃下第一口，眼睛便瞪圓了，從此就為吃的屈服了。

但有一點，小寶很不滿，為什麼做給他吃的，還要分給別人！

佟秋秋豈會縱著他吃獨食？想得美呢！不理會他的無理要求。

從此，佟小樹和小苗兒每日下學回家，桌上便多了道零食。

小苗兒愛吃不提，別看佟小樹一本正經，現在回到家，眼睛就開始打量廚房，有好吃的得先吃了，才能繼續專注於學業。

佟香香暗暗吃醋，憑什麼呀，這小不點竟讓秋秋姊特地做吃食，真是來討債的。每次她都要吃個乾淨，絕對不多留給這小屁孩。

金巧娘和佟保良發現，最近家裡孩子特別乖，尤其是小寶，有時候和從前一樣扭頭不理人，卻又忽然轉過頭，不甘不願地喊一聲二伯跟二伯母，讓他倆挺高興，覺得孩子懂事了。

這天，佟秋秋做完當日的蛋糕訂單，回來琢磨做點什麼吃的時候，就聽聞大堂姊佟貞貞訂親了，訂的是溝頭村的周秀才，一個月後就要完婚。

這日子趕，金巧娘得替姪女準備添妝。

佟秋秋問她娘。「怎麼這麼急？」

金巧娘道：「周秀才的爹病重，說是活不長了，想在閉眼前見四兒子娶媳婦進門。」

「貞貞姊肯答應？」佟秋秋不可思議。

金巧娘道：「不答應能怎麼辦？妳大伯母和堂姊這幾年選來選去都沒瞧中，後來又見香香跟宗治訂親，宗治還是個秀才，按她們的脾性，更不能往低了選。可又要有功名、又要有家底的好人家，哪有那麼好找，這一拖二拖的，現在大概是沒得選了，不應也得應。」

她說著，就戳女兒的額頭。「妳說妳，說親也難，怎麼回事呀？不想嫁出去，老娘也不是養不起。但妳年紀大了，挑不上好親事，可別後悔。」

佟秋秋捂著額頭，趕忙告饒。「娘，您趕快準備去吧，別在這裡耽擱時間了。」忙不迭地服侍親娘大人出家門。

四月二十三，佟貞貞出嫁。

二房，金巧娘送的是一套實心金頭面；三房，佟保成備了百兩壓箱銀。還有大房曬出來的嫁妝，妝匣、箱籠、大紅的喜被，還有簇新的衣裳鞋襪、銅盆、碗筷等，讓一眾看熱鬧的媳婦跟小姑娘們羨慕極了。

這嫁妝除了比季族長的孫女雲芝遜色些，在村人眼裡，已經十足十的好了。要在以前，環心湖新街還沒熱鬧起來的時候，這是想都想不到的事。那時候，大多數的姑娘出嫁，給身新衣裳都算是家裡厚道。

曾大燕穿著喜慶，對著二房、三房給的添妝挺滿意，對著佟秋秋等一眾小輩鮮見的和顏悅色。

租了她家店鋪的女眷來做客，曾大燕就拉了佟秋秋介紹。「這是我親姪女，如今家裡就她一個女兒家沒說親，各位太太幫幫忙，替她物色親事。」

那幾家女眷是知道佟秋秋的，不提她家的掛麵廠和聞名縣城的木匠鋪，她自己也能幹，糕餅鋪生意火紅，哪個不知？以前是沒機會又不熟，這會兒便將佟秋秋上下打量個遍。

有個年紀大些的婦人，上來就拉了佟秋秋的手。「這閨女皮嫩，一看就是家裡好米好水養大的，是個享福命。這要找個實心人兒，不能有花花腸子，我家兒子就是個老實人。」

「哪家還沒個好後生，我家大兒自小跟著他爹，能說會道，小小年紀就能管事。」

「我家老五也機靈，還孝順。哎呀，姑娘都要十七了呀，是該找人家，再過幾年年華老去，可就不成了。」

圍攏的人中就有那沒分寸的，伸手要捏她的臉。

佟秋秋避開那手，臉上的笑繃不住了，努力維持著最後的客氣，應付幾句，立刻找藉口抽身離開。

這種彷彿如豬肉般被人稱斤議價，還要被挑刺貶低的感覺，著實不好受。佟秋秋怕自己再待下去，就控制不住罵人的暴脾氣。

雖說和堂姊的關係一般，但堂姊出嫁的時候，她也不想鬧出什麼事來。

人還沒走遠，便聽見曾大燕向人賠禮的聲音。「這孩子，家裡嬌慣的，有些不懂事。」

「哈哈，小姑娘家的有點脾氣，正常得很，出嫁就懂事了。」

出了人群，剛想透口氣的佟秋秋便遇見一個挽著婦人髮髻的年輕少婦。

佟秋秋笑道：「雲芝姊姊。」

季雲芝笑應了幾句，看著高䠷明媚的佟秋秋。她一路走來就發現，這姑娘無論走到哪裡，都是人們注目的對象。小姑娘們暗暗打量，或羨慕其美貌，或羨慕其家境的；那些年長些的女眷，則議論著她將來的婚事。

季雲芝嫁給興東府城裡劉員外郎家的長孫，今兒特意來喝喜酒，卻沒迎來多少目光。

兩人客氣地分別，佟秋秋就見趙嬸兒在院子裡打量著屋舍，眼裡流露出豔羨，而後又像作賊似的左右環顧。

佟秋秋忙轉過身去，裝作看旁人聊天的樣子。

趙嬸兒見沒人注意到她，掩飾了表情，再不如方才那般露骨。

佟秋秋又慢慢轉過身，朝趙嬸兒看去，見她穿著一身荷花紋的衣裙、一雙綠繡鞋，時不時摸一摸左手手腕。

她記得，前兩年趙嬸兒常帶著女兒月芽來她家串門子，說讓月芽也跟兩個姊姊玩。可佟香香和她，一個在忙著建宅，一個在佈置別院，都沒空閒帶著小女娃玩。

家裡根本沒有閒人，連佟小樹和小苗兒都要去讀書。她娘也忙著掛麵廠的事，經常早出晚歸。

她以為如此便罷了，沒想到她有時早些回家，就見趙嬸兒帶著月芽，待在她爹的木匠鋪裡。雖說鋪子裡常有客人，大門也是敞開讓人進出，但不是時時都有旁人在。一婦人帶著女兒和她爹共處一室，她就不得不多想。

趙嬸兒是以了解姑娘嫁妝來討教的，也不能說她是不是別有居心。於是，佟秋秋乾脆替木匠鋪請了個看店的夥計，讓她爹給她的別院做點用具，沒承想後頭不知怎的做起水車，對佟秋秋來說是意外之喜。

後來，趙嬸兒少上門，關係越發淡了。佟秋秋打發掉一個麻煩，也不再多關心此人。

今日一見，她發現趙嬸兒穿戴變了不少，穿得好了，人顯得更年輕些，如今看著更多了些姿色。

佟秋秋心想，趙老爹和趙婆婆也是前一批在環心湖新街買地的人，只是還沒建屋，現在依然搭著棚子賣韭菜鍋貼，生意不錯。就是家裡臥病的兒子吃藥不斷，老倆口過得很儉省。她微微一嘆，這個媳婦的心怕是早飛了，也不知老倆口知不知曉。

季雲芝和佟秋秋分開後，就進了佟貞貞的閨房。看著穿上紅嫁衣、上了妝的佟貞貞，過去握她的手。

佟貞貞還沒蓋蓋頭，看見季雲芝，便流下淚來。

季雲芝幫她拭淚。「是我的不是。我一個出嫁的姑娘，在娘家說話的分量有限，改不了我祖父和大伯父的主意，讓妳失望了。」

「是我沒福氣。」佟貞貞哽咽道。

季雲芝又開解幾句，問她。「我看妳秋秋堂妹也要十七了，還沒訂親，是有人選了？」

佟貞貞對著鏡子照了照，見妝容沒花，才道：「她主意大著呢，二嬸管不住她，我也懶得關心她的事。」轉頭看季雲芝。「怎麼突然提她？」

季雲芝有些為難地說：「沒什麼。」

佟貞貞見她這有話不說的樣子，急道：「有什麼不能說的？我都要出嫁了，再也沒那個癡心。」

季雲芝抿了抿唇，好半晌才道：「上回我無意間聽見我祖父和大伯說，妳堂妹會經營，是個很聰敏的姑娘。」

季雲芝的大伯就是季子善的父親。

若單單只是長輩誇人的話，旁人不會多想。可季雲芝一路說下來，佟貞貞聽了，卻如炸雷，咬緊了唇。

「就她也配！」

第四十一章

佟家大房嫁閨女沒兩天，袁家老太太小朱氏找到了女兒家裡。

袁細妹拿了香瓜招待親娘，笑著道：「這可是舉人老爺送來的，說是同窗特意遠道捎來的特產。我吃過了，咬上一口就甜津津的，娘也嚐嚐。」

「哎喲，那我得好好品品。」小朱氏一聽說舉人老爺，跟著高興。她閨女嫁的這一房，可是跟舉人老爺所在的族長一房關係最近的，俗話說一人得道，雞犬升天，瞧她閨女這日子，就跟著沾光了。

只有一點不好，現在當家的是袁細妹她婆婆，那是個手指不漏縫的，下頭的兒媳婦都捏不到錢。即便袁細妹生了長孫，被她婆婆高看一眼，這麼些年，也沒從她婆婆手裡摸出多少好處來。

袁細妹與有榮焉。「咱們二房如今勢頭好。聽我公公說，大房那一根獨苗出去三年多了，沒個功名不說，還一點音訊都沒有，別是在外頭……」捂住嘴，呵呵笑了兩聲。「大房只有一個太爺，以後沒人繼承，那偌大的書院，還不得由咱們二房的舉人撐起來。」

「這真是福分到了，擋也擋不住。」小朱氏也跟著喜上眉梢。「你們靠著族長一家，好日子還在後頭。妳好了，娘再沒有不放心的。可家裡那些不爭氣的，真是讓我操碎了心。」

袁細妹擔心道：「哥哥跟姪兒們怎麼了？」

「哎，不提了。」小朱氏擺擺手。當初環心湖新街開始買地熱，她心裡也有點想頭，可小兒子剛好在縣裡看中了一家正要轉讓的鋪子。鄉下的地和縣裡的鋪子一比，當然是選縣裡的鋪子。

可誰能想到，才幾年就換了模樣，環心湖新街是整個縣除了縣城以外最繁華之處，地價漲了又漲。當初若是沒去縣裡買那間小鋪子，不知能買多大的地。現在想起來，腸子都要悔斷了。

小朱氏調整心情，換了話頭。「前兒佟家大房嫁閨女，妳可去看了？」

「看了。為了嫁個秀才公，曾大燕給她女兒做臉，費盡了心機。」袁細妹撇了撇嘴。

小朱氏問：「那妳看見巧娘母女了？」

袁細妹沒好氣。「瞧見了，現在人家鼻孔朝天，才不愛搭理我。她在外頭跟男人混在一處做生意，那幾輩子沒見到錢、拚命摟錢的模樣，連臉都不要了，我也不稀罕看她。」

小朱氏哪裡察覺不到女兒嘴裡的酸味，道：「妳這脾氣也太硬了些，現在她財運當頭，妳和她把關係拉近才是。」

袁細妹不可置信地看著她娘。「娘，您這是怎麼了？難道還要我上趕著巴結金巧娘不成？」那仇怨結了，不是一朝一夕的事。當初讓金巧娘和馬有才的謠言再起，她是出了口氣，但金巧娘此後再見她，就當沒看見，不把她放在眼裡。

「什麼巴結不巴結的，說得難聽。」現在小朱氏有點後悔當初沒有妥善處理女兒鬧出來的風波，還有後頭那些事，不過是想膈應膈應金佟兩家，哪裡想到有今日。

自從女兒嫁了個好人家，小兒子也出息，娶了梅縣城裡雜貨鋪的女兒，自家的日子就過起來了。

小兒子有了岳父家的幫襯，在梅縣做上小買賣，幫家裡蓋了新房子，又置辦了幾畝好田。她覺得三十年河東，三十年河西，自家是時來運轉，日子過得也不比金家差了，就不太把金家放在眼裡。

當初袁細妹做事不仔細，在巧娘婆婆跟前說巧娘婚前跟人有染的事被揭開，金家怒氣沖天。當時她日子過得舒坦，不用受金家的接濟，再不用仰金家的鼻息過活，便想把事情敷衍過去，那謠言沒幾年就會被淡忘，哪裡要緊。

金家不滿她的態度，她也彎不下腰賠禮，於是兩家鬧翻了，再不來往。

小朱氏想著，老死不相往來罷了，誰還稀罕。可是沒想到，她那外甥女金巧娘是個有後福的，一家子都是摟錢好手，金家也發達起來，做起滷肉生意，現在更在縣裡開了分店。縣裡那間滷肉鋪，如今就開在正大街上，好地段、好門頭，就將自家買的那間小鋪子比到旮旯去了。

她怎麼就這麼命苦？老天爺真是會開玩笑，她家的浪頭剛蓋過金家，便被金家拍上岸。

她後悔了，當初要是行事留餘地，彎腰道歉也沒什麼，怎麼就昏了頭，覺得捨不下老臉了呢？要是兩家沒有鬧翻，現在她的兒孫也能借金佟兩家的東風，摟多多的銀子，一時心裡都是酸苦滋味。

小朱氏重整旗鼓道：「巧娘那女兒開著糕餅鋪，妳瞅瞅每天單是光顧的學子就有多少。還有那什麼奶油蛋糕，前次錢家老爺過壽，訂的就是她店裡做的三層大蛋糕，哎喲，擺在外頭，聞著香，看著也有面子。上頭還有『福如東海，壽比南山』的字樣，可是讓錢老太爺樂得合不攏嘴，讓多少人恭維。妳小弟聽說了，說是縣裡跟府城都有富貴人家特地派人來訂蛋糕，那可以掙多少白花花銀子。」

她說著，嘖嘖兩聲，只恨那銀子不是自家的。「我碰見那丫頭幾回，模樣也好，隨了她爹娘的長處，不似小時候瘦巴巴野小子樣了。」

袁細妹聽著聽著，瞪大了眼睛。「我說娘，您這是想幹什麼？難不成想娶那丫頭當孫媳婦不成？」

「有什麼不成的？娶進門，就是娶了個財主。」小朱氏覺得女兒的心思都用在了芝麻綠豆的事情，大事就是糊塗。「妳大哥是個老實人，但妳大姪兒的聰明勁兒，跟誰家子弟比都不輸。從前我還想著，叫妳三弟妹介紹個梅縣裡有鋪子的閨女，現在瞅著，把佟秋秋娶進門就頂好，有了那掙錢的手藝，一輩子都不用愁了。妳大哥家起來了，拉拔妳二弟一家，再支應著讓妳三弟在梅縣開個賣糕餅的店鋪，就是一大家子的好處。」

「那秋秋不成了咱們家的長孫媳？再說了，那丫頭性子野得很，自小跟村裡男孩打架，不是個好相與的，別叫她欺負我大侄子。」

袁細妹說著，想起小時候不堪的往事。她娘帶著他們兄妹幾個上金家去借糧，她看著餓不著、凍不著，被朱氏抱在懷裡的金巧娘，頭恨不得低到塵埃裡去。

老天開眼，自出嫁後她處處壓金巧娘一頭，暢快了幾年，可老天也玩弄人，又讓金巧娘翻了身。她心裡不舒坦，怎麼也不願叫金巧娘的女兒進自己娘家的門。

小朱氏恨鐵不成鋼地一指頭戳在袁細妹的額頭上。「長孫媳罷了，上頭還有妳大嫂、還有我，兩層婆婆，甭管她什麼性子，還怕拿捏不住？況且，到時候她嫁進來，金巧娘兩口子和金家看佟秋秋在咱們家過日子，捏在咱們家手裡，必是對咱們好聲好氣，還敢給咱們臉色瞧不成。」

袁細妹聽了，心裡才舒服，不由眼睛晶亮地看向她娘。果然薑還是老的辣，這是把方方面面都算得明明白白了。

母女倆覺得袁家不差，袁家長孫更是一表人才，人中龍鳳，還是娶進門當長孫媳，配金巧娘的女兒綽綽有餘。至於兩家的罅隙，要是小輩自己看對眼了，金巧娘再不願意，胳膊擰不過大腿，還不是得從了。

金巧娘又打發了一批來說親的人，額角青筋突突地跳。她是事後才知，她那好大嫂拉著她女兒，就向人介紹。

這是做人家大伯母的樣子嗎？搞得好像佟秋秋嫁不出去，恨嫁一樣！

現在，別管是什麼人家，都來提一句，有替遊手好閒的兒子說的，有家裡兄弟多，光景艱難，一看就是希望靠佟秋秋的嫁妝填補等等。

還有她大嫂那幾家的租客，彷彿租了大房的房子，便和她家也沾親帶故一樣，明面上沒有說佟秋秋的不是，但話裡話外都是擔心佟秋秋年紀大了，做生意拋頭露面，末了還補上一句，她們家裡不見怪，以後有夫婿幫襯就好了云云。

金巧娘本還想著正經看一看，替女兒挑個好人家，卻被氣個半死。嫁給這些人家，自家女兒就是進了豺狼的窩，被敲骨吸髓不算完。

佟秋秋知道最近她娘肝火盛，乖覺地不去觸霉頭，兢兢業業忙著蛋糕店的事。只是身後還跟著小寶這討嫌的傢伙，讓她有種上班還要帶娃的感覺。

佟秋秋以為這娃在家待不長的，等著三叔把他牽回去，沒想到這娃還賴著不走了。

佟保成在佟貞貞出嫁時，回來了一趟。他把府城那邊的事務處理妥當，要帶小寶去駐兵所的學堂讀書。可小寶不願意去，要留在這裡。

佟保成沒有多猶豫，決定讓小寶住下，上季家蒙學。於是這娃像在這裡扎根了似的，每日跟著小苗兒上蒙學，下學回來就要吃要喝，佟秋秋還不能隨意打發了。

佟保成離開之前，拍佟秋秋的肩膀，塞了個大紅包給她，託付道：「我看妳和香香相處的樣子，親姊妹也沒有這般好的。小寶是香香的親弟弟，就是妳親弟弟，將來長大了，要替妳們姊妹撐腰，現在就交給妳管了。」

佟秋秋無語。「……」

她看了眼混球一個、還愛甩白眼的小寶，能等他撐腰？黃花菜都要涼了！

佟秋秋在家裡躲避說親的風波，最近連家門也少出了。

期間，佟保成又回村一趟，送來一個姓樊的武師傅，說是聘請來教小寶和姪兒們武藝的。把樊師傅交給金巧娘招呼後，又俐落走人了。

之後，每天佟秋秋一睡醒出房門，就見個子從高到低，站在院子裡蹲馬步的佟小樹、小苗兒、小寶三娃，那腿打顫得像尿急似的。

直到樊師傅大發慈悲，喊了結束，佟小樹還好，忍得住，勉強站起身；小寶和小苗兒就一屁股坐在地上了。

噗哧！佟秋秋很不厚道地笑出了聲。「小短腿兒受不住了呀。」

小苗兒被他姊打趣慣了，面不改色，還讓她來拉他一把。至於小寶，哼的瞪了佟秋秋一眼，眼神傳達著早晚收拾她的意思。

佟秋秋學他一哼，蔑視他。

小寶更生氣了，朝她齜牙咧嘴。

佟小樹笑得無奈。「姊，妳都多大了，還逗他。」

佟秋秋擺著食指。「這你就不懂了，你看他剛來時，誰也不愛理會的臉，再看他現在表情多豐富。」

佟小樹無語。「……」確定不是被妳氣的？

「孩子們，來吃飯了！」金巧娘在廚房裡喊道，何田家的已經擺好了飯。

「好！」佟秋秋答應一聲。佟香香洗完臉出來，對她道：「姊，妳還沒洗漱呢。」

「喔，差點忘了。」佟秋秋摸了摸臉。

「老女人記性就是差。」小寶挺起小胸脯，路過佟秋秋時，鄙視地看她一眼。

佟秋秋嘿了聲，這娃嘴巴真是討人嫌，搓了搓他的頭。「你小子皮癢了是吧？」

小寶打開她的手，佟秋秋一縮，結果一掌啪的揮在他頭上。這娃的臉立刻憋紅了，強忍住，才沒掉下淚來。

佟秋秋摸了摸鼻子，這是失手，她真不是故意的。

金巧娘看見，沒好氣地拍她的背一下。「多大的人了。」又去摸小寶的頭。

小寶把頭一偏。「我不痛！」若是眼圈沒紅，這話會更說服人。

金巧娘好笑，沒戳破，看著佟秋秋道：「我看妳悶得發慌，要出去就出去。妳老娘我都不逼著妳嫁人，妳怕什麼？」

佟秋秋嘿嘿一笑，抱住金巧娘的胳膊。「就等著您這句話呢！」

佟秋秋去了縣裡有名的老字號蘇記染布坊，掌櫃的看了她拿出的毛線，就先皺眉，敷衍了事，開的價錢卻比染絲綢還高。

佟秋秋再要談價，人家直接端茶送客了，態度十分輕慢。

佟秋秋見如此態度，又不是非這家染布坊不可，不再多言，收拾毛線，轉身離開。

店裡的小二看了佟秋秋離開的方向，欲言又止。可這位是東家太太的娘家兄弟，自從當了掌櫃以來，根本聽不進人勸，只得罷了。

縣裡還有一家梅記染布坊，佟秋秋到時，見門庭十分蕭條，竟然一個人也沒有，正想著要不去興東府的染布坊看看時，一個梳著婦人髮髻、約莫不到三十歲的女子走了出來。

「姑娘，可是要染布？」

佟秋秋見有人來，也不便就此離開，點了點頭。

「您進來喝杯茶吧。讓您見笑，門庭冷清了些。」婦人引佟秋秋入座，倒了茶，自報家門道：「我夫家姓梅，姑娘就稱我為梅娘子吧。」

佟秋秋笑著點頭，拿出需要染色的毛線。梅娘子用手指輕輕觸摸了下，就發現這是羊毛，且柔軟順滑，紡成線恐怕費了許多工夫。

梅娘子又細細問了佟秋秋的要求，佟秋秋一一道明。佟秋秋看著這家染布坊門庭冷清蕭條，不像能做好生意的樣子，但梅娘子講話有條理，真誠待客，對這家店的印象大為改觀。

最後商定的價錢，是蘇記的一半。佟秋秋果斷付了訂金，約好日子來拿貨。接下來就是等著看成果，再做決斷。

佟秋秋起身告辭，讓梅娘子不必送了。

佟秋秋辦完此事，在縣裡閒逛起來，卻忽然被擋住前路，只見一個身著青衣的男子正笑看著她。

「秋表妹，這麼巧。妳要到哪裡去？」

佟秋秋認得這人，是袁細妹的娘家姪兒袁坤，長相說得上是儀表堂堂，常來找他在書院讀書的表弟季子全。

「買些小東西罷了，還有事，先走一步。」佟秋秋對袁家的人沒半分興趣，也不想和此人打交道。

袁坤笑著，也不多做糾纏，讓開了路，頗為客氣知禮的樣子。「表妹慢走。」

佟秋秋與他錯身而過，絲毫沒有客氣的意思，逕自走了。

袁坤盯著佟秋秋離開的背影，細細看那細腰長腿，勾唇笑了笑。沒經過情事的小姑娘，現在且端著她高高的架子，待他弄到手，呵呵，有她聽憑擺布的時候。

這時候，一個帶著酒氣的瘦小男子過來，攀上了袁坤的肩。「哎喲，我說老遠看著是誰，原來是咱們小坤爺。」

袁坤看見來人，擺了擺手。「你身上是什麼味道？酒臭還夾著粗製濫造的脂粉味兒，真難聞！」皺了皺鼻子。

「坤爺，你別見怪，我這不是手裡沒錢，才進了那下等的窯子去了嗎？」說話的人要是佟秋秋看見，定會發現有幾分眼熟，這人正是曾經跟在秦用身旁的瘦猴。

瘦猴開始抱怨。「哎喲，隆慶坊被查封後，咱們就沒了出路，荷包空空啊。那醉仙樓，老子都有多少日子沒去了，這日子真他娘的難過。也不知賭坊的老闆得罪了哪路神仙，連累我們這底下的人也沒了飯碗。不過好歹是撿回了一條命，沒跟著折進去。」

瘦猴說著，想到以前一起混的兄弟大嘴，又嘿嘿笑起來。

「那小子該不是也被逮進去了？嘿嘿，誰叫他當初一聲不吭跟著姓馬的走了，吃香喝辣，不顧兄弟。現在可好，不知怎麼煎熬。」

袁坤在心裡輕蔑一笑，自從他做了第一單的生意後，就混進了賭坊的圈子裡。聽聞隆慶坊上面有靠山，是個什麼了不得的總舵，據說裡頭的都是大人物。進了總舵，要錢有錢，要女人有女人，日子滋潤得不得了。瘦猴想去很久了，可惜他這號小人物連邊也摸不到，他就聽過瘦猴一邊罵、一邊羨慕過那大嘴無數回。

但兩個月前，官兵突然圍了隆慶坊，瘦猴嚇得屁滾尿流，成日提心吊膽，躲到外鄉去。見沒抓他們這些小嘍囉，才摸了回來，口風就變了。

瘦猴見袁坤不搭腔，露出奸詐又討好的笑容，諂媚道：「要不，咱們湊幾個兄弟，開個小賭坊，再弄個幾票。兄弟可是知道你的本事。你們那村的地界上，不是有個扶溪書院嗎，想來讀書人多，有錢的嫩頭青也多，讓他們來賭坊摸上兩把，不就……」嘿嘿笑起來，搓了搓手。「那些錢，咱們拿分紅，一起跟著享用。」

袁坤這小子表面人模人樣，實則心黑手狠，比他們這些在隆慶坊混的老油條還有手段，瘦猴就想著跟著分一杯羹。

「這事急不來，那地有季家把持，不太好插手。」袁坤勾唇笑了笑。

這日，曾大燕帶著女兒佟貞貞去了佟保良家，金巧娘和佟香香都在。

金巧娘打量梳著婦人髮髻、面色紅潤的佟貞貞，笑著道：「貞貞嫁了人，過得可好？」

佟貞貞點點頭。「多謝二嬸關心。」

金巧娘把人領進門，讓何田家的上茶，坐在廳堂裡說話。

曾大燕很是高興，道：「咱們貞貞真是個帶福的，那親家老爺不是病得起不來了嗎，貞貞一嫁過去，病就大好了，也不會耽擱女婿讀書。她婆婆高興得不得了，對咱們貞貞喜愛得很呢。」

金巧娘對大嫂淡淡的，可現在是佟貞貞回娘家，她做二嬸的，不能讓佟貞貞難看，遂也笑著接話。「如此再好不過，貞貞的日子能更平順些。」

曾大燕瞅了金巧娘的臉色一眼，開口說：「小倆口新婚恩愛，就是有一樁事要麻煩二嬸子。貞貞夫婿原是在書院住宿的，現在娶了妻，兩人年紀也不小了，不管是我還是親家母，都想著讓兩人趕緊有孩子，可住的地方……」

金巧娘早知道大嫂好聲好氣的這番作態，必有所求，心想著果然來了。她家宅子還沒大房的大呢，怎麼著，還要她來想法子了不成？

第四十二章

曾大燕見金巧娘不搭腔，還是自己先提了。「就是蛋糕店後頭那宅子，我瞧著和鋪子隔開了，就是獨門獨院，小倆口住在那裡正好。妳看呢？」

這宅子位置好，就對著書院。至於租金，怎麼說也是親姪女，做二嬸的豈不要給個便宜價錢？

金巧娘瞠目結舌，隨即搖頭，一口回絕。「不成。」那可是佟香香自己掙錢建起來的，一天都沒住過，想著將來當陪嫁的，怎麼能讓出嫁的堂姊跟堂姊夫住呢？佟香香的婚期可是早訂好了，今年臘月要完婚。

況且，佟香香和大房一家的關係本就不太融洽，這租金如何算？萬一再有糾紛……

金巧娘腦海裡只有一個答案，就是不能答應。

「怎麼不成？妳這二嬸也太小器了些。」曾大燕道。

佟香香從前頭鋪子回後院，聽見大伯母和堂姊在為難二伯母，弄清楚來龍去脈，臉都氣紅了。

「妳們別找二伯母，那宅子是我的，是我不願意把房子給別人住。」

宅子是她的?!曾大燕張大了嘴巴，佟貞貞滿臉不可置信。

「好啊，金巧娘，妳這巴結的嘴臉也太難看了些，現在看三弟做官了，連宅子都送。」曾大燕扠腰，氣急道：「大富大貴就不是妳姪兒，貞貞就不是妳親姪女，這捧高踩低的，也太不公了。」

之前金巧娘和佟保良瞞著，是不想讓佟香香的宅鋪被覬覦，就沒有多說。現在，佟香香的親爹佟保成回來了，不必擔心，但也沒故意把事情說出去，所以大房一家還不知情。

佟貞貞捏緊手中的帕子，臉色難看。二叔一家也太偏心了些。原先她還覺得給她的添妝金頭面貴重，現在和佟香香的一座宅子相比，算個什麼？

此時，佟秋秋從縣裡回到家中，剛到自家門口，便聽見曾大燕怒氣翻湧的聲音。何田家的對她使眼色，說了原委。

佟秋秋頓時了然，點頭進了廳堂。

曾大燕一見她進來，扯著她道：「秋秋呀，妳娘為了巴結妳三叔，居然連這麼好的宅子都送出去，以後妳和妳弟弟們可怎麼辦？」

佟秋秋心裡好笑，這是要來挑撥離間呀。

「我知道，當初買地，我也贊成。但說送，就不對了，那一磚一瓦都是香香自己掙的，我可以證明。還有，我爹原是想讓大伯一起，用三叔的撫恤銀子幫香香買一畝，結果大伯不願意，我爹剛好做打穀機得了錢，才自己買給香香。不信，您回家問大伯。」

曾大燕母女以為只有宅子，原來連著鋪子那塊地都是佟香香的，更是氣得不得了。這麼好的地段啊，曾大燕覺得老二一家子都是蠢貨，容得了佟香香占那些財產。

佟香香不願再和她們糾纏，從隨身帶著的荷包裡拿出一張紙來。

「大伯母沒有忘吧，當初可是簽了字的。我的私產，和妳們不相干。」

佟貞貞脹紅臉，哪裡肯把臉接連給佟秋秋和佟香香踩，拉著曾大燕就要離開。

曾大燕不理她的拉扯，喊道：「你們兩口子這樣做，大富、大貴跟貞貞喊你們叔嬸的時候，你們虧不虧心？」

「我虧心！」不知何時，佟保良站在了曾大燕身後。

曾大燕轉過身，聽了這話，臉色才好轉些。

佟保良臉色認真接著道：「大嫂不記得妳嫁進佟家時，家徒四壁的樣子了？不記得難吃上一口飽飯、一件厚實的棉衣都沒有的窘況了？不記得老三小小年紀就出去當兵丁，給家裡帶米帶糧的時候了？不記得青磚大瓦的老宅子是誰拿錢建的了？我住過老宅，受過老三賣命錢的恩惠，所以虧心。我自己日子好過了，買一畝地給香香，這也不行嗎？」

老實人不怒則已，一怒便直揭人的遮羞布。

佟保良的話還沒完。「我這做二伯的，沒臉提什麼功勞，只按地價幫香香買了一畝地。這些年，家裡靠的是巧娘操持孩子們的生活起居，至於香香掙錢建的宅子，更是跟我沒一點關係，都是香香和秋秋自己拚來的。大嫂也別說我偏心，若大富、大貴和貞貞是相同處境，我也是一樣對待，但過得如何，還是要看孩子怎麼做。」

曾大燕面皮紫脹，想回嘴，卻一時不知從何說起，因為佟保良說的都是實話。

佟貞貞只覺顏面盡失，扯著她娘匆匆離開，心裡對二伯一家越發不滿。

佟香香卻是流下淚來。這就是為什麼她能在這裡過得安逸自在的原因，二伯跟二伯母從不把恩情掛在嘴邊，話裡話外都提她爹當年的付出。她心裡明白，越發曉得這份恩情的可貴，心裡早把他們當爹娘待。

她突然有些釋然了，她的親爹不是個好丈夫，也沒有擔起父親的責任，她不可能像對二伯一樣敬愛他，但也恨不起來，因為他當年的付出，總歸是有惠及到家裡和她身上的。

而後，佟貞貞和夫婿周仁住到了娘家。

對此，佟保忠有些不快，不過現在女婿是秀才公，將來前程可期，便默許了。

要說心裡最不快的，是小曾氏。本是高興把小姑子這尊佛打發出門了，不用常常面對小姑子陰晴不定的壞脾氣，沒想到小姑子帶著丈夫搬回家，還不如不嫁呢。

姑爺讀書不知還要讀幾年，天長日久和小姑子待在一個屋簷下，還要看小姑子占娘家的好處，她就氣不順。婆婆在，她還不能說什麼，更憋屈了。

佟貞貞恨極佟家二房，晚上對丈夫哭訴二叔家的不是，還有兩個堂妹的冷眼相待。

周仁聽了，有些不快。「這世上的人都是這樣曲意逢迎，等我高中了，再不讓妳瞧旁人的臉色。」

佟貞貞聽了丈夫這樣說，心中才稍微安慰了些。雖不十分滿意這親事，但丈夫怎麼說都是有功名的人，總比二叔一家銅臭強。

周仁等身旁的妻子睡後，還睜著眼睛。當初要娶佟貞貞，他是點頭答應的，她家裡有錢，二叔家也生財有道，而她三叔居然還是個官身。

可惜，如今看來，岳丈一家和另外兩房的關係都不太好啊……

佟貞貞在娘家安頓下來，中午幫丈夫送飯，日子跟出嫁前比，相差不大。家裡有杜婆子和大嫂料理家務，不需她插手。

每日往返送飯，她發現袁坤居然暗暗窺視佟秋秋。這小子莫非是看中了佟秋秋？袁家人可是跟金家和金巧娘不睦已久啊，呵呵呵……

說起來，袁坤長得還不錯，佟貞貞心裡一樂，恨不得立刻有好戲看。

可是，她觀察了幾天，袁坤穿得人模狗樣去獻殷勤，佟秋秋卻不解風情似的，連個正臉也不給他。

如此又過了幾日，佟貞貞提著食盒經過，瞧見季子善正在蛋糕店的大堂內跟佟秋秋說話，兩人臉上都帶著笑。

佟貞貞抓緊了手中的食盒，咬住嘴唇，盯著佟秋秋那笑臉，恨不得盯出個窟窿來。

此時，她耳邊傳來一聲嗤笑。佟貞貞嚇一跳，扭頭發現是袁坤，慌忙退開幾步。

袁坤心裡一樂。這女人該不會覺得每日走這條路，只有她觀察旁人，旁人沒發現她吧？

「是不是很討厭妳堂妹？裝得跟貞潔烈女一樣，不過是看我沒有功名罷了。妳瞧，這舉人老爺出現，她就有笑臉了。」

「干你何事。」佟貞貞扭過臉，不想理會，卻聽袁坤道：「想不想看妳堂妹出醜？要是想，妳來找我，我幫妳出主意。」

佟貞貞握緊拳頭，匆匆離開，眼角餘光仍是瞥向那如皎皎明月的身影，恨不得把佟秋秋撕碎。

她得不到的，佟秋秋也不配！

另一邊，季子善訂了替季七太爺過壽辰的蛋糕，佟秋秋聽完一應要求，笑著答應。不論季知非那廝，單論這老爺子，佟秋秋還記得他老人家幫家裡帶來的第一筆訂單，還有送給弟弟們的啟蒙書籍。這些情，她都記在心裡。

兩人商量好了，各自回去。

袁坤目送兩人離開，他當然看得出他們沒什麼干係。只是佟秋秋的堂姊好笑，那眼裡的嫉妒都要冒出眼眶來，何不利用一番。

這天，佟秋秋按照約定，去了梅記染布坊。

今日還是門庭冷落的樣子，但佟秋秋看到梅娘子拿出來的各色毛線時，簡直大喜過望。只見從胭脂到天青，從粉紅到黛綠，各種顏色的毛線分類放著，光是紅色就有正紅、朱紅、妃色、品紅、嫣紅等二十餘種。

佟秋秋拿起染好的毛線，細看發現毛色光澤，觸之依舊柔軟，對這染色手藝更滿意了，當即拍板，找梅家染布坊合作。

梅娘子一聽佟秋秋要染色的羊毛線居然多達二千斤，驚詫不已。她本以為是這姑娘自家紡線玩的，雖然是件小訂單，但每種顏色都仔細做了。

原來是這麼大的單子！梅娘子一直冷靜的臉露出激動神情，但不過片刻，便泛起忐忑，掙扎了一會兒，還是對佟秋秋實話實說。

「不瞞姑娘，我丈夫外出摔斷了手，這店是開不下去了，可那日見姑娘前來，我就有了試一試的想法。自從嫁過來後，我一直當丈夫的幫手，也學會了染色之法，但從未單獨接過活計。」梅娘子說著，向佟秋秋欠身道歉。「瞞著您，是我的不是。」

佟秋秋笑著扶她。「您過謙了。這染色的效果，我極為滿意，不管是您丈夫還是您，只要能染出同樣品質的毛線，這筆生意就不變。」

梅娘子見佟秋秋一個小姑娘都如此豪爽，便不再推託，直言問道：「這些毛線可是用來製衣，還是有別的用處？」

佟秋秋笑道：「多數用來製衣。」

梅娘子長年浸淫在各色染料中，給了佟秋秋許多建議，哪些顏色受人喜愛，可以多染一些；哪些顏色雖然漂亮，但不適合做成衣裳。

佟秋秋聽了，獲益良多。兩人聊了近一個時辰，最終選定顏色和各種顏色染的數量。染線的事徹底定下，佟秋秋心情大好，高興地騎著她的小毛驢回家，可半路遇見袁坤，好心情頓時沒了，覺得此人真是如狗皮膏藥一般。

袁坤見她冷臉，竟能面不改色，溫和地朝著她微微頷首，分寸拿捏得極好。

佟秋秋心想，要是他再靠近一點，怎麼也不能阻止她的拳頭朝他臉上招呼了。

晚上，金巧娘回來，問佟秋秋。「我聽栓子他娘說，袁坤最近常往妳跟前湊，這是怎麼回事？」說著便厲聲道：「那袁家不是好人家，覺得妳有用，就對妳千好萬好；要是哪一日覺得妳無用了，立刻變臉，妳可不能糊塗。」

佟秋秋長長嘆了口氣。「娘，您看我是那糊塗人嗎？我現在就覺得煩。哎，袁家怎麼就沒個正常人呢？」

金巧娘一聽女兒這樣說，放下心來。「都是那袁家老太太上梁不正，下頭的兒女可不就歪了。」

之後，袁坤沒再出現過，佟秋秋覺得外頭的景色好了不少，天都藍了幾分。

五月初七，梅記染布坊送來第一批染色的毛線，佟秋秋直接讓他們運到別院。

五天後，她去信五嬸子和金惠容家裡，問她們有沒有興趣學織毛活的手藝。

金惠容在家帶著兩歲的閨女蜜兒，閒來無事，一口答應。至於信五嬸子那邊，佟秋秋一聽她剛有了三個月的身孕，便想作罷，再找其他人就是。

信五嬸子卻道：「我這胎坐穩了，大夫說養得極好。妳知道我是個閒不住的，就是不去妳那裡，也不可能困在家裡不動彈。這有新鮮事，怎麼能少得了我？」

佟秋秋聽了，看向佟保信。佟保信無奈，點頭答應。

次日，佟保信去掛麵廠前，親自把信五嬸子送來。到了別院門口，信五嬸子叫他忙活去，別操心了，精神十足，臉上帶笑，嘴裡嗔著他多事。

佟秋秋和佟香香在別院門口接人，看見這一幕，免不了要笑話佟保信幾句。佟保信連忙跑了，這兩個小姑奶奶，惹不起啊。

信五嬸子的臉也有些紅，佟秋秋笑道：「咱們再等等，還有人沒到。」

兩人說著，一輛騾車駛來，駕車的是個單眼皮、瘦高個子的年輕男人，到別院門前，下了馬車，正是黃師傅的孫子黃繼祖。

他向佟秋秋等人拱了拱手。「久等了。孩子淘氣，就晚了些。」

裡頭的婦人撩開車簾，正是金惠容。她要跳下車，就被黃繼祖攔住。「妳當心些。」

「哪裡要這般小心。」金惠容嗔了一句，馬車裡的小娃娃已經開始叫喚。「娘親，爹爹，我要下去。」

佟秋秋哎喲一聲。「是蜜兒來啦？」

「蜜兒，蜜兒在。」像粉團子一樣的小娃娃，從車簾後頭露出一張粉嘟嘟的臉來。

黃繼祖扶下妻子，又趕緊去接女兒，忙得恨不得多長出一雙手來。

金惠容道：「我說走過來便好，他非要送，讓妳們見笑。」

佟秋秋上去抱蜜兒，笑嘻嘻地說：「是，都是姊夫的不是，忒多事了些。」說起來，當年她就懷疑黃繼祖憋著什麼壞主意，原來是瞅準了她表姊，想給一干親戚們留下好印象呢。要說有先見之明，還得誇黃師傅一聲。當初幫她家蓋房，他也看中了這地界，跟著買了幾畝地，打算將來蓋間房養老也好，不想倒是給孫兒機會求娶她表姊。

「承蒙表妹照顧。」黃繼祖一雙單眼皮笑出月牙，有妻有女萬事足的樣子，又叮囑妻女許多話，才依依不捨地離開。

「你路上小心些。」金惠容不放心地喊了句。

「曉得了。」黃繼祖扭頭看看妻女，才揮著鞭子離開。

金惠容見佟秋秋幾個瞅著她笑，兩歲的蜜兒看著大家笑，也跟著咯咯笑起來，這才有些不好意思。

「有家富戶請他去蓋房，今日要商議圖紙。路途遠，我不太放心。」

「我們知道，我們知道。」佟秋秋都要被甜倒牙了，掂了掂懷裡的蜜兒。「蜜兒是不是也知道啊？」

「知、知……」蜜兒拍著手，鸚鵡學舌。

哈哈哈哈……佟香香和信五嬸子見狀，也笑了起來。

「這個促狹鬼！」金惠容點了點佟秋秋的鼻子。「等妳以後嫁人，看我怎麼笑話妳。」

信五嬸子用帕子捂嘴憋笑。「很是很是。」

「走嘍，咱們進院去，不理她們。」佟秋秋抱著蜜兒進別院，不理後頭的揶揄聲了。

這處別院占地不算多大，卻修建得十分精緻。

經過迴廊，到了主屋，主屋是打通了三間廂房的格局，以屏風相隔，右邊是用毛毯鋪成的坐席。坐席的中間是一張矮几，周圍是幾張坐墊。

幾人脫了鞋，坐在坐墊上，發現腳能自然垂放。原來几案下特意挖了空，能放腿腳的。

信五嬸子摸了摸柔軟的坐墊。「這比家裡的椅子還舒坦呢。這墊子也是羊毛做成的？」

佟秋秋笑著點頭。「這次叫大家來，就是要教編織毛線之法。」取出準備好的竹筐。

「還有許多顏色呢。」金惠容看著竹筐裡的各色毛線團，很是驚訝，伸手去摸，心裡又喜愛了幾分。

佟香香早看過這些毛線了，沒有之前那般驚訝，但仍喜歡得很。

佟秋秋又去拿她這幾天趕工做出來的毛線帽、毛線手套、毛線襪子等。實在沒工夫做大件的衣裳，主要是做幾件樣品，讓大家先看看，心裡也好有個底。

她取了其中的毛線帽，這是用大紅色的毛線織的，帽頂上還有隻小兔子，給正在毯子上爬著玩的蜜兒戴上。實心蝴蝶花紋的小紅帽，戴在粉嫩嫩的小女娃頭上，更襯得臉蛋白裡透紅，可愛非常。

蜜兒摸了摸，一把拽下來，看了看小帽兒，笑出了小米牙，想幫自己戴上，又戴不上去，惹得大家發笑。

佟秋秋伸出援手，替蜜兒戴好。「這個送給咱們蜜兒戴著玩，熱了就摘下來。等天氣涼了，再戴出去玩。」

金惠容也沒推辭，讓蜜兒鸚鵡學舌地說謝謝。

蜜兒甜甜地道謝，都快把大家的心軟化了。

「這上頭的花紋真好看，瞧著跟繡花似的。我們可得好好學，這學成了，可是項本事哩。」信五嬸子道。

佟秋秋說她提供毛線練手，手藝學成後，就可以從她這裡拿毛線織衣物襪帽等。每樣訂了價錢，做得越好，價錢越高，從幾文到百文不等。若成品上好，還能酌情加價，像賣繡品一樣。

聽佟秋秋說完，金惠容便記在心裡，想著這要是不難，平日打發時間還能掙錢，是件好事情。

信五嬸子已經笑逐顏開，她娘家姊妹沒她嫁得好，現在日子過得緊，要是能學會這織法，便是家裡的進項了。

「身邊有人要學的，妳們儘管教，待手藝學成，拿成品給我過過眼，就可以讓她們接活計了。」

佟秋秋拿出織毛線的棒針，先從簡單的平針開始教起。

織毛線不似刺繡那般，需要經年累月的練習才能練出功底。只要手巧，學得就快。雖說織法不難，但想織好也不簡單。比如毛衣，織鬆了不暖和，緊了費毛線不說，還會讓毛衣太硬，得講究個不鬆不緊，恰到好處。

當然了，毛衣的大小也不能隨意織，佟秋秋事先訂好尺寸，成年男女的準備大中小三號，孩子穿的也是大中小三號。

跟著佟秋秋學的人裡，金惠容是手最巧的，不過一句，便學會了佟秋秋教的各種空心花、棋盤花、葫蘆花、小荷花等花樣，還自己揣摩別的花樣，用各種顏色的毛線混合搭配了。

佟秋秋佩服不已，要是在異世，金惠容一定是個手工達人啊！

第四十三章

織毛線的活計，很快便在扶溪村、甜水村、環心湖新街的婦人堆裡火紅起來。因為佟香香還有糕餅生意需要操持，就沒攬這教人的活兒。她學織毛線，單純是覺得有趣，閒暇時能幫家裡人織點衣物。

信五嬸子和金惠容那裡是最熱鬧的，現在她倆成了附近村裡最受歡迎的小媳婦。

信五嬸子本來只教娘家姊妹，可家裡幾個嫂子一看，覺得怪有意思的，要跟著學，她便一起教了。

而後，扶溪村的婦人跟小姑娘們知道了，曉得學會這手藝能掙錢，也都來了。家貧的想補貼家裡；家裡稍微寬裕的，也想掙幾個零用錢。

再者，這是聽都沒聽過的新鮮手藝，她們也想趕個時興呀。

大家都很客氣，來學手藝時，帶了自家的菜和雞蛋，不算多貴重，就是些心意。可把信五嬸子樂壞了，覺得極有面子。

信五嬸子的娘家姊妹還擔心，若大家都學會這織法，自家姊妹可沒活計幹了。

「妳們別瞎操心，秋秋跟我透過底，毛線庫存足足的。妳們瞧那些收刺繡的鋪子，人家少了布，還是少了線？還不是手藝好的能吃上飯。」

信五嬸子一邊織著毛線、一邊道：「我嫁進佟家兩年了，曉得秋秋這姑娘，都是按章辦事，不講什麼人情的。別的不看，只看手藝，就是我這做嬸子的，也是要手藝過關，才收成品。所以啊，只要手藝好，就不愁沒活幹。況且，妳們是我親姊妹，我教得最仔細，若還是學不成，我也沒臉叫妳們去秋秋跟前獻醜。」

這群女眷聽了，學得更認真了。

再說金惠容這裡，婆家人丁單薄，她便讓村裡想學的小姑娘跟著來學。沒承想，甜水村的嬸子跟嫂子們也來了。

黃佟兩家每天熱熱鬧鬧，毛線不夠用，沒排上的人只能在後頭等。

也幸虧毛線不夠，不然人會更多，信五嬸子和金惠容怕是忙不過來。

佟秋秋擔心信五嬸子有身孕，金惠容要帶娃，都是不能太勞累的，除去她們自己做的活計，她給的毛線，最多只夠她們教六、七個人。不然，要是她們累壞了，保信叔和表姊夫定要唯她是問。

都說高手在民間，佟秋秋覺得佩服。有些大娘在旁邊看別人家織毛線，自己沒毛線練手，就想了辦法，用麻線和棉線湊合著，跟著學起來。

結果，這些人中還真有手藝好又靈巧的，沒用毛線便把針法學了個七七八八，之後用毛線織起來便得心應手，學得飛快。

這群學成的大娘們一個個精神煥發，那驕傲勁兒就別提了，別看她們老了，但沒老眼昏花，手還靈活得很。

小姑娘家也跟著學，像洪丫便在金惠容這裡學得十分用心，學會一種針法，還向旁人討教。旁人來問她，她也不扭捏，有話說話，只要自己會的，從不遮著掩著。

洪丫本不是村裡的人，來自北地平良縣。前年家鄉鬧災，爹娘帶著她和弟弟逃荒到這裡。她爹因趕路傷了腰，不能起身，家裡沒了勞力，斷了米糧。

她都做好了要被賣的準備，誰知這個時候，佟家的掛麵廠開始放出風聲招女工。她娘一個婦人，還是外鄉人，覺得自己爭不過本地人，但家裡快沒活路，遂硬著頭皮去試試。

洪丫還記得那天天氣陰沈沈的，她在草棚裡照顧爹，和弟弟期盼又不安地等著，瞧見她娘揹了十五斤的粗糧回來。

她娘被聘上了！這是東家賒給她的糧食，等發了工錢再還。

全家人看著那袋裡沒有摻雜任何石子與土渣的糧食，喜極而泣。

之後，家裡靠著娘一個月四百文的工錢，在扶溪村賃了屋子，安了家。

這幾年，她娘有活幹，月錢也漲了，每到年節，廠裡還送米麵。她爹也找到了錢家糖廠的活計。

年前，家裡用攢下的積蓄，在甜水村買下三間屋子，徹底扎根，日子一天好過一天。

但曾經流離困苦的日子，洪丫沒有忘記，一直尋思著找個活幹。

可她今年十二，只會做些家務，年紀又太小，人家也不用她，所以一直沒找到能掙錢的出路。

隔壁姓金的小姑娘和她挺合得來，曉得她要找活計，特地來告訴她，佟家掛麵廠老闆的閨女開了毛線鋪，找人織毛線，按件算錢。現在村裡想學的姑娘，都找她們金家出嫁的姑奶奶學去了。

佟家掛麵廠，洪丫再熟悉不過。東家是厚道人，東家的大姑娘和二姑娘開了兩家糕餅店，也是有本事的。

金小姑娘以為她不信，道：「妳別不信，我那同族的姑奶奶，可是佟家大姑娘的親表姊，這消息再真沒有了。」

洪丫再不耽擱，丟下掃帚，跟金小姑娘一道去了。

之後一起學著，那些大娘們就發現做事出挑的洪丫了，留心觀察，這丫頭做事索利，還聰明，織法一教就會。

這幾年有好些人家搬到扶溪村和甜水村，前年逃荒來的就有十來戶人家。這樣的外來人，總比知根知底的難說親。可只要姑娘人品出挑，就完全不是問題了。

還有一些姑娘，以前在村裡不顯眼，但從學織毛線的事上，就能看出辦事的模樣來。

這不，大娘們家中有未婚子姪的，便開始暗暗留意起來。

佟秋秋可不知這其中將促成幾段姻緣，自己也沒閒著，把別院的門房佈置一番，羅列出要做的織物樣式和尺寸大小。來找活計的人，只需對照著看，選好織物尺寸以及毛線後，再做登記即可。

小曾氏在家操持一家的吃喝，婆婆不放心把錢交給杜婆子買菜，自她嫁進來開始，就指使她去。

她原以為這是件有油水的活兒，沒想到一分一釐，婆婆都要問個清楚明白，不僅什麼好處都沒得到，但凡菜價貴了一點，還要受婆婆的氣。

小曾氏認清現實，知道攢私房錢無望，聽說織毛線的事，心思立刻動了，跟著三叔家的信五嬸子學。這活不像繡花那樣精細，但學著也有趣得很。

她的手藝不是拔尖，但也不錯。學會了織毛衣，就去佟秋秋那裡領活兒幹。

說來還有幾分不好意思，因著婆婆又和二房鬧彆扭，成天裡總要罵上兩句，小曾氏還擔心佟秋秋不喜歡她，沒想到看了她做的成品，佟秋秋毫不遲疑地點了頭。

小曾氏高興不已，登記後，領了一捲鵝黃色的毛線回家。

佟貞貞看見她拿回來的毛線，輕嗤了一聲。「都上趕著給佟秋秋打工掙錢了。」

小曾氏低著頭織毛線，不搭話。要是她做得又好又快，一個月少說也有幾百文的進帳。小姑子不缺錢，一味地清高，她可不能比。

曾大燕沒作聲，心想兒媳婦掙錢回來，就是好事，琢磨著怎麼把這工錢抓到手裡。

小曾氏可不知婆婆所想，心裡只想著掙錢的事，幹活幹得可有勁了。

季子旦不知村裡女人們的變化，他這一走就是一個來月，運了一批漆器和杯盤碗碟回環心湖新街。

當初他靠著替佟家的糕餅和掛麵找銷路，攢了家底，在買的那畝地上建鋪子，也經營起自己的人脈，開了雜貨店，販賣南北來的貨。

去年冬天，他進的一批毛皮賣得極好。這次買來的新花樣漆器，他都仔細挑過，太貴的沒要，就挑價錢適中和便宜實惠的幾種。

扶溪村和甜水村是發達起來了，但底蘊還不夠，不能挑太貴的。

因為他的謹慎和口齒伶俐，和人打交道的機會多了，眼光也練出來，雜貨鋪沒少賺。有了家底，姊姊也找了個殷實人家出嫁，現在日子過得不錯。

這日，季子旦風塵僕僕地回來，見他娘看著店，也沒倒杯水給他喝。

他自己倒茶喝了，發現他娘低著頭，手裡的木頭簽子繞著線，一戳一戳使得飛快。

「娘，您這是幹什麼呢？」

他娘抬起手臂，露出已經織了半截袖子的毛衣。

季子旦問：「這做的是衣裳？」

「可不是。跟你說，現在咱們老婆子也有巧技了，不輸年輕人。」

季子旦他娘說了來龍去脈。季子旦仔細看了看，還想伸手摸。她趕緊避開他的手。

「萬一弄髒了，害我賣不出好價錢，可怎麼得了？」做好的成品，也有分價錢高低的。

季子旦乖乖去洗了手，才仔細摸了摸毛衣，半晌道：「看來，今年冬天可以少進些毛皮。」說著便抬步出門。

「你剛回來，又出去？」他娘在後頭喊道。

「我去找佟秋秋談生意，宜早不宜遲。」季子旦揮揮手，就走了。

佟秋秋剛送走一個來接活計的姑娘，就見季子旦上門。

「哎喲，你回來了。這鼻子靈的，嗅著味來了。」

季子旦笑道：「還不是妳的東西好。我要是來晚了，趕不上啊。」

這時候的門房已經被佟秋秋佈置得如一間展覽成衣鋪，上頭掛著的全是一套一套的衣褲毛襪。

季子旦轉了轉，道：「現在妳沒把這些毛線織物賣到外地，只是讓人做，是想等入秋後再動作？」

佟秋秋點頭。「咱們這裡肯定吃不下這批貨的，我打算跟辛叔的商隊合作，往北邊賣。」又笑了笑。「不過，你要是想拿貨，我也能留些下來。」

「我自然是不能跟辛大的商隊相比，不過這些年跟行商打交道，也有路子。」季子旦說著，也不見外，拿起鋪子裡的成衣細看，又問了價錢，點點頭，裝出一副諂媚笑臉。「這生意能做，小佟老闆可要給我留一批貨。」

「還跟我來這套。」佟秋秋好笑不已。

佟秋秋和季子旦商量完他要的數量，送他出去，便見小曾氏站在門口，笑道：「嫂子怎麼來了，有什麼事嗎？」

她請小曾氏進屋，倒了茶，讓小曾氏坐下說。

小曾氏不好意思地笑笑。「之前貞貞租房的事，讓二叔跟二嬸難做了，來賠個不是。」

佟秋秋笑道：「這與嫂子無關，嫂子無須歉疚。」事情過了這麼久，小曾氏這會兒來，必是有事。「嫂子有話直說。」

「那我直言了。」小曾氏道：「貞貞想學織毛線，又怕妳還因從前的事生她的氣，不敢來，讓我來說項。」

「嫂子，妳叫堂姊儘管去學，只要學成，做得好，來領活計便是。」佟秋秋允諾。她還不至於因為以往的那些口角為難人。當然了，也不會放水，要是做不好，誰來了也不收。

小曾氏聽了，臉上帶了笑。「那明兒我請客，妳來嫂子家吃茶點。」

佟秋秋點頭答應。大堂嫂對他們這些堂兄弟姊妹從沒紅過臉，這點臉面，還是要給的。

是夜子時初，一行人行裝整肅，拐過巷道，到了興東府青魚胡同一處黑漆木宅院門前。

丁二翻身下馬，扣響黑漆木門上的門栓。

連扣幾下，裡頭才聽見應答聲。小廝揉著眼睛出來，見是丁二，大吃一驚。

還不待他說話，丁二立即吩咐道：「少爺回來了，速去準備。」

後面的馬車裡，一名面色蒼白的俊美男子被幾個高大健壯的漢子抬下來，便連忙往宅子裡送。

開門的小廝發現他們抬進屋的是幾年未歸的少爺，頓時著急不已，立刻跑去通知劉媽。

季恆一路被抬進臥房，安置在床上。另一個腰間佩劍，約莫二十六、七歲，身著暗紋墨袍的年輕男子，讓隨行的大夫替房裡的男子診脈。

丁二心裡焦急不已，仍不忘恭敬地向錦袍男子道謝。「有勞小將軍。」

趙霄背著手，覺得頗有意思。「你家公子在匪窩時不急，在枯井裡沒吃沒喝三天三夜也撐得住，現在倒是沈不住氣了。」這日夜兼程地趕回來，傷口又裂開了。

丁二不在意趙霄的打趣，等大夫上完藥，開了方子，立刻去熬藥。

劉媽一直守在院門外，看見院裡那頭戴玉冠的公子，身邊的兩排侍衛整肅，就知道不是等閒人物，不敢隨意打擾。

見丁二出來找熬藥的爐子和藥罐，她才敢上前問：「少爺怎麼傷著了，嚴不嚴重？」

「就是趕路讓傷口撕裂了，需要靜養。」丁二看了趙霄一行人一眼，吩咐劉媽。「妳把隔壁院子整理出來，讓他們歇下吧。」剛回來，少爺就昏過去了，都沒來得及安排。

劉媽又問：「扶溪村的老太爺跟老太太怕是惦記得不得了，要不要去報信？」

丁二道：「少爺現在負傷，恐怕不想讓老太爺和老太太擔心。今日時辰已晚，待明兒我請了少爺示下再說，妳暫且不要聲張。」

劉媽點頭應是。

翌日，季恆讓丁二吩咐下去，他回來的事，暫緩幾天再告訴季老太爺。他被隨行的李大夫要求臥床靜養，現在不能挪動。

李大夫從鼻子裡哼了一聲。他最討厭的就是這樣不聽話的病人，明明傷口正在好轉，非要趕路，折騰得傷口裂開，那疼痛不是常人能忍受的，這小子居然還一聲不吭，直到興東府才發作。

趙霄負著手道：「本官是奉命來辦案的，不想人剛到，你這苦主就病倒了。」

季恆面不改色地說：「口供、犯人都有了，現在只是塵埃落定而已。這點事，還難不倒小將軍。」

趙霄是當朝平康侯趙大將軍的四子，也是大皇子秦王的表弟，數月前剿滅黑欄山匪寨後，因為拿到匪窩的帳本有功，秦王特許趙霄來辦當年季恆父親被殺一案。

「也是。這柴六要不是有你盯著，早被他溜了。」這也是趙霄願意紆尊降貴來這裡的原因。他十分佩服季恆的膽量，才十幾歲就摸進了黑欄山，還是頂著這張俊美非凡的臉。

兩人說著，趙霄身邊的侍衛來報。「佟千戶到了。」

趙霄笑道：「快讓他進來。」

佟千戶便是佟保成，以前潛伏在黑欄山，給大軍傳遞消息，功不可沒。原本趙大將軍想著，這些年佟保成不變節，實乃可貴，打算讓他在京中任職。可他念舊，放不下家人，要回鄉去，大將軍才幫他調了這一職位。

說來也是巧合，佟保成和季恆都是扶溪村人，不過佟保成潛進黑欄山，已經有十餘年，季恆不到五年，且兩人用的都是化名，之前互不認識。

趙霄想著就覺得有趣，見佟保成單膝跪地行禮，忙拉他起身。「來，我幫你引薦，這就是拿回帳本、找到黑欄山密道的阮非。」絲毫不覺得季恆臥病在床，這樣引薦有什麼不好的，他們武人不拘小節。

佟保成看著床上那面色有些蒼白，但不掩其風華的男子，大吃一驚，瞠目結舌。

「這……」他曾在三當家手下見過阮非幾回，明明是個粗獷的漢子啊！

「哈哈哈哈……」趙霄大笑出聲。

季恆八風不動，任由趙霄打趣著繼續道：「你可知他真名叫什麼？」

佟保成搖頭，老實回答。「不知。」將軍忽然派人帶他來這處隱藏在巷子裡的宅子，宅門前也沒有掛匾，令他毫無頭緒。

「你們兩個真是沒意思。」趙霄看一個老實、一個不動如山，忒沒趣兒，拉了椅子坐下，道：「你們兩個是同一個村子的人，卻相見不相識，現在認識認識吧。」

「佟家三叔！」

「季小公子？」

床上的季恆，下首的佟保成，突然異口同聲地開了口。

趙霄霎時樂了，剛才還說互不相識，沒想到這便猜中了彼此的身分。

已經明說是同一個村的人，還領著相似的差事，季恆對扶溪村瞭若指掌，自然立時反應過來。何況他最初查那小女子的底細時，就曾懷疑過她三叔的死因。

原本倚靠在床頭、沒什麼表情的季恆，小心著傷處直起身。「佟三叔，失禮了。」

佟保成連連擺手。「使不得，季小公子和我平輩相稱就好。」不提季恆年紀輕輕便有過人的膽識和能耐，就是在扶溪村，季七太爺輩分高，和他平輩相稱，一點不為過。這一聲佟三叔，實在當不得。

他能猜出季恆的原因也很簡單。他回到扶溪村後，對村裡的情況大致了解了下，知道季七太爺有個在外幾年不歸的孫子，看季恆的真容與年紀也對得上，就大膽推測了。

「這是應該的。」季恆卻很堅持。

「哎呀，原來家裡還很親厚呢。」趙霄道。

季恆點點頭，佟保成只當這是季恆為人知禮的緣故，給了他這個年紀大些的面子，也沒有反駁。

弄清了彼此身分，開過玩笑，趙霄說起正事，沒了之前戲謔的神色，直截了當道：「這次為了季恆父親的案子，須得……」

該來的，終究來了。

第四十四章

這天，佟秋秋把季子善訂的蛋糕的設計圖交給佟香香。

「四日後就是季七太爺的壽辰，今兒季子善來，妳拿這圖給他看，要還有什麼不滿意的地方，可以再改。」

佟香香接過圖紙，點點頭。她跟佟秋秋學過畫圖的本事，可要論逼真程度，仍是多有不及，還要繼續努力才是。

許多府城和縣裡的客人，特意遠道而來，也有因為先畫圖再做糕點的本事，能格外符合心意的緣故。

佟秋秋包好一份麵包和一份餅乾，問佟香香要不要一起去大堂嫂那裡吃茶點？

佟香香想了想，搖搖頭。「姊，妳去吧，我就不去了。」

佟秋秋明白，佟香香是不想見到大伯一家人，也不強求，自個兒收拾妥當，便出門了。

到了大房，小曾氏把佟秋秋往廂房裡請。「男人們都不在，我婆婆和租房的孀子們摸葉子牌去了。」

佟秋秋心想，大伯母的小日子過得挺悠閒，跟著小曾氏進去。

房裡的佟貞貞看見她，露出個笑來，只是那笑容有些勉強。「秋秋來了，坐。」

佟秋秋只當她清高慣了，臉上下不來，也不在意，把帶來的糕餅放上桌，和小曾氏一道坐下。

佟貞貞倒茶，手微微一抖，茶水灑出來，連忙道歉。「瞧我手笨的。」

小曾氏立時拿了布巾來擦。有小曾氏在一旁說話，即便佟秋秋與佟貞貞沒什麼話說，也不至於冷場。

佟秋秋吃著桌上的五香瓜子，喝一口茶水，和小曾氏搭著話。小曾氏時不時問幾句織毛線活的針法，說她自己想出幾種來，不知好不好。

佟秋秋鼓勵她，儘管試著織出來，要是花紋好看又特別，她給的價錢還能高些。說著，就覺得口乾，端起茶杯又喝了口茶，手不由自主地顫了顫。

兩人說著話，不知什麼時候，佟貞貞出去了，再進來就道：「嫂子，小虎子尿了，妳快去看看。」

「秋秋稍坐。」小曾氏急忙起身。

佟秋秋放下杯子，揉了揉額頭，點頭道：「嫂子妳去。」

小曾氏離開，佟秋秋用手肘撐著桌面，看著桌上的杯盞，覺得眼花。甩了甩頭，不僅沒有好轉，頭也越來越沈了。

另一邊，袁坤伸手要撩門簾，佟貞貞朝嫂子的廂房方向飛快看一眼，抿了抿唇，小聲對他道：「你可別過分，做做樣子就成了。」

「放心，我還要和她做長久夫妻的，怎麼會亂來。」袁坤推開她，撩開門簾進了屋。

佟貞貞去了大哥大嫂的廂房，小心地看著哇哇哭的小虎子。「小虎子沒事吧？」

小虎子哭得聲嘶力竭，小曾氏一邊抱著他哄，一邊道：「沒事，也不知是不是妳哥那糊塗蛋，居然把茶壺放在床邊，茶壺倒了，被子跟襁褓都濕了。妳替我向秋秋賠個不是，我弄好了就去陪她。」

「嫂子，不急，妳慢慢來，我去招呼就好。」佟貞貞離開，看了眼佟秋秋待著的廂房，便快步跑出去喊人了。

與此同時，袁坤看著趴在桌上、臉蛋粉紅如朝霞的女子，心裡呵呵一笑。這是他讓瘦猴弄來的藥，可是專門對付窯子裡的娼婦，就不信她不就範。

他手上拿著布巾，朝那紅潤潤的小嘴塞了進去。

他撫摸佟秋秋的小臉，觸感如玉細膩，看著那臉蛋的嫵媚姿態，立時心馳神往，便要去扯她的衣帶。

佟秋秋的左臉對著他，掩蓋在衣袖裡的右手微微顫抖，血從右邊的裙子滲出。

當袁坤伸手解她的衣帶之時，她轉動手中的竹尖，血跡極快地被暈染開來，霎時抽手，一根帶血的竹簪直朝袁坤的面門刺去。

一聲慘叫傳來，對面廂房的小曾氏抱著小虎子的手一抖，怎麼會有男人的聲音？糟了，佟秋秋在那裡！是她把人請來的，要是出了什麼事，豈不得由她擔責。

小曾氏顧不得哄孩子，把孩子放在床上，跑了出去。

曾大燕正在摸牌，忽然被女兒掃了雅興。「有什麼急事，等我這把打完再說。」一桌房客的媳婦們也笑。「佟夫人正贏錢哩，天不塌下來，丟不開手。」

佟貞貞急得不得了，扯著曾大燕。「要緊的事，娘快隨我去。」

曾大燕被扯得東倒西歪，出錯一張牌，懊悔不迭。見這把沒贏面了，才乾脆地丟了牌。

佟貞貞趕忙拉她走，曾大燕還回過頭道：「妳們等我回來再繼續啊。」

佟貞貞拖著她娘，直到旁邊沒人，才小聲對她耳語幾句。

曾大燕的心霎時一跳，而後一喜。要是成事，她不就抓到了老二一家的把柄？她看金巧娘那副腰板子直起來的模樣，早不順眼了。一雙利眼泛起光來，以後金巧娘要是敢讓她不順心，她就在外頭抖出她女兒婚前跟男子私通的事。

這時候，換成曾大燕拽著女兒趕緊往家裡趕了。

那群房客的媳婦尾隨在後，沒聽清這母女倆說什麼，覺得定是有事，想跟著進院子看看。曾大燕卻一把拴上門，將她們擋在外頭。

她想拿這事當籌碼，可不能讓人添亂。

曾大燕剛進院子，便聽左邊最裡頭的廂房傳來器具摔碎的哐噹聲，兩腿邁得飛快。佟秋秋那死丫頭出事不要緊，可不能糟蹋她家的東西！

她到了門前，拉開簾子，頓時愣在當場。

佟貞貞跟在後頭，以為袁坤假戲真做，場面難以入目，心裡有一絲愧疚，又有點痛快。她娘一個身子擋住半道門，佟貞貞探頭往屋裡一看，霎時後退一步，尖叫了一聲。

此時，房裡的小曾氏正愣愣地縮在牆角，不敢出來。

佟秋秋頭髮散亂，衣裳上全是血，拿著一截摔斷的凳腳，朝倒地的袁坤身上砸去。

袁坤臉上有一條劃過左右臉的大口子，皮開肉綻，血糊了滿臉，被綁了手腳。塞在嘴裡的布巾已經染成血紅，只能嗚嗚哀鳴。

佟秋秋眨了眨有些模糊的眼睛，看清來人，呵呵一笑。因為要讓自己清醒，咬破了舌尖，一張嘴，血便從嘴角流下來。

「你們好算計！」

佟貞貞看著面色潮紅、目光狠戾，彷彿從地獄爬上來、惡鬼般的佟秋秋，渾身一哆嗦，昏死過去。

曾大燕心頭駭然，趕緊去扶女兒，就要叫嚷。「殺——」

佟秋秋丟掉手中的凳腳，用手裡的竹簪箝制住離她最近的小曾氏。「去叫我爹娘來！不然，我就不確定你們家要不要死人了！」

「不是我，不是我，我什麼都不知道，是小姑子做的。」小曾氏抖若篩糠。打從出生起，何曾見過這等場面？

方才她衝進廂房的時候，見佟秋秋握著帶血的竹簪，驚駭不已。而後看佟秋秋捆人，用凳子摔打袁坤時的狠勁，立時傻了。

她想逃出去，卻被困在裡頭，只要再動一步，佟秋秋手中的凳子就會砸在她身上。

「真的不是我，是佟貞貞。」小曾氏眼裡全是驚恐之色。

佟秋秋覺得腦子有千斤重，拽著小曾氏一屁股坐在地上，手裡的竹簪卻沒鬆半分，已經不能思考了。只知道不能相信這屋裡的任何人，不管事情是不是小曾氏做的，只要人扣在她手上有用就行。

曾大燕還不動彈，小曾氏感覺脖子上的竹簪劃破皮膚，尖叫道：「娘，大姑，快去叫人，快去啊！」

曾大燕見佟秋秋是真瘋了，這個媳婦兒雖說不那麼令她滿意，但到底是娘家親姪女。見眼睛血紅的佟秋秋不留情地刺傷小曾氏，兩腿有些打顫。她想過最壞的事，就是敗壞女人的名節，但還不敢動刀子見血的。

佟秋秋一隻手箝制住小曾氏、一隻手按在自己大腿的傷處。只要腦子一刻不清晰，她按在傷處的力道就加重一分。

曾大燕看著神色已如女鬼的佟秋秋，不敢耽誤，得趕緊叫老二家的來收場才好。這不是她家貞貞幹的，誰知道袁坤是怎麼進來的，不干她家的事！

佟保良和金巧娘趕來時，佟秋秋看見爹娘，再強撐不住，來不及喊一聲，便昏死過去。

小曾氏尖叫著，從佟秋秋身前爬出來，逃命般地衝出門。

金巧娘看女兒一眼，覺得心肝都要碎了。抖著手擦拭女兒嘴角的血，觸手的皮膚滾燙。

佟保良一聲不吭地抱著女兒就要走。

曾大燕見佟保良額角青筋凸起，像是時刻要拉上人賠命的樣子。即便上次因為租房鬧得不快，他也只是臉色不好看罷了，沒這樣嚇人。

她剛想上前說兩句，就聽他大喝一聲。「滾！」嚇得不敢過去。

「秋秋不能這樣出去。」金巧娘維持著最後的冷靜，拉住丈夫。「你把女兒放到隔壁廂房，然後快去請大夫來，這裡有我。」

佟保良臉色暗沈沈的，看向暈過去的女兒。媳婦兒說得對，他不能衝動害了女兒，依言行事。

一會兒後，佟貞貞在她爹娘的房裡醒了過來，卻不敢出去，抱著被子抖個不停。她不知道會這樣，她只是想促成佟秋秋和袁坤的親事罷了。

跟爹娘來的佟小樹把如死狗一般的袁坤拽進柴房裡關起來，冷笑不已，拿著斧頭守在大門前。沒有他的同意，這家人誰也不能出去。

佟大貴正好回來，發現應門的是佟小樹，納悶不已。

佟小樹沒有給他說話的機會，一把將他扯進來，關上了門。

佟大貴被摔到地上，一直在院子裡徘徊的曾大燕，顧不得心裡那點膽怯了，開口叫罵。「你這個短命鬼，敢摔我兒子！」就要衝過去撕了佟小樹。

佟小樹一斧頭朝她劈過來，斧刃從她鼻尖前掃過，曾大燕嚇得一哆嗦，尿濕了褲子。

佟大貴的屁股往後挪了挪，才從地上爬起來，拉著他娘避開，覺得佟小樹瘋了。剛才那一刻，他真覺得佟小樹要毫不手軟地劈了他娘。

佟保良請來在環心湖新街剛開館沒兩年的回春堂坐館的張大夫。情況緊急，沒有別的選擇，他心急如焚，只盼這大夫有用。

張大夫仔細摸了脈，臉色沈下來。「外傷能治，可這姑娘被下了秦樓楚館用的下作之藥，請恕我無能，只能盡力一試。」

佟香香趕來時，看到的就是佟秋秋面色潮紅，人已經不清醒，但還在掙扎的模樣，眼淚霎時蓄滿眼眶，捶著自己的胸口，萬分後悔沒跟著佟秋秋一道來。

她從鋪子回到後院時，發現後院只有何田家的在，問了才知大伯母來過，說了幾句話，老爺和太太還有剛下學回來的大爺便神色匆匆，跟著過去了。

她生了疑心，今兒佟秋秋可是去了大房，忍住心裡的擔憂，讓何田家的不要聲張，等小苗兒和小寶回來，好好招呼他們吃飯。兩個小的要是問起，就說他們去外頭辦事。

她擔心自己勢單力薄，去了無用處，遂叫上樊師傅，一起來了大房。

此時，看到這副場景，佟香香心裡難受不已，今兒佟秋秋出門還好好的，怎麼就變成這樣了？又聽張大夫這麼說，哭著出房門，去找和她一道來的樊師傅。

「您快去找我爹，請他去找好大夫！」

樊師傅在外頭守著，聽到裡頭的動靜，猜了個八九不離十，立刻應承而去。

此時，佟保成談完事情，出了季恆的宅院，騎上馬往千戶所而去。他出來時，沒帶任何隨從，單騎快馬而來。

樊師傅趕到府衙時，一問才知今兒佟保成有事外出，卻不知去了哪裡。

他去佟保成的住所，門房認識他，但也不知佟保成上哪兒去，讓他暫且在府裡等等。

樊師傅哪裡等得，想到二房小姐那情況，還有柴房裡的賊人，心急不已，只想盡快找到佟保成。

正主不在，柳姨娘卻來了，客氣地問樊師傅，可是村裡有什麼事？是不是小寶闖禍了？

樊師傅連忙搖頭。「姨娘可知千戶去哪了？」

柳姨娘一看他那話都說不清楚的著急樣子，只怕是出了不能往外講的事。既和小寶無關，那就是二房的事了。

她轉了轉眼珠，道：「老爺去外頭處理要務，不知何時回來。若家裡有事，你跟我說說，要是情況緊急，我也能拿個主意。」

樊師傅閉著嘴，自他被千戶大人派去教幾個少爺的武藝後，二房的老爺和太太待他極為尊重，吃穿上從不虧待，家裡的姑娘們也極為和善，不由更謹慎些，心想柳姨娘畢竟不是佟府的正頭娘子，那事又關乎姑娘家的名聲，一個弄不好傳出去，就是他的過錯了，嘴巴遂跟蚌殼一樣緊，什麼都不透露，就是要尋千戶大人。

此時，佟保成騎馬回到府衙，便見屬下來稟，說樊師傅有急事找他，現在應該去了他的府宅。

佟保成急忙勒馬揮鞭，朝自家去了。

另一邊，柳姨娘暗自生氣咬牙，扯著嘴角，擺出一副急人所急的樣子。

「我知道我一個姨娘不便多問，可二哥二嫂幫我照顧小寶，我不能不知恩，不能看著家裡出事啊，不然老爺回來了，要怪我狼心狗肺，到這時候了還猶豫不決。」說著就要去找府裡的下人，趕回扶溪村瞧瞧。

樊師傅忙攔住她。「姨娘莫急。您別聲張，是二房的姑娘被人害了，如今還躺在床上昏迷不醒，要——」

他剛說到此，便聽見外頭一聲大喊。「可是樊大來了？有什麼事，速速來稟！」

佟保成連馬都未下，想著若有急事，能早一刻處理就早一刻。他囑咐過樊師傅，諸如小兒淘氣闖禍，只要樊師傅能解決的，自行處罰，無須稟告。如此著急來尋，必是有大事。

樊師傅聽見佟保成的聲音，如及時雨到，拔腿衝了出去。

柳姨娘聽了一半，發現是二房那讓她在扶溪村多待一日，便擔心底細暴露的罪魁禍首被人害了，還昏迷不醒，心裡一樂。

可她還沒來得及問出原因，就被佟保成打斷，像聽戲聽到妙處被人打岔一樣，真是抓心撓肝的癢。

哎喲，這傷是怎麼傷，是缺胳膊斷腿？毀容了？還是怎麼了？

那邊，樊師傅言簡意賅地在佟保成耳邊說了事情的經過。

佟保成臉黑如鍋底，沈聲道：「我這就去尋大夫，你快回扶溪村守著。」話落，策馬奔馳而去。

柳姨娘躲在大門裡，什麼都沒聽清，一會兒工夫便聞馬蹄聲響，連忙朝外趕了一步，卻只能看見佟保成的背影。

她還想拉著樊師傅問幾句，樊師傅卻不再多言，飛快告辭離開。

門房看著柳姨娘，為難道：「千戶大人說了，除非有他的首肯，否則不許您出門，您不要讓小人為難。」柳姨娘來千戶所後不安分，給千戶大人惹出許多麻煩，千戶大人就不許她隨意出門了。

柳姨娘咬牙，狠瞪門房一眼，不甘不願地回自己院子去。

她原以為跟著佟保成回來當官太太，從此過著金尊玉貴的日子，福氣享不盡，沒想到竟困在這冷冰冰的一方院子裡，連在匪寨的生活都不如。

當初，匪寨被剿，她那群姊妹犯過案的，被殺的被殺，被下獄的下獄。至於沒有犯案的，前途也是淒風苦雨，不知未來會如何，她也在其中惶惶然。

可是沒過多久，她被審問完，就被釋放了。因為有了佟保成這個朝廷之人的請求，她才逃出生天。

當時的她多麼慶幸自己膽子小，沒跟上頭做過那藉美色設下圈套，進而殺人越貨的買賣，還生了狗崽，哦，不，現在該叫小寶了，不僅轉危為安，還變成官老爺後院的女人。

她真是好運，那些曾經過得比她風光的姊妹都沒她命好。這不，到了那樣的關頭，還能時來運轉。

她回到院子，看著鏡中的自己，如今穿的不過是簡單的綢衣罷了。佟保成不是個能斂財的，也不愛奢華，她想打通關竅斂些錢財，卻遭了他的嫌棄。

她不甘心，可能怎麼辦？

佟保成快馬加鞭地來到八彎胡同，門房的小廝趕緊去稟報。

趙霄訝異佟保成怎麼又折返回來，佟保成跪地行禮道：「小將軍，我老家出事了，想請李大夫出診，屬下感激不盡。」李大夫從前跟在趙大將軍身邊，醫術極為了得，有李大夫在，姪女就有救了。再者，李大夫不是這裡的人，遲早要跟著趙霄離開，對姪女的影響最小。

趙霄忙吩咐隨侍。「趕緊去請李大夫。」

佟保成磕頭。「謝小將軍。」

李大夫揹了藥箱趕來，心裡直嘆氣。家裡有一個，這又來一個，他真是勞碌命。

趙霄道：「你速去吧，不要耽擱了。」

季恆聽到丁二來回稟此事，臉色沈了下來。「可知是怎麼回事？誰受傷了？」

丁二搖頭。

「你私下聯繫丁一，讓丁一去查，查完速來回稟。」季恆冷聲道。丁一是被他留在老宅照看家裡的，扶溪村出了事，他不可能一點風聲都沒聽到。

丁二應聲而去。

第四十五章

當佟保成帶著李大夫雙雙騎馬趕到環心湖新街時，天已經擦黑了。

樊師傅早一步趕到，向佟香香回稟一聲，便在路口等著。此時見到兩人前來，一句話都不多說，忙引他們去佟家大房。

樊師傅扣響了宅門。「小樹，是我。」

佟小樹應聲開門，樊師傅最後一個進去，隨即關門，阻擋外頭那些探頭探腦的目光。

佟保成看見佟小樹拿著斧頭在門口嚴陣以待，金家的兩位舅兄也來了，此刻一個陪在佟小樹身邊，一個守在柴房門前，心裡才略欣慰了些。但現在不是說話的時候，趕緊領李大夫去給姪女看病。

佟小樹一直沈著的神情，這才有些鬆懈下來，鬆手把斧頭交給大舅金洪，隨了大夫去。

佟保良守在女兒昏睡的房門外頭，跟個木雕人一樣。

佟保成上前，輕輕喊了一聲。「二哥。」

佟保良落下淚來。「老三，二哥求你一件事。」

這些年，他不要任何酬勞，為鄉里做事，就是希望福報能照拂兒女。怎麼也沒想到，竟有歹毒之徒要害女兒。

他當然可以去求知縣，這幾年相處，也有了些情分。可現在有三弟在，能讓更少人知曉，更好懲治這惡人，便暫且按捺住捨近求遠的想法。但要是連三弟都處置不了，他就是豁出臉，也要讓袁坤得到懲治。

「二哥，你這說的是什麼話，這是我該做的。」佟保成說著，心酸不已。他二哥一向不願意麻煩人，有什麼都寧願自己扛著，這是沒有辦法了啊。

「至於大哥一家，現在他們都說不出個所以然來，但秋秋是在這裡出事，他們必須給我一個交代。」佟保良氣急攻心，連說話都喘著氣。「等秋秋醒來，一切自能見分曉。」

佟香香從房裡出來，叫了聲爹。「大伯跟大堂哥都回來了，如今躲在正房當縮頭烏龜。還有柴房裡的賊人袁坤，就交給您處置了。」

這還是佟保成第一次聽女兒主動叫爹，此時只覺得胸口悶悶的，來不及品其中滋味，便答應道：「好！」

佟保成先去柴房。柴房裡，袁坤的傷被張大夫包紮過了，人是死不了，聽見有人來，朝門口看去，眼珠立時瞪大了一圈。

佟保成呵呵冷笑一聲，扯了堵住他嘴的布巾。「你最好老實交代，要不然……」

佟家大房的正房內，佟保忠臉色黑沈沈的，不僅為了女兒做的事，更讓他生氣的是，二房居然敢拘了他們一家。

想他春風得意地從外頭回來，進家門等到的不是茶水侍候，而是佟小樹的橫眉冷目，斧頭相對。

簡直要反了天了！目無尊長！要不是佟大富把他拉走，他不能干休！

可回到正房，看著一家子人全戰戰兢兢縮在房裡，看見他如看到主心骨，聽媳婦、兒女說起前因後果，才知道原委。

曾大燕僥倖道：「咱們家裡才是無妄之災，好好地請了秋秋來做客，卻迎來賊人。」

小曾氏抱著不諳世事、熟睡過去的小虎子不說話，看向佟貞貞的眼裡都是怨恨。她是有些小算計，但從沒做過什麼大奸大惡之事，但她這小姑子心腸歹毒，存心拿她作筏子。

前幾日，小姑子洗心革面，說想織毛線活補貼家裡，她還高興小姑子終於能曉得分寸，不一味占家裡便宜了。至於小姑子說自己面上過不去，讓她這嫂子去請佟秋秋來做客，她想也沒想便應承下來，當了和事佬。

哪知原來都是圈套，小姑子連小虎子都算計進去，這可是她親姪兒，那冷茶就潑在小虎子的襁褓裡，萬一孩子生病或嚇病了怎麼辦？小姑子好狠的心腸！再想佟秋秋挾持她的場景，渾身一顫。

佟大富微攬過她的身子，輕輕拍了拍。禍及妻兒，他對待佟貞貞這個親妹子，再不可能如從前。

佟貞貞縮在炕角，瑟瑟發抖；她的丈夫周仁面色不豫地垂下頭。

佟大貴十分煩躁地坐在凳子上，鼻子裡不住地出著氣。家中竟然出了這樣齷齪的事，傳出去了，他還有何顏面和同窗相處？

正當一家子鬱悶的時候，敲門聲響。

曾大燕嚇了一跳，問道：「誰？」

「我，老三。」

曾大燕拿不定主意，朝佟保忠看去。佟保忠心煩，揮手讓佟大富開門，反正這道門也擋不住人。

門剛開，曾大燕便嗚嗚地哭起來。「三弟，你要替我們做主啊……這真是無妄之災，賊人怎麼就瞅準了秋秋來，我們一家子跟著擔驚受怕。」

佟保成進來，見屋裡人人臉色各異，卻沒有一個人出言反駁，失望至極，不想兜圈子，道：「袁坤已經招了。」

佟貞貞身子一抖，又往後縮了縮。

佟保成看向佟貞貞這個姪女，目光冰冷。

佟秋秋醒來時，已經是第二日的傍晚時分。

佟香香換了金巧娘，此時在床前陪著，見她醒了，高興地朝外喊道：「二伯，二伯母，姊醒了！」

金巧娘、佟保良、佟小樹、小苗兒以及小寶聽見動靜，都進來了。

「醒了就好。」金巧娘摸了摸女兒的臉，不再發熱，眼角又濕了。佟保良擔心，但不知如何言語；佟小樹抿著嘴，一臉嚴肅；小苗兒眼角還紅紅的，一看就是剛哭過。

小寶想說一說這個女人，不是很厲害嗎？怎麼那麼容易就被人害了，真是沒用！但看著她那虛弱的樣子，還是把嘴裡的話嚥下去。哼，看在她給他做過好吃的分上，暫且不說了。

佟香香把手邊準備好的水倒給佟秋秋喝。

佟秋秋覺得腦子還有些昏昏沈沈的，但口渴難忍，人還沒完全清醒，就順著佟香香的手喝了一杯水。這還不夠，再讓佟香香餵了一杯才罷休。

水浸入身體，佟秋秋才略好受些，只是腦子裡還一片空白，對著家人笑了笑，聲音乾啞，低若蚊蚋地道：「我睏了，再睡一會兒。」迷迷糊糊又睡了過去。

金巧娘又摸摸女兒的臉，仔細打量，再無一點潮紅。李大夫的醫術高明，說這樣醒過來就沒事了，可做娘的心裡還放不下，遂讓佟香香他們出去吃飯，她在這裡守著。

佟香香看了床上睡得安穩的佟秋秋一眼，才轉身離開。遙遙望著大房的方向，眼裡再無丁點感情。

在佟保成帶走袁坤之前，佟香香就讓他查大房錢財的來源。前幾年大伯突然闊綽起來，建的宅子並不比二房差，平常的穿戴花用更是大手大腳，沒有拮据的時候。

對此，大伯一家自然編造了理由，但不管二房還是三叔公一家，心裡都是存疑的，只不過沒有追究罷了。

佟香香見佟秋秋被害，擔心大房那些黑了心肝的人又暗暗搞鬼，還是查清楚的好，別到時候又禍害到自家人身上。

可她沒想到，當她開口要求時，佟保成一臉不可置信，彷彿她問了個傻問題，這才意識到不對。

初次相見時，父女倆沒談得那麼詳細，佟保成見大哥跟二哥都蓋了宅子，過得不錯，以為他們把那箱東西分了。這也不為過，他報了死訊，親娘又去了，兄長們分了家財是應當的，沒想到……

佟香香聽說她爹當年還留了一箱財寶，至少值個五百兩，呵呵笑了起來。

「您不會以為二伯一家是因為您留的錢財，才養著我的吧？」佟香香笑著笑著，流下淚來，說起他們從佟秋秋賣桑葚汁起，一步步攢起家底的事。「這些都是二伯他們自己掙的，和您的錢財可沒半分干係。」

佟保成覺得羞慚難當，原本他真是那樣想的。他留了那麼多錢財，就算分得少，讓二哥幫他養女兒，也不算對不起二哥一家。

哪裡想到，當初二哥一家不僅沒分得財產，在辛苦賺家業的同時，還要背負養育他女兒的責任。

至於大哥大嫂，不僅私藏所有錢財，還苛待他女兒。他和大哥的情分，也禁不住這樣的消耗。

佟保成失望透底，抹了把臉，對佟香香道：「別哭，爹知道了。」

佟秋秋再醒來時，已經是一個時辰後了。

金巧娘輕聲問她。「餓不餓？渴不渴？」

佟秋秋點點頭，金巧娘餵水給她喝，又朝屋外喊了一聲。「快端了飯來。」

「好！」守在屋外的佟保良一聽，立刻應聲。留給佟秋秋的飯菜，一直都溫在灶上。

金巧娘心裡無奈，她就知道是這樣。丈夫兩天沒合眼了，讓他去休息，他答應了，結果卻蹲在女兒房門外不肯走。

佟秋秋看著熟悉的床帳，慢慢回憶起昨天的事。

她知道大伯一家有些小算計，卻不知竟敢對她做出這種齷齪的事來。她還是小看了人心，太不謹慎了些。

佟保良端飯進來，金巧娘已經在床前架起桌子，佟保良把飯菜一一擺放在桌上，憂心地看著女兒。

「有沒有哪裡不舒服？」

身處自己的臥房之內，佟秋秋心裡安定了不少，笑了笑。「沒事，就感覺有點累得脫力了，可能是打人的緣故。」

「都這時候了，妳這孩子還逗人玩。」金巧娘不知該笑還是該哭了。但夫妻倆見女兒雖然臉色不好，但精神沒被影響，鬆了口氣。

金巧娘用勺子餵女兒吃飯。佟秋秋想自己吃，可一動就扯到了腿傷處，痛得一抖，嘶了一聲。

「妳看妳，逞什麼能。」金巧娘趕緊查看傷口，還好沒滲血。

佟保良跟著緊張，嘴裡連連道：「小心些、小心些。」

如此，佟秋秋只能作罷，任由娘餵她。咀嚼飯菜的時候，還能感覺到舌尖的刺痛，她對著爹娘笑了笑，忍住了，沒露出異樣來。

金巧娘見女兒沒力氣，需要慢慢咀嚼，越發溫柔，每次只餵一點點，耐心極好。

佟秋秋見她娘這般，心裡如有溫暖的泉水淌過，靠在她娘的肩膀上，眼睛裡有了淚意，喊了聲娘。

金巧娘放下碗筷，抱住女兒，摸女兒的頭髮。「娘在呢，想哭就哭。」

佟保良看著女兒，心痛不已，也顧不得女兒是大姑娘了，伸手過去幫女兒拍背，嘴裡道：「是爹不好……」

佟秋秋埋在她娘懷裡，痛哭了一場。她也不知自己是哭什麼，委屈嗎？有一點。後怕嗎？也有些，但不是承受不了。

她對自己狠，對袁坤那賊人更狠，聽到袁坤和佟貞貞說話，腦子發昏，還能下得了手扎自己，清醒過來，等著袁坤靠近，好一擊即中。越是危急，越是冷靜，才有了反制的機會。

此時此刻，是因為身邊有了爹娘疼愛的緣故，她才嬌氣了許多。

等這陣情緒過去，佟秋秋用帕子擦了擦臉，問了事情的後續。

金巧娘就知道女兒的性子必是要問的，嘆了口氣。「妳三叔把袁坤那賊人帶去衙門了。放心，妳三叔答應了，不會讓他有好果子吃。」自家的根基太淺薄，要是沒有佟保成在，事情處理起來就麻煩了。

佟保良眼裡都是頹然自責。

出了這種事，家裡會告知三叔也不奇怪。佟秋秋點點頭，這事交給三叔處置，是最好的結果了。

「至於佟貞貞，妳就當沒這個堂姊吧。」金巧娘冷著臉。她甩了佟貞貞幾巴掌，但還能怎麼辦？把她送衙門？新朝的民風雖比前朝開放許多，可事關女子的名聲，佟保成不可能用對付袁坤的手段對付大房的女兒，也只能罷手。

金巧娘說著，冷笑一聲。「她自以為聰明，卻不過是個出頭的椽子。妳可知那蠢貨是怎麼對妳懷恨在心的？要不是妳三叔有手段問出來，我們還不會知道。

「她出嫁那天，聽了季族長二兒子的閨女季雲芝挑撥幾句，懷疑季家拒絕她的婚事，是因為看中妳的緣故。而後見妳在店裡和季舉人說話，又聽了袁坤的蠱惑，以為妳和季舉人怎麼了，才鬧出這次的事。她膽子不大，但害人的心不死，以為袁坤只是下了迷藥，裝裝樣子，抓個現形就成事了。」

金巧娘說著，眉毛都要豎起來。「袁坤是什麼東西，她就敢設局讓妳陷入泥沼。沒了心肝的玩意兒，連姊妹都害。」

佟保良坐在一旁，滿臉沈重。「依妳娘的話，以後離大房遠遠的。」

佟秋秋聽她爹不再用大伯一家稱呼大房，知道這次他們把她爹的心傷得不輕，點了點頭，這樣也好。

她拿起手邊的竹簪，上面的血跡已經被清洗乾淨，放在她的床旁。這是她戴在頭上防身用的，只要不取下來，插在頭上就像髮簪一樣，沒想到當年養成的習慣，幫了她的大忙。

事過留痕，袁家的袁坤不見了，那日有人在佟家大房附近看到他，見袁家找人，便透了口風，又說那天佟家各房都來過大房這邊。

佟家大房的人都被佟保成嚇怕了，當年佟保忠夫妻私藏那箱財寶的事，也被佟保成知道，看他們的眼神跟冰窟似的。

佟保成直言說，要他們一家最好別幹損害佟秋秋名聲的事，不然佟貞貞的名聲也要毀了不說，佟大貴也別想考取功名了。

佟保忠和曾大燕看著再無半點兄弟溫情的佟保成，這下子老實了，乖乖閉緊嘴，一個字都不敢說。對於佟保良一家對外編的理由，之前佟秋秋來大房，是為了看望生病的佟貞貞，也只能默認。

袁家的人來找人，佟家大房打死也不認，只說沒見過。

袁細妹一聽娘家大姪兒不見了，也心急得不得了，問兒子季子全，他跟他表哥素來關係不錯，可知他表哥去了哪裡？

季子全吞吞吐吐，袁細妹從來不動兒子一根手指頭的，這時急得揪住兒子的耳朵，季子全才破罐子破摔道：「我只知道表哥尋了那下作藥來，要跟佟秋秋成就好事。可這一、兩日，只聽說佟家大房的姑娘病了，也沒有什麼風聲傳出來啊。」

袁細妹點了點兒子的頭，樂道：「估計是成事了。就算沒成事，也和那丫頭有了干係。現在金巧娘大概正想著如何掩人耳目呢，可不能叫她得逞。」趕緊向娘家報信。

袁家老太太小朱氏一聽，領了一大家子上佟保良家。

本在木匠鋪裡招待客人的佟保良，見這一家子來勢洶洶，連店裡的客人都顧不得，跑去擋在自家大門前，厲聲道：「我們家可沒有你們這門親戚，恕不接待！」

袁家人被眼前的佟保良嚇了一跳，老實人發起火來格外駭人，紛紛往後退了一步。

小朱氏本來被大兒媳婦扶著，大兒媳突然往後一退，害她險些栽倒。她轉頭瞪了大兒媳婦一眼，到底不好此時發作，轉頭眼裡已經有了淚意，話音是一調三轉。

「保良啊——」

佟保良立時打斷她。「我清清白白，和妳這老婦沒甚關係，放尊重些。」

小朱氏的老臉脹紅。

聽見動靜過來圍觀的人霎時哄笑，人家不承認的親戚，她一老婦是叫得親熱了些。偏偏佟保良素來老實，此時冷著臉一本正經地喝斥，著實顯得小朱氏老臉還裝小姑娘梨花帶雨的模樣可笑。

袁家來的男男女女，女人都在前頭，男人縮在後面，此時也沒個人來和佟保良頂一句，小朱氏只能轉了臉，對著大門的另一側開始抹淚，喊裡頭的人。

「巧娘，坤兒和秋秋都是好孩子，就算一時糊塗，做了什麼出格的事，妳看在兩個孩子年紀小的分上，不要生氣，都是我這老婆子沒教好孫子。」

小朱氏說著，用手帕抹了把淚。「我知道妳因為早年的那些事，心裡與我這姨母存了芥蒂，我在這裡給妳賠不是，妳就成全了兩個孩子吧。」

這邊可是鬧市，白天裡人流不斷，不明就裡的人聽了這話，還以為是兩家的孩子私訂終身，佟家不答應呢，便有人說見過袁坤常往佟秋秋身邊湊，但是人家根本不搭理他。

劉痦子媳婦擠進人堆裡，翹著嘴角道：「可見是烈女怕纏郎，這不就從了嘛。哎喲喂，今兒我還能見到一對小男女成就喜事，真是大吉大利啊，定要來討喜糖吃。」

跟在劉痦子媳婦後頭的劉翠兒，目光裡都是幸災樂禍。佟秋秋不是很厲害嗎？如今這樣，就是說得清楚又怎樣，與男子有干係的名聲是跑不了了，看她能嫁個什麼人家。

季子旦的娘讓人幫忙看店，來了就聽見這一句，罵道：「放妳娘的屁！咱們秋丫頭是那眼皮子淺的人嗎？」

丟下活計來的春喜嬸也幫腔。「就是，嘴皮子一碰便想壞小姑娘名聲的，心壞得很。」

小朱氏一聽周圍聲勢不對，哭聲立時更悲切。「巧娘，就算妳不高興，也不能把孩子關起來，我已經有兩日沒見過我大孫兒了。」

「不管怎麼樣，把人關著就不對。有什麼話，丁是丁、卯是卯說清楚，把人放了吧。」

袁細妹也在一旁抹淚，她是季家的媳婦，還是靠近族長房頭的，幾個交好的季家妯娌也幫著說話。

佟香香正看著烤爐的火候，聽了小多的回話，立刻擦了手就往後院跑，喊樊師傅。

佟秋秋聽到了外頭的吵鬧聲，就想起身，金巧娘趕緊按住女兒。「這事有爹娘在呢，妳不用操心。」

佟香香推門進來。「姊放心，我請樊叔去前頭支應了，那家人別想踏進咱們家一步。」

此時，佟秋秋就恨自己的腿不給力了，真想擼袖子把那不要臉一家人的臉皮揭下來。

金巧娘聽了，便換佟香香照顧佟秋秋，讓她千萬別動，好好養著，自己去了前院。

第四十六章

外頭，佟保良氣得開始用掃帚趕人。樊師傅趕緊攔住他，對方人多勢眾，佟保良又不是武夫，別傷著自己。

小朱氏不顧佟家的驅趕，一邊躲閃、一邊抹淚地承諾。「咱們袁家不是那等不認帳的人家，只要秋丫頭願意，擇日就辦酒席，到時候還請諸位來賞臉。」

金巧娘一腳邁出大門，指著小朱氏的鼻子罵道：「老婆子，妳說什麼夢話呢！」

小朱氏的大兒媳婦蔡氏，一見金巧娘就喊：「親家母，您可來了。」

金巧娘呸了一聲。「誰是妳家親家母，那是倒了幾輩子楣，沒臉沒皮的東西。」

蔡氏臉上紫脹，但依然道：「我知道您被孩子做的糊塗事氣到，您消消氣。」

「消什麼氣？想跟咱們家攀親家，想都別想！」金巧娘扠腰，橫眉豎目道：「你們不是來找袁家小兒的嗎？我告訴妳，我家裡真沒有，愛信不信。」

袁細妹道：「這可不是妳說了算，我們坤兒不見了，妳必須給個交代。」

金巧娘呵呵笑了兩聲，上下打量她一眼，譏諷道：「我看妳是白長了年歲，怎麼還那麼自以為是呢。妳以為妳是誰，倒比官老爺還威風，想搜查就搜查？呸！」

何田家的端了把椅子過來，金巧娘大大方方地一坐，看著對面的跳梁小丑。「要講道理拿證據，要進屋搜查得有官府的文書，不然，今兒你們鬧了也是白鬧。我家的門，你們還真不配進。」

小朱氏看著如看笑話般穩坐的金巧娘，暗恨咬牙，一屁股坐在地上就哭起來。

「我的孫兒喲，你和秋丫頭到哪裡去了？奶奶的心日夜擔憂……」

許多圍觀的人看著不忍，這麼做是有些不好，但小朱氏一大把年紀了，也是因為擔心孫兒的緣故，便有人勸金巧娘和佟保良，讓他們進屋看看罷了。

「妳這張老臉都皺成一張老樹皮，還扮出這副可憐相。」金家老太太朱氏由著大兒媳婦和小兒媳婦扶著，走了過來。

金大川大馬金刀地走在前面，精神矍鑠，看著袁家一大家子的眼神不善。

金巧娘起身。「爹跟娘怎麼來了？」

佟保良看見岳母，很是擔心。老人家年紀大了，去年入冬得了風寒，今年春天剛好。

金大川瞪著小朱氏。「我們金家怎麼對不起妳了？妳就揪著我們三代人不放。現在連巧娘的閨女都不放過！」

朱氏對小朱氏道：「妳就會坐在地上哭，我都沒哭，妳哭什麼？我就招惹了妳這個黑心腸的，一直禍害我的子孫。」說著老淚縱橫。

小朱氏眼神閃躲，圍觀的人中有年紀大的甜水村村人，知道些舊事，對袁家人的行為很不齒，不由指指點點起來。

小朱氏還要強辯，一句老姊姊沒喊出口，有個甜水村的小兒來叫道：「官差來了，要請袁家眾人去府衙問話。」

人群嗡的一聲喧譁起來。「怎麼回事，官差怎麼來了？」

袁家人立時不知所措，幾個腰間佩劍的官差趕來，看著這邊聚集的人。「哪些是袁家的，得隨我們去府衙走一趟。」

袁細妹心裡一慌，連忙往外退了一步。

金巧娘譏笑不已。「怎麼，剛才是袁家人，來壯聲勢，現在就不是一家人了？」

袁細妹忙對官差道：「我是出嫁女，與我不相干的。」

官差掃她一眼，問道：「妳夫家可是姓季，有個兒子叫季子全？」

袁細妹冷汗流了下來。「這關我們家的全子什麼事？我們全子最聽話懂事，還是扶溪書院的學生，你們可不能亂找人。」

「我們找的就是季子全！」官差不耐煩道。

季子全正混在人群裡，聞言就想跑回家找祖父，可不知誰絆了他一腳，咚的一聲，摔了個狗吃屎。

周圍的人趕緊退開，露出撲倒在地的季子全來。春喜嬸悄悄縮回腳，和人群一起後退。不知是誰喊了一聲。「這就是季子全！」官差便上來抓人。

袁細妹眼睛一翻，差點暈死過去，但還是放不下兒子，哭求官差放了他，一定有冤屈。

「到了衙門，大人審問後，自見分曉。」官差把她甩開，不予理會。

季族長趕來時，發現官差已經要押著一群人上路了。平時官差見到他，都要給幾分薄面，可這會兒官差完全不買帳，即便他豁出老臉問了，卻什麼都沒問出來。

袁細妹沒被抓走，哭著去拽季族長的褲腳。「族長，您一定要救救您姪孫啊！」

來的路上，季族長就聽聞袁家來佟家鬧的荒唐事，簡直聽不下去。真是恬不知恥，老八怎麼娶了這樣人家的女兒當兒媳婦，敗壞家風。現在還不知給家裡惹了什麼禍事，讓季氏一族跟著蒙羞。

這真是場好戲，從私奔的戲碼變成衙門官司，怎麼就要抓袁家人和季子全呢？圍觀的人一個個抓耳撓腮，想知道到底發生什麼事，可連季族長都問不出來，他們更無從得知了。

金佟兩家雖說解了胸中的惡氣，但金巧娘和佟保良也不明就裡。雖然佟保成說會想辦法處置，但怎麼個處置法，他們還真不知。

佟保成這個解惑的人來得極快，官差前腳走，後腳就來了。

佟保成知道佟秋秋不是軟弱的性子。試問哪個軟弱女子能在被下藥的關頭當機立斷，對自己下狠手，還能用竹簪毀了男子的臉？還敢挾持人扭轉局面？

他也不避著佟秋秋，直接對二哥一家道：「小樹提供了線索，說袁坤和他表弟季子全一起引誘學子賭博，還曾試圖引誘他。我派人往此掘地三尺地查，果然讓我查出貓膩來。」

佟秋秋聽著，心裡一揪，竟還扯上佟小樹。恨極袁坤那廝，恨不得再刺他個皮開肉綻。

「袁坤害過的人家不知凡幾，還捲進幾樁命案裡。他專挑家中有小財，但涉世不深、腦袋簡單的書生下手，然後引人染上賭癮，再設局讓他傾家蕩產，甚至賣妻賣兒。其中興東府有個姓高的書生一夜被套走全部家當，還欠下幾百兩的債，被逼自戕了。以前沒人告，民不舉官不究，現在可由不得他。」佟保成說著，心裡頗為感激季恆，要不是有他的人幫忙，還不能這麼快有結果。

「這可不是尋常小事，是迫害讀書人的大事，如今袁坤已經被關進府衙牢獄了。」佟保成道：「秋秋，妳不用擔心，即使走漏風聲，要是有人追根究柢，就說袁坤要害小樹，妳當姊姊的氣不過，教訓了他一頓而已。」這話還是可以說服人的。據季恆說，他還沒離開扶溪村時，便聽聞他家這姪女機靈，且力氣不輸村裡的男娃，收拾個把賊人不在話下。

當時佟保成聽了，覺得與有榮焉，又覺得不太對勁。季恆離家都幾年了，怎麼還記得他家姪女凶悍的名聲？

他很是糾結，他十分喜歡姪女的性格，就是嫁人可能有點妨礙。不過，也不要緊，待他仔細尋摸，在軍中挑個人品才能出眾的姪女婿，也就是了。

佟秋秋把佟保成的話聽進去，又對他道謝。佟保成連忙擺手，讓姪女好好養病，又趕回去料理公務了。

佟保成出了二房的門，發現外頭有個探頭探腦的婦人，一副欲言又止的樣子。見到他出來，卻立刻扭頭就走。

呵，這個人，他剛好認識。這幾天，他不僅忙於找袁坤的黑底，還要查大房，以及女兒從前過的生活。

以前是他一葉障目，看著女兒過得好，就沒有追問。不查不知道，一查才發現，這些年大哥花天酒地，過得悠哉得不得了，眼前這婦人正是大哥在外偷的人。

這婦人也不是個老實的，跟了大哥，心裡還惦記著二哥，真是打得一手好算盤。

佟保成追了幾步，面色不改地叫住她。「趙家媳婦，妳可是有什麼要事？」

趙嬸兒見佟家老三居然認得她，轉過身，一副有難言之隱卻不說，受過傷卻堅強帶笑的樣子。

「你是秋秋她三叔吧。我就是擔心，過來看看。」

「哦，那怎麼不進去呢？」佟保成問道。

趙嬸兒被這雙彷彿洞悉一切的眼睛看著，不自覺緊張地勾了勾耳邊的鬢髮，露出左手手腕上的金釧，這是個用三個金製細圓環做成的釧兒。

佟保成眼力好，瞧著金釧眼熟的同時，一把拽住她的手腕。

趙嬸兒忙抽回手。「你這人好生無禮。」

佟保成笑了笑，從袖袋中掏出手帕擦手，彷彿沾到什麼髒東西一般。「我大哥送給妳的東西，還是我當年打仗時得的，我有什麼看不得？」

他看清了金釧其中兩環上的牙印，正是當年他當兵打仗時獲得的戰利品，此時卻在這個女人手上，覺得諷刺極了。

趙嬸兒聽了，不由捂著肚子，慌亂地往後退了一步。她這次來，就是想弄清楚佟家發生了什麼事，也好為自己的將來謀劃。

可佟老三真是個難纏的，還知道金釧的來處。她的心裡咚咚直跳，便想逃走。

佟保成見趙嬸兒要走，也不阻攔，只冷笑道：「肚子裡的種，是誰的找誰去。要是讓我知道妳去我二哥家撒野，呵——」

趙嬸兒轉身的腳步一頓，立刻逃也似的跑了，像後頭有惡鬼在追一般。

袁細妹急急忙忙回家求公公救季子全。

季八老爺恨兒媳婦娘家給自家惹事，還搭上了大孫子。但現在不是追究的時候，趕緊去找他親哥季族長。

季族長滿臉寒霜。「季子全沾染了什麼官司，你這個當祖父的居然一點頭緒也沒有？真是活到狗肚子身上去了！」

季八老爺腆著臉。「讓二姪兒幫著查查看，他在縣衙當值，總比我們方便打聽。」

季族長擺手，讓他離開。

可這一查，才知道來捉人的不是縣裡的衙役，而是興東府府城來的衙役。季恂在梅縣裡當主簿，靠著人脈關係，查出是犯了什麼案子，都得費許多工夫，不是一、兩日能完成的。

消息還沒查到，季七太爺的壽辰先到了。自從孫子不在身邊後，季七太爺就沒大辦過生辰，只有小輩來道聲賀便罷了。

這日，除去小輩們，連季八老爺這不愛登季七太爺家門的，也來道賀了。

因為族裡出了季子全這個下獄之人，季家小輩這兩日議論紛紛，現在見季八老爺來，都知道是醉翁之意不在酒。

季七太爺懶得應付他，季八老爺剛說完賀詞，季七太爺便擺手道：「心意我收到了，你年紀也一把了，就不要在乎這些虛禮，回去吧。」

季八老爺語塞，但孫子還待在牢裡呢，老臉皮豁出去了。「您是咱們家輩分最大、最有本事的人，您就幫忙查一查全兒到底受了什麼冤屈，那牢獄可不是人待的地方；再者，這事拖下來，也有損季氏的名聲啊。」

事發的第二天，季七太爺便派管家去查了事情始末，又派人在書院細查，警告那些還沒深陷賭博的學子，要是敢沾染賭癮這樣的劣習，就退學處理。有些族人的後輩膽大包天，書院的學子險些被拖下水，該吃點教訓。

他想把人打發了，就聽外面傳來同福管家驚喜的聲音。「少爺回來啦！老太爺，少爺回氣。

大，臉部輪廓更加分明，眉若遠山，眼若寒星，比從前添了果敢和沈穩，卻沒了從前的戾

季七太爺喜得不知如何是好，把孫兒扶起來，仔仔細細打量。孫子已經長得比從前高

季恆闊步走進來，跪在祖父跟前。「孫兒不肖，讓祖父擔憂了。」

季七太爺的孫子——季恆回來了。

來啦！」

「好好好，回來就好。」季七太爺看著眼前的孫兒，良久捨不得挪開眼。

季恆向族人施禮，來道賀的季氏族人趕緊回禮，打量著眼前幾年不見，變得更加卓爾不凡的季恆，神色各異。

季恆不僅回來了，瞧著也絕不像外頭傳聞的讀書不行，遠走他鄉。那風華、那氣度，不說話便讓人感覺具上位者的威勢。任何外人見了，都得說此子一看就不是池中之物，因為那眼神裡沒有一點虛浮的東西，是歷經世事後的沈穩。

看來，季七太爺必是將孫子託付給大才之人教導了。

族人有意無意地朝季子善看去。自從季子善考中舉人，大家都說他是季七太爺的接班人，可現在季七太爺的親孫子回來了。

季子善訝異後，向季恆恭敬行禮。「十六叔這幾年來可安好？」

季恆點點頭。「一切都好，勞姪兒關心。」

季七太爺高興得掩飾不住神情，孫兒就在眼前，已經聽不進去那些寒暄的話。

祖孫二人相見，必是有許多話要說，季子善不便久留，遂送上準備當作賀禮的山水畫，以及佟記蛋糕鋪的蛋糕。

「太爺和七叔相聚，我和族兄弟們就不多打擾了。」說完，恭敬地告退而去。

季七太爺很滿意季子善這份進退有度，心裡安慰了些。

季子善領族兄弟走了，其餘的人自然跟著告退。季八老爺看著形勢，也不能獨留，只能帶著一身的鬱氣離開。

唯有榮久常這個女婿還在，先是一驚，額頭上沁出幾滴冷汗，不由想到數月前隆慶坊被查抄之事。他甩了甩頭，不不不，這和季恆能有什麼干係？就這混不吝的傢伙，有何能耐，不過表面光罷了。

榮久常仔仔細細打量季恆，不錯過他的一絲表情。

季恆察覺到他的目光，笑了笑，喊了聲姑父。

榮久常聽了，把心放回肚子裡，隆慶坊關了更好，什麼蛛絲馬跡都沒了，再也沒人知道發生過的事。心底的慌亂霎時消失，取而代之的是濃濃的失望，這小子怎麼沒死在外頭呢。

這幾年，他和季族長那一支鬥，季七太爺穩坐釣魚臺，心裡惱恨得不得了，又無可奈何。現在季七太爺的親孫子回來了又怎麼樣，沒有功名，難道憑著一張好臉，就想順利掌家？癡心妄想！

他笑著上前，拍了拍季恆的肩。「回來了就好好讀書，可不能再讓你祖父擔心。」

這話暗藏的機鋒不言而喻，季恆現在還是個白身，且從小逞凶鬥狠、愛下九流的商賈。讀書？這小子注定是沒出息的！

季恆勾起嘴角。「謝姑父教誨。」

榮久常見季恆如此反應，與他對視片刻，見他眼裡暗沈如洶湧暗潮，一下子看不透，心裡又不舒坦起來。

後院的七老太太和姑奶奶季氏，以及表小姐榮佩環，聞訊趕來。

季恆向祖父祖母行了大禮，七老太太拉著他的手，淚眼婆娑。「可不能再離開了，這真是要剜了祖母的心肝。」

季恆笑著點頭，幫祖母擦了淚，還笑著跟季氏問安，對榮佩環客氣點頭。

季氏看到回來的季恆，心裡也高興，拉著他的手噓寒問暖。榮佩環看著越發出眾的表哥，面含嬌羞。

季氏看在眼裡，心裡著急，想趕緊把婚事定了。女兒年近二十，硬是不願嫁給旁人，本就添了許多閒話。

僕婦們擺上筵席，今兒是季老太爺的壽辰，剛好一家子團聚，下面的人也跟著心情輕快幾分。

季恆面上帶笑，陪著祖父過壽辰，氣氛倒也和樂融融。

筵席散後，季氏本想和女兒留下來，季七太爺卻擺擺手，讓他們都回去。

榮佩環離開前，回頭看了眼季恆，追上去道了句。「表哥，我一直在等你回來。」眼裡似是有許多話要說。

季恆臉上只是淡淡。「表妹慢走。」

看著那一家走遠，季恆表情冰冷，丁二趕緊上前。「少爺，您的傷沒事吧？」

季恆沒說話，從丁二手上接過一只畫匣，轉身朝後院走去。

到了母親的院外，季恆的腳步頓了頓，卻沒有像以往那樣停留在此處，而是走了進去。

季恆慢慢走著，看著園中的一景一物。院裡的老桃樹結著一顆顆帶了點粉尖的嫩桃兒，替清冷的院子帶來一點生氣。

方嬤嬤守在房門外，見到季恆便行了禮，眼裡含淚，小聲道：「少爺，您可回來了。」

季恆扶起她，打量一點聲響也無的屋內，眼裡的躊躇掙扎最終歸於堅定，跨步走進去。

方媽媽見狀大急，怕太太見了少爺又激動起來。

季恆走進屋內，一眼便看到坐在書案前、盯著一張畫紙的阮氏。那紙張已經發黃，是他父親留下的舊稿。

阮氏比從前更瘦了，像一片薄薄的樹葉，禁不起一陣風吹。才三十多歲的年紀，頭髮已經花白。

季恆只覺每移一步，腳重若鐵石。

阮氏抬起頭，看著眼前的季恆，露出一笑。「你回來了。」

方嬤嬤以為阮氏認出季恆了，心中一喜，下一刻就見她瘋狂尖叫，伸手去推季恆，嘴裡拚命喊著。「你快逃！賊人要來了！」又抱著頭痛哭。「我不好，我引了賊人來……」

季恆將畫匣打開，從裡頭取出畫，唰的展開。這是一幅千里江山的古畫，那群盜賊因聽榮久常說其價值千金，不惜殺人放火偷回去，卻暗藏在地下倉庫近二十年，如今重見天日。可對於曾經和丈夫日夜觀摩過這幅畫的阮氏來說，卻一點也不陌生。她從畫卷展開的那一刻起，便停止了叫喊，直愣愣地看著眼前的畫。

「淳之……」阮氏的眼淚已經流乾，眼珠血紅，枯瘦的手試探地去摸，又像被火燙著般往回縮。

季恆抓住母親的手，讓她的手不能退縮，真真實實地感受到畫卷的存在，輕聲道：「畫是真的，兒子從那些賊人手裡搶回來了。」

不管阮氏有沒有聽進去，季恆一遍又一遍地重複著。

方嬤嬤看著母子倆，一個直愣愣，彷彿又著了魔般摸著畫卷的每一寸；一個不厭其煩地說著，眼淚止不住流。

第四十七章

佟秋秋大腿的傷口開始癒合，只是這傷口的位置不太好，一不小心就容易裂開流血。自從她偷偷下地被她娘抓住以後，便吩咐何田家的看住她，不許她亂動。

外頭的一應事情，金巧娘都安排好了，糕餅鋪這邊有佟香香，毛線鋪那邊，讓金惠容支應著。

這日子過得無聊至極，佟秋秋只能乖乖養傷，幸好佟香香時不時會來陪她說話解悶。

這天，佟秋秋見佟香香一臉藏了大消息的樣子來看她，人還沒到床前，就說：「姊，可不得了了。」

「怎麼，那袁坤不是還沒判決嗎，難道自己升天了？」佟秋秋好笑道。

佟香香揚了揚眉毛。「不是，是季家的事。」

以前她覺得，除了那季子全和他娘是老鼠屎以外，季家族人大都還不錯，但自從得知季雲芝對佟秋秋無冤無仇卻暗中挑事，他們家還沒證據去揭開季雲芝那虛情假意的面孔後，心裡便存了氣，對姓季的都沒好感了。

佟秋秋看她活潑的神采，心裡也跟著雀躍幾分，從善如流地問：「什麼事啊？」

「聽說季家的小公子回來了。」佟香香道。

「什麼?!」佟秋秋坐起身，也不顧扯動傷口的疼痛了，吃驚地看著佟香香。

「真的。不過，這不是最要緊的。」佟香香擺手。「最精采的是，他回來沒幾天，他的姑父就被抓下獄，他姑母和表妹天天哭著去求情。」

佟秋秋在心裡細細咀嚼季家小公子回來這幾個字，忍不住笑了起來。笑著笑著，竟然有淚從眼角流下。

回來了，好歹回來了，沒如在異世那般令人遺憾地早逝，沒有比這個更好的結果了。

佟香香看著佟秋秋笑中帶淚的樣子，一時有些不解。「怎麼回事？沒聽說姊和季家姑父有仇啊，怎麼開心得哭了？」

佟秋秋察覺自己失態，用手絹擦淚。「沒事，一時有感而已。妳接著說。」

「哦哦。」佟香香見佟秋秋的眼圈泛紅，有些擔心，但佟秋秋不想說的事，她也不問，又接著道：「季小公子的姑父下獄，聽說是他所為，他姑父還是府城的教授老爺呢。姊，妳說，他怎麼一回來就把自家姑父抓下獄了？」

佟秋秋心道，還能有什麼事？季知非父親的死，大概和這人脫不了關係。

「哪裡來的風聲？」這消息突然傳出來，也太快了些。

佟香香臉紅了紅，羞澀道：「我問錢宗治，他聽季姓同窗說的。」

佟秋秋點點頭，看來案情已經有了定局，不然季知非不可能這麼快、這麼順利地讓人下獄。榮久常好歹是個官身，在府城算是有頭有臉的人。

她的心更踏實了些，季知非那傢伙腦子靈活、膽子大，定然比她想的周全多了。

這時，季恆牽著阮氏走到池塘的假山邊，扣動機關，石門被打開。

丁二從裡面出來，對他點頭，示意裡頭已經清理妥當。

此間的暗牢內，不僅有幾年前就抓到的馬有才那群人，還有趙霄帶來的柴六等人，全分開關押著。為了不嚇到阮氏，丁二已經提前封住他們的嘴，只有需要說話的時候，他們才能開口。

雖然如此，依然能聽到那些囚犯從喉嚨裡發出凶狠的嘶吼聲，彷彿隨時能從牢房裡衝出來殺人一樣。

季恆扶著阮氏，母子倆一步步沿著階梯走，牆邊是火把，並不顯得十分陰暗。進了暗牢內，往最裡側的牢房走去。

季恆仔細觀察母親的神色，要是有一點不好，他立刻帶她出去。他不知能不能藉此解開母親的心結，但這麼多年了，無論如何也要給母親一個交代。

阮氏臉上的神情奇蹟般地平靜無比，沒有一點癲狂之態。

下獄的榮久常也被連夜轉移，暫時關到這裡。這多虧了趙霄的法外開恩，才能成行。

被鐵鍊綁縛四肢的榮久常看到季恆和阮氏母子時，眼睛瞪大如銅鈴，嗚嗚叫喚著，目光裡都是怨毒。

守在外面的丁二，正向剛到的趙霄行禮。「少爺和太太已經進去了，請您稍候。」

自從季恆說出宅子池塘底下有暗牢後，他又對這主僕倆有了新的認識。這樣的心思和手段，什麼事做不成？

自從黑欄山一役後，連秦王也想收了季恆為己用，卻被這小子拒絕了。秦王不僅沒生氣，還求了恩旨，派他來當此次辦案的欽差，不就是特意讓他來替季恆解決麻煩的？希望沈冤昭雪，阮氏得以清醒過來。

趙霄玩笑道：「還沒結案，你家少爺可別把人弄死，不然事情就難處理了。」

丁二還是那副有些憨厚的面孔。「小將軍放心，少爺有分寸。」

只是，他的話音剛落，下面就傳來男子的尖叫聲，回音聽得一清二楚。

趙霄故作嚴肅。「這叫有分寸？」

丁二認真道：「人絕對活得好好的。」

趙霄沒好氣地點點他。「你們主僕兩人怎麼不去混行伍得了，心跟我們這些上過沙場、見過血的武將一樣硬呢。你家少爺不願意，那你乾脆投在我麾下算了。」

丁二低頭抱拳。「承蒙小將軍厚愛，小的還要跟隨少爺身側。」

又過了一炷香工夫，季恆扶著昏厥的阮氏出來。「這些人就交給小將軍處置了。」

趙霄掃過阮氏手腕還有衣袖上殘留的血漬，還有衣襟上濺到的血滴，什麼都沒說，點了下頭。

季氏和女兒榮佩環在季七太爺夫婦跟前哭得涕泗橫流，長跪不起。

現在她們連府衙的牢獄都進不去，不知榮久常如何了？季氏託人打聽，都被拒之門外，只能回來求父母。

季氏的眼睛腫得如爛桃。「一定是有什麼誤會，久常怎麼會和大哥的死有關呢？」一邊說著、一邊搖頭。「就算恆兒是為了替他母親洗脫嫌疑，也不能拿他姑父開刀啊。」說著，拉了父親的袍角。「我去向阮氏賠不是還不成嗎，是我當初嘴壞，說了嫂嫂——」

還不待她接著說下去，季七太爺已經狠拍几案，把茶盅的蓋子震得東倒西歪。

「不要再蒙蔽妳自己！要是沒有證據，恆兒能讓他下獄？」

榮佩環已經哭得渾身戰慄。「外祖父，外祖母……」

季恆進來，把案卷扔在季氏面前，聲音冰冷。「姑母睜開眼睛，好好看看。」

季氏一把扯過來，飛快翻閱一遍，便狠狠地撕了。

十餘年前，丈夫便深陷隆慶坊，因此做了歹徒的幫凶，幫賊人進府偷畫，害死她哥哥？

不不不，都是阮氏的錯。是她不守婦道，憑著那張漂亮臉蛋，把人勾來的。

「我不信！我不信！」季氏拚命搖著頭，髮髻散亂，恍若瘋婦。

只是謄抄的案卷，季恆不在意，任由她撕。

季氏拉著季恆的衣襬。「你是我親姪兒啊，你怎麼這麼狠心？小時候就性情乖張，長大了還幹出這等殘害至親的事來！」

「糊塗！」季七太爺不知道女兒怎麼變成這樣是非不分的，手微微顫抖起來。

七老太太已是淚眼婆娑，她是造了什麼孽啊，親兒子竟被女婿害死了。

季恆垂頭盯著季氏，與她四目相對。「姑母真的一點都不知情嗎，一點蛛絲馬跡都沒有發現？」

季氏目光一縮，轉過頭去，嘴裡仍道：「我知道什麼……就算是真的，都是他們的錯，都這時候了，還反覆提他母親。季恆眼神更冰冷，抬眼看向哭得不能自已的榮佩環。不怪你姑父，也不怪你母親，全是那些賊子害的。你姑父也是被陷害，受人要挾……」

「姑父罪有應得，該如何懲治，官府自有定論。既然姑母認為姑父沒有錯，來求祖父祖母幹什麼，該去府衙門口敲鼓喊冤。」

榮佩環身子一顫，捂著臉，嗚嗚哭得更凶。

季氏抱著女兒痛哭起來。「我的兒，我的佩環，該怎麼辦？」

另一邊，佟秋秋看著蜜餞紙包裡的紙條，紙條上只有「好好養病，莫憂心」幾個字，尾端畫著一個小巧的圖案。

這圖案，她當然認得，就是季知非臨走之前，她給他的護心鏡模樣。

她把紙條捏在手心裡，這蜜餞是小苗兒買回來給她當零嘴吃的，猜不出季知非是怎麼讓人把紙條放進蜜錢裡。

要是她沒看袋子的底部，可不是什麼都沒發現了，不知之前錯過了沒有？

此後，每當小苗兒或家裡其他人給她帶來東西，佟秋秋都徹底翻開，真讓她又從何田家的幫她買的早點裡發現一張紙條，圖案還是那個圖案，不過上頭的字卻是換了，變成「當年之諾，堅守不渝」。

佟秋秋心裡罵了句厚臉皮，把臉捂進被子中，想著她可沒答應他，一時心裡還有些患得患失，又把被子掀開，臉上的熱氣退去。

若季知非只是為了當初的線索報答她，那他們勉強在一起，就沒意思了，不如放了他去尋找自己所愛。

他已經苦了這麼多年，沒必要因此陷入她這所牢籠。

袁家人只被關兩日，就放出來了，蓋因他們一家真是不知自家姪兒幹的好事。

可大孫子還在牢裡呀，小朱氏心疼得不得了。在牢裡那幾日，她都沒見到孫兒的蹤影，也不知被關到哪裡去了。

小朱氏出來後，到處哭求，花錢打點，讓她打聽到一點消息，說是他們家得罪了人，這案子已經是陳年舊事，以前都沒動靜，突然被告發出來的。

小朱氏一想，便想到佟保成。他沒回來時還好好的，怎麼他這當官的一回來，她家孫兒就出了事？

她先是去求女兒，可袁細妹如今被她婆婆關在家裡，連人都不讓她見。看到她上門，季家老婆子便對著她破口大罵，說她孫子不得好死，竟然害了季子全。

小朱氏的老臉皮掉了個乾淨，腦子清明了，知道求女兒無用。而金巧娘一家和金家，也被他們得罪光了，去求也無用，不如對著佟保成使力。可好不容易打聽到佟保成的住處，又被趕出來。

她走投無路之際，柳姨娘身邊的小丫頭牽了線，說柳姨娘給了準話，只要一百兩銀子，就能把事情解決掉。

一百兩啊！小朱氏聽著險些厥過去，這些年好不容易攢下的家底，不就要被掏空了？但為了救大孫子，只能回家籌錢。

家裡淒風苦雨，女人哭哭啼啼，男人唉聲嘆氣，一聽小朱氏說要賣地籌錢，除了大房的媳婦，居然沒有一個答應的。老大蹲在地上抱著頭，悶不吭聲，大兒子是不成了，但他還有小兒子傍身。

娘家是縣裡開小店鋪的小兒媳婦聽了，冷笑道：「家裡的地都是這幾年我和老三貼補的，您要是賣了，我可養不起這一家子人。」

小朱氏立刻哭起來，拉著小兒子的手。「三兒，你可不能丟下你姪兒不管啊，好歹把你大姪兒救出來。」

以前，小兒子嘴甜，會哄小朱氏，可這次卻轉開了頭。「就一個姨娘，說話算不算數？要是不成，銀子豈不是打了水漂？」

老二媳婦平時悶不吭聲，這會兒道：「娘，妳去找細妹說說。她夫家得力，許是能幫忙解決。」

小朱氏想到被轟出門的醜態，一時嘴角哆嗦，但還是趁袁細妹的婆婆不在家時，找上袁細妹。

袁細妹偷偷摸摸在屋後見了老娘，看老娘眼淚一把一把地掉，可她也沒法子呀，她家全子都沒回來，心裡也開始怪起娘家的大姪兒。

小朱氏道：「妳大姪兒等著妳去救，妳可不能沒良心。娘辛辛苦苦拉拔妳長大，為妳籌謀，妳才嫁了這麼好的人家。」

袁細妹實在沒辦法了，只好把自己的手鐲、耳墜都取下來，遞給老娘。

小朱氏攥進手裡，哪裡肯走，這一點怎麼夠？最後，袁細妹掏出大半私房錢來，道：「娘就是殺了我，我也沒有了。」

小朱氏見狀才罷休，離開之前，還硬把女兒頭上的銀釵扯走了。

袁細妹披頭散髮還不敢哭，趕緊攏了攏頭髮回屋去。不然，婆婆回來，又是一頓罵。

而後，小朱氏一哭二鬧三上吊把兒媳婦的私房全刮乾淨，惹得老二媳婦居然敢在家摔摔打打了，老三媳婦則負氣回了娘家。

小朱氏到底捨不得拿出自己的私房，那些可都是這幾年大孫子孝敬她的。想著三兒總不會不管家裡，背著人賣掉幾畝好田，好歹把錢湊夠了，交給柳姨娘身邊的小丫頭，請她轉交，還一而再、再而三地叮囑，一定要把事情辦妥云云。

小丫頭無有不應的。

柳姨娘拿到銀子，喜笑顏開，賞了小丫頭半串銅錢，讓小丫頭下去了。

接著，她把臥房裡裡外外搜刮一遍，只要略值錢些的，都裹進了包袱裡。有了這些錢，她這樣的顏色，哪裡去不得，還待在破府邸過這樣粗陋的日子？呸！

是夜，趁著當值的門房昏睡過去，柳姨娘穿著一身灰撲撲的衣裳，揹著包袱，就從後門溜了出去。

她捂住怦怦亂跳的心口，方歇了口氣，隨即腳步不停地趕往渡口，乘船消失在江面上。

一個穿著暗色衣裳的男子躲在隱蔽處，看那船不見蹤影，才奔著回轉。

此時，柳姨娘身邊的小丫頭在正房的廳堂回話。「老爺，柳姨娘已經把房裡值錢的東西都帶走了。」

佟保成看著小丫頭交上來的銅錢，道：「這是妳的打賞，拿去吧。」

小丫頭笑著咧開嘴。「謝老爺。」收下錢，退了出去。

穿暗色衣裳的男子正是佟保成身邊的親兵，過來回稟。「應該是往揚州去了。」

佟保成呵呵笑了兩聲，拿出一百兩銀子。「這些送去給被袁坤禍害的那幾家苦主分了。」有了這錢，買上幾畝地或是做個小營生，只要立得起來，就是活路。

親兵忙低頭接下。「是，大人。」

佟保成揮揮手。「你辛苦了，回去歇了吧。」

等親兵離開，佟保成望著渡口的方向，神情晦澀。

當初他混進匪寨，為了取信於人，天長日久的，自然不能一塵不染、清清白白。相較於其他人的手上沾血，他就是「好色」了，只不過出了小寶這個意外。

柳姨娘是小寶的生母，他當然知道她是什麼樣的人。但她生了小寶，他就記著幾分情，從匪寨出來後，也把她帶走。

他想著，只要柳姨娘安分守己，不要再貪圖驕奢淫逸的生活，他自然會好好養著她。現在過的日子，雖然不是大富大貴，但也不愁吃穿，還有小丫頭伺候。可是，她依然認為，這是苦日子啊。

各人有各人的命，佟保成自不會阻攔，但柳氏也別想再走回頭路。此後，小寶就沒這個娘了，一別乾淨。

佟秋秋換上夏衫，能下床走動。袁坤的判決也出來了，他逼人致死，判了斬立決。

小朱氏賣了家田，被她家老頭子知道了，這些年躲在身後不出頭的他，居然半夜把她打個半死，幾個兒子兒媳沒一個來勸架的。她一把老骨頭哪裡禁得住，第二天便開始渾身痛，不肯下床。

此時，聽到大孫子的判決，小朱氏本來還有幾分是裝病，當即昏死過去。醒來後，就讓三兒找佟保成要個公道，她可是給了一百兩的銀子啊。

袁家老三知道了老娘背著家裡賣田的事，氣得不得了，但眼見大姪兒要死了，也不能無動於衷。可尋到千戶所，就被趕出來，竟然是連佟保成的面都見不到，要是再喧譁，就是棍棒伺候了。

雖然他在縣裡有間小鋪子，但只是略有家底罷了，哪裡敢硬拚？他也不可能為了這不省心的大姪兒去冒險，無論小朱氏再怎麼哭鬧，再不敢去。

至於小朱氏，心裡也開始戚戚，看來佟家早想收拾他們家，就瞅準機會動手，哪裡還敢去混鬧，只一天到晚在床上哭哭啼啼，哀哀切切。老三媳婦回了娘家不歸，她就一個勁兒指使老二媳婦伺候。

老二媳婦在心裡罵著老虔婆，要不是現在家裡還指望老三家再把地買回來，等著這老虔婆去出力，還有這老虔婆的私房，她能乖乖聽話，伺候這老虔婆吃喝屎尿？呸！

至於老大媳婦，則是心痛得病倒了，卻完全沒記著小朱氏這婆婆的好，就怪小朱氏得罪了佟家，害了她的大兒子，又怪小朱氏老糊塗，錯信了人，白費銀錢和田地。可她卻忘了，當初小朱氏賣田，她可是幫著掩護的。

幾個兒子兒媳的作態，小朱氏看在眼裡，雖然傷心，但每每夜深人靜，都要偷偷摸摸看牆根一眼，那裡藏著大孫子之前孝敬給她的好東西。有了這些，不信這幾個兒媳婦不對她俯首貼耳。

她取來這些寶貝安撫兒子跟兒媳，幾人喜笑顏開，拿出去換錢，卻發現全是些假貨。家裡再不能消停，小朱氏最終落了個被厭棄的下場。

第四十八章

袁坤的案子有了定局，曾大燕吁了口氣，夾著尾巴做人這麼些時日，事情總算過去，再不用被佟保成那沒心肝的威脅，日子也能舒坦了。

可舒坦日子過沒幾天，大兒子跟大兒媳就開始鬧了，一天到晚什麼事不幹，只在家裡等吃等喝。

這日飯桌上，曾大燕看著小曾氏道：「妳擺臉色給誰看呢？哪個做媳婦的像妳這樣，還敢給婆婆臉色瞧？」

小曾氏餵著小虎子吃米粥，呵呵笑了一聲。「我這個做媳婦的，好好伺候公婆、丈夫、小叔子不算，還要伺候小姑子及姑爺，也沒引得家裡尊重半分。忙裡忙外地張羅，那沒良心的不照樣算計到我身上來，連不會說話的親姪兒都不放過。」

佟貞貞渾身哆嗦，把筷子一甩，哭著躲進房裡。媳婦一走，周仁覺得難堪，起身離開，去了書院。

「別以為妳是我姪女，我就不會讓大富休了妳。」曾大燕咬牙道。

小曾氏抱著小虎子，將筷子往桌上一擱。「那叫大富把我休了吧，這日子誰願意過，誰去過。要我和小姑子一起過日子，還不如將我休了了事。」她說這話有底氣，現在佟大富的心全在她和小虎子身上，對爹娘和妹子都存了怨懟之意，絕不可能為這件事休了她。

事實也是如此，小曾氏抱著娃一離桌，佟大富趕忙放下碗去追，把曾大燕氣了個仰倒。

「真是反了天了，我這是造了什麼孽啊！」

「混帳東西！」佟保忠丟下碗筷，覺得家裡烏煙瘴氣，再待不下去。自從出了佟貞貞算計她堂妹的事，又被佟保成揭了老底，他在兩個弟弟跟前再無顏面可言，還要日日擔心哪天佟保成找他算帳。本就吃睡不好，家裡還不省心，從此乾脆整日在外逍遙，不歸家了。

至於佟大貴，自從家裡出了那齷齪事之後，除了睡覺，連一日三餐都是要錢在外頭解決，覺得家裡人簡直侮辱了他讀書人的身分。

一家子這樣，曾大燕也沒了辦法。她當然不可能真休掉姪女，不然娘家那邊就結仇了，她老爹老娘不會罷休。

她去找女兒跟女婿，讓他們先搬出去，等過了這陣子再說。周仁一聽，痛快點頭，說他走就是，但佟貞貞不用跟他一起走了。

佟貞貞不敢置信，她害佟秋秋被發現時，都沒有這般惶恐，此時卻愣愣地看著丈夫。

「你說什麼？」

這一刻，她才發現，娘家兄嫂不喜歡她，爹娘對她也不似從前，連這個她當初看不上的丈夫都不要她了，還有什麼路可走？

周秀才不為所動，又把話原封不動地重複一遍。

曾大燕驚得不能言語。最後，她拿出私房，幫女兒和女婿在外頭租了房子，安撫女婿，才算作罷。

扶溪村季家宗祠裡，季家族人中的成年男丁都來了，季八老爺以及孫兒季子全跪在祖宗牌位前。

季恆和祖父季七太爺站在最中間，季七太爺面帶失望道：「我年紀大了，有些地方做得不周到，引人怨懟也不奇怪。從此，族中的事務，我便不再管了。」

季家族人人心惶惶，但年長些的都有數，心裡恨死季八老爺，他當年居然收了榮久常的好處，讓他家老婆子在族裡造謠生事，如今白紙黑字的供詞一目了然，著實讓長房寒了心。

季族長出了一腦門的汗。「七叔，您何出此言？」要是季七太爺撂挑子，損及經營季家族學和族中救濟的銀兩，傷了全族人的利益，他這個族長的位置還坐得穩？

他看看跪在地上的八弟，咬了咬牙。「七叔放心，這等不肖子孫，自然嚴懲不貸。」

眾族人紛紛應和，跪了一地，但凡當年曾攻訐阮氏的人，都開始磕頭。

季八老爺冷汗涔涔。「哥，你饒了我吧。我就是一時貪心，糊塗了啊！」

剛從監獄裡被放出來的季子全，已經慌得尿濕褲子，趴在地上發抖。他是真被關怕了，一點賊膽都被嚇沒了。

季族長卻是沒管季八老爺，他知道自己必做決斷，對著眾族人道：「季才之收受錢財，泯滅良心，詆毀季族女眷，破壞族中規矩，敗壞風氣，造成極其惡劣的後果；其孫兒季子全與表哥勾結，竟想引誘書院學子賭博，破財害命，若是被他成事，不知要造多少孽去。今兒，我代表列祖列宗，將你們一家除族。」

曾被季子全欺負的族裡男丁聽了，都覺得大快人心。這次季子全引誘賭博的人中，可不只有外姓人，還有幾個書讀得不錯的季族子弟，幾家長輩瞧見這樣的處置，心裡才痛快些。就該把害群之馬除掉，看這家子還怎麼作威作福？

季恆看了季族長一眼，倒是個清醒的，棄車保帥。

季八老爺膝行著爬到季族長跟前，拽著季族長的褲腳，涕淚縱橫。「哥，你不能這樣，不能啊！」沒了族中的倚仗，他能有什麼好日子過？

季族長不去看他，對季七太爺鞠躬道：「七叔，是我沒管好族人，您儘管責罰。」

季七太爺扶起他，嘆了口氣，安撫族人道：「大家放心，我雖然不管事了，但給族中孤寡的補貼照舊。至於季家族學，我年紀大了，有心無力，出二百畝學田用以資學，全交給有之管了。」季族長名為季有之。

族人一聽，鬆了口氣。二百畝的學田，每年的出產得有多少呀，給族中的子孫們進學，絕對夠了。

季族長聽了，心裡卻是一驚，最終閉了閉眼，一句話都沒說。

族人哪裡曉得，二百畝讓現在的子孫讀蒙學綽綽有餘，但將來子又生孫，孫又生子，沒有大房一脈的支持，其他房的日子怕是要難過了。

季族長睜開眼，把目光投向他最抱期望的孫子季子善。

季子善對著他點了點頭。族人受著大房的恩惠，卻做出迫害大房女眷，損毀家族利益的事來，是該殺雞儆猴，給個警醒。

再說，到季恆這一輩，都要出五服了，要分宗不過是一句話的事。

季八老爺家的女眷在外頭聽到風聲，嗷嗷哭起來。尤其是當家的季八太太，看見帶頭扶著季七太爺出來的季恆，就要撲上前。

丁二將人擋住，季恆看著鼻涕都流到衣襟上的老婦，眼裡只有冰冷。

當初正是這老婆子在族裡散布流言，如此還不夠，趁他娘獨自守靈的時候，指著他親娘罵，那副頤指氣使、拿住錯處便恨不得要將他娘浸豬籠的樣子，他一輩子都忘不了。年紀尚幼的他打算教訓這老婆子，這老婆子卻換了一副面孔，哀號著引人過來，再說他的不是。

呵呵，她憑什麼哭呢？祖父拚盡全力保全的族人，就是這樣的東西。

季七太爺嘆了口氣，看著神情堅毅的孫兒。「我知道你在想什麼，還不是時候。」

季恆點頭，笑了笑。「孫兒知道。」祖父擔心他這條小命有個閃失，此舉不過是為了安祖父的心。

現在他很有耐心，有個姑娘即將要嫁給她，他不能讓她嫁進來就面對這些煩心事。

祖孫倆還沒走到家門口，就見管家氣喘吁吁地趕來，道：「太爺，少爺，榮久常死在獄中了。」

季恆臉上不見悲喜。「怎麼死的？」

管家回答。「用腰帶自己吊死的。」

外頭不便多說，季恆扶著季七太爺回到家裡，進了書房，才繼續問話。

「事前可有什麼異常？」

管家道：「我聽少爺的吩咐，自從榮久常關在府衙獄中，就不攔人探監。這些天，姑太太和他老娘最常過來，前日姑太太還帶著秦氏生的小兒子來了一趟。」

季七太爺臉色泛白，坐在太師椅上，閉了眼，對季恆道：「你下去吧。」

季恆握住他的手。「這是姑母自己的選擇。姑母已年近四十，她知道自己在幹什麼。」

季七太爺再睜開眼時，眼裡有了水光。「你下去吧，讓祖父一個人待一會兒。」

季恆看他一眼，聽話地出書房的門，讓管家照看著，獨自離開。

祖父和祖母不忍心，便讓姑母和離，從此了結。他們也不能拿親女和親外孫女如何，不過是他表妹的親事受影響。

如今，案子還差幾天就要結了，榮久常卻死了，還不是戴罪之身，一切的罪行也有了藉口。姑母雖然死了丈夫，名聲差了些，但隨著時間流逝，大家漸漸淡忘舊事，也就算了。

季恆心裡嗤笑，他這姑母真是聰明啊，以前隱藏在蠻橫的外表下，還真沒看出來，不知是不是她自己想出來的主意。

回到自己的院落，丁一看著面色冰冷的季恆，忙道：「少爺，佟姑娘已經大好，我今兒瞧見她出門看糕餅鋪去了。」

季恆聽了，面色霎時柔和許多，摸著心口的護心鏡，想要見她一面的慾望如潮水，都要將他淹沒了。

他忍住，想著等處理好一切再去見她，了去前塵不帶累贅地去見她。

可是，如今他竟覺得，多等一刻都分外難熬。

佟秋秋收到了一封信，這次不是小紙條，而是規規矩矩的信封。

她以為是季知非的來信，沒想到並不是。她拆開看了，而後丟進廚房的灶膛裡燒了。

她不可能給溫東瑜任何回應。

等灶膛裡的紙化為灰燼，佟秋秋盯著火，心想她是不是該去算一卦，怎麼從前都不知道她有亂招桃花的運？

她發了一會兒呆，剛想站起來，便感覺兩腿蹲得發麻，不聽使喚，一個趔趄，正當手掌要撐地時，後領被人抓住了。

電光石火之間，佟秋秋想都沒想，拿起身前的燒火棍朝後劈。

季恆一把捏住她揮來的手臂。「是我。」

佟秋秋的另一隻手已經伸向灶膛裡燃燒一半的柴禾，準備再次出手，聞言一愣，扭頭看向後面身形高大的男子。

這張臉的模樣，已經和在異世時她最後見到他的照片時一般無二。

佟秋秋鼻頭有些發酸。「季知非……」

季恆見她的眼圈泛紅，想摸摸她的眼角，到底是忍住了。「是我。」聲音很輕，把她伸進灶膛裡的手拿出來。「別燙著了。」又取下她握在手裡的燒火棍。

佟秋秋的眼睛不受控制地被一層水霧籠罩。「你回來了！」活著回來了！

季恆蹲下身，看著她，目光更加溫和，是他自己都沒察覺的柔情。

他有很多話想說，此時卻覺得說什麼都毫無頭緒，只吐出一句。「我來履行承諾。」

原本被喜悅充盈、有些暈眩的佟秋秋，彷彿被淋了一頭冰水，霎時清醒過來，扭過頭。

「我不需要你娶。」感覺此時有無數把小刀子在她心口劃來劃去。

季恆如挨了當頭一棒，臉上的溫柔退去，染上寒霜。「為什麼？」一把拉過她的手，往自己的胸前帶。

佟秋秋懵了，說話就說話，怎麼還動手動腳的？以前的季知非也不會這樣啊。

可當她的手撐在他的胸膛上時，手下是硬硬的觸感，不覺撫摸了一下。

是護心鏡！沒想到他還戴著。

「那妳為我的事花心思，送我護心鏡是為什麼？又為什麼千里奔波去尋我？」季恆眼裡是不容置疑的堅定，還有一絲不易察覺的受傷。

佟秋秋驚得目瞪口呆。他……他怎麼知道她去尋過他，她明明沒有找到他呀。

當時的她，心像是被絲線緊緊纏繞拉扯，離與他約定的歸期越近，絲線拉扯得越緊，以至於日日難以入眠，一日比一日不安，害怕上一世那樣的慘烈結局，再次重演。

由愛故生憂，由愛故生怖。擔憂勝過了理智，她憑著曾經在酒樓偷聽馬有才那夥人說話的印象，猜測季知非極有可能潛進黑欄山，就如上一世一般，單槍匹馬遠赴千里追查凶手。

有了目的地，還有一腔孤勇，她便闖進了黑欄山。

可惜，一無所獲。

即便她成功混進了巡邏黑欄山的匪徒中，也僅僅只能在附近活動，難以進入匪寨深處，一直在外圍打轉，沒有發現季知非的蹤跡。

直到快天亮，暴露的風險太大，她才不得不回辛大的船隊。

到頭來，不過是徒勞一場，她一點也不想讓季知非知道她幹的傻事。

季恆看著佟秋秋瞪圓的眼睛，一掃剛才寒氣森然的樣子，臉色柔和中帶著無奈。

「我瞧見妳了，以後可不能這麼傻了。」

那時，他偷了匪寨的帳本，因為護心鏡避開要害，只有左臂挨了一箭，正躲避匪徒的搜查，用幾年來越發高超純熟的化裝術易容，混在巡山的人中。

可他看到了從渡口下船、同樣喬裝過的佟秋秋。那身再平凡不過的船工打扮，還是讓他一眼就認了出來。

那一刻，他的心都要從胸口裡蹦出來，還得掩藏自己，避開她的目光，跟著搜查的隊伍離開，就怕她認出他，做出什麼更大膽的事。

他心裡氣急，只能告訴自己，這次若可以活著回去，定要好好教訓她一頓。即便她化了妝，但匪寨裡多的是窮凶極惡之徒，哪裡是她一個小姑娘能闖進來的？

幸虧，她還有自知之明，只在外頭徘徊，便跟著船隊走了。

他望著船駛遠，才覺得一顆心歸位。

曾經在心裡咬牙要狠狠教訓的小姑娘就在眼前，季恆卻覺得自己無從下手了。

「哪有，我就是跟著商隊去天南地北，長長見識罷了。」佟秋秋的手還被季恆抓在胸前，心跳不已。她選擇忽略，偏還鼓著臉，死鴨子嘴硬不肯承認。

季恆也不反駁，道：「護心鏡救我一命。此後，我的這條命就是妳的了。」

佟秋秋聽到這話，心裡又高興、又酸澀，眼睛澀然，想轉過身去，卻發現自己的手還被一隻大手握著，忙抽開手，背對著季恆，忍住鼻音，抽了抽鼻子。

「你想報恩是吧？行，我就愛錢，儘管用錢來報答。你活下來，更應該好好珍惜機會，去尋找能相伴餘生的心儀之人，豈不更好？就不要……」就不要讓報恩成為枷鎖了。

佟秋秋已經語無倫次，乾脆低下頭，不讓季恆看到她臉上的表情。

「妳心裡有旁人了？」季恆想到剛才她燒的那封信，她那般認真，連他站在旁邊許久，都沒發現。

佟秋秋本就覺得難過，這人把她的心攪得一團亂，她還想著要成全他，讓他去尋找心儀之人好好過這輩子。聽到這話，頓時氣不打一處來，霍地站起身，推了他一把。

季恆一點反擊抵抗之心都沒有，隨著她一推，倒在後頭的柴火垛裡。

真像惡霸推倒小媳婦要幹壞事一樣，眼前的男人雖然沈著臉，可面容確實秀色可餐。

佟秋秋想著，她本來只把季知非當成孤兒院的小玩伴，結果這傢伙說什麼娶不娶的，勾得她的心動了……以後不知要便宜了誰，她總得收點利息。

腦子裡的不甘讓她衝動，上前一步，兩手撐在季知非的頭兩側，對牢他的嘴親下去。

她雖比旁人多了異世那些年，但還是男女情事的小菜鳥，只是先啃兩口，然後用嘴巴摩擦一下。

如此，她的理智回籠，臉上已經如火燒灼，難為情地想撤退。

突來的衝擊，季恆也有些應接不暇，但此情此景讓他來不及思索小姑娘變化的緣由，手比思緒還快地抱住她，嘴唇被啃破了也不顧，引導她完成了深深的吻。

佟秋秋只覺得不能呼吸，這傢伙真是的，她就討點便宜，他怎麼還追著不放了？

她拚命推他的胸膛。再繼續下去，她要喘不過氣了。

季恆臉頰染成緋色，悶哼一聲，鬆了嘴，靠著柴火堆喘氣，但手還不願意放開。

佟秋秋坐在他懷裡喘氣。

「明日我就讓媒人來提親。」季恆啞聲道。

佟秋秋剛順過氣，才品味完這秀色可餐的美食，抹了抹嘴，目光灼灼地看向臉上帶著紅暈的季恆，心裡又有些癢癢，但還是忍住，惡聲惡氣地問：「你是為了報恩才想和我成親，還是因為心悅我？」

季恆看她這臉蛋酡紅又凶巴巴的模樣，抿了抿嘴，笑著點頭。「都是。」

佟秋秋聽了，心裡還是不高興，這人怎麼就不能多說幾個字呢，兩手揪著他的臉蛋。「你這傢伙是不是不喜歡我？因為報恩，只好和我成親？」她瞪著他的臉，不錯過他臉上一絲一毫的表情，心裡的小兔子又變得有幾分躊躇。

季恆握住在他臉上作亂的手，認認真真看著她的眼睛。「報恩的方式有千萬種，但因為妳，就讓我自私一回，把自己獻給妳作為報答。」低下頭，用額頭抵著她。「不好嗎？」

佟秋秋的臉蛋滾燙，觸及他微涼的皮膚，扭過臉，有些結巴道：「你幹什麼啊，別湊得這麼近。」

「那剛才是為什麼？」季恆道：「妳以為我對別的女人也這樣？」

佟秋秋的耳朵被傳來的熱氣弄得癢癢的。「這……這誰知道？」

季恆沒好氣地揉揉她的頭髮。「妳這小腦袋瓜不是很機靈嗎，怎麼這時候不靈光了？我就是想娶妳罷了。」

佟秋秋的心霎時怦怦跳得如歡快的兔子，仰著臉面對他。「覆水難收，你說出口的話，我都記在心裡。要是敢騙我，我就……哼！」

季恆的心被佟秋秋折騰得七上八下，但此刻被這雙灼灼的眼睛看著，目光是沒有一絲迴避的坦誠。

「妳可以記一輩子。我不會為了報恩，而拿相伴一生的伴侶來開玩笑。」

佟秋秋腦子裡炸開煙花，覺得小兔子在她的心上跳舞，再也不能控制自己，一把拽過季恆的衣領，在他被吻得紅潤的嘴唇上親了一口。「行，你這個夫婿我要了！」紅著臉咧開嘴，嘿嘿笑了兩聲。

季恆抿嘴，無聲地笑起來，胸口滿滿漲漲，好像要溢出什麼。可不待他回味，就聽院子外傳來腳步聲。

佟秋秋趕緊一把將他推開，讓他躲在柴火堆後頭，撫了撫自己的頭髮，走到門口往外張望，就看見挎著籃子的何田家的，忙道：「何嬸，我想吃季五家的羊肉饢。」

季五家的羊肉饢正是改造烤爐後做出來的美食，佟秋秋喜歡，平時常去光顧。

「好，我這就去買。」何田家的說著，就要把菜籃拿進廚房。

佟秋秋上前兩步接過。「我來放。」

何田家的笑著應下，出門去採買了。

第四十九章

打發走何田家的，佟秋秋吁了口氣，故意板著臉進廚房，打算興師問罪。

季知非這傢伙，是第二次翻她家院牆了！

可她進來就見這傢伙不僅沒在柴火堆後頭躲著，還背著手閒庭信步地打量起廚房的陳設來，連牆壁上的小籃子都要好奇地瞅兩眼。

這裡的廚房不再是從前用竹籬笆和草頂搭成的簡陋屋子，眼前的人也比從前更加從容，就像是一把鋒利的刀劍，經過洗禮，更具威懾，但又內斂鋒芒，自有其風華。

美人如斯，總是讓人欣賞的，奈何作了賊。佟秋秋想著，立刻回神，看得差點忘記她該幹什麼，咳了一聲。

「你是不是又翻牆進來？我跟你說，以後可不能這樣了啊。」

季恆笑著點頭。「嗯，以後從大門光明正大地進來。」

嘿，這是順著竿子往上爬了。佟秋秋掃視他，在外頭幾年，臉皮也變厚了。

「行了，何嬸要回來了，快走吧。」佟秋秋得了人，還占了便宜，寬宏大量道。

季恆看著她，頓了頓，罷了，來日方長。但又想起一事，問道：「方才妳燒的是什麼信？」

佟秋秋一點也不心虛，瞪著他。「無關緊要的信！」這人還惦記著呀。哼，她行得端，坐得正。

季恆不再追問，既然無關緊要，別把小姑娘惹毛了。反正要是有什麼別有用心的人，他遲早會知道。

而後，佟秋秋看著這傢伙幾個起步借力，便躍上屋頂，再翻身而下，就消失不見。哎呀，她怎麼忘了，隔壁正是季家的書鋪，真是給了他方便啊。

佟秋秋用手捂了捂臉，摸摸嘴，燙得都能攤煎餅了。

日子還那麼長，以後季知非這傢伙就是自家的啦，她想啃一口就啃一口，哈！

之後，縣令王楠的夫人當媒人上佟家說親，說的還是季七太爺的親孫子和佟秋秋，佟家人險些驚掉了下巴。

金巧娘和佟保良實在摸不著頭腦，但既然季家請了王夫人當媒人，還有季七太爺的情面在，金巧娘答應了相看。不管婚事成不成，總要看了才知道。

相看那一日，金巧娘這未來丈母娘自從看到季恆的第一眼，心裡就開始驚嘆連連。她曾經見過季恆幾次，知道是個極俊俏的後生，可沒想到幾年沒見，長得越發出眾了。

季恆不經意朝屏風後瞥了眼，一一回答佟保良和佟保成等人的問題。

佟保成這做三叔的，很滿意這個姪女婿，暗暗想著，季恆怕是早對佟秋秋存了心思，怪不得之前那麼熱心幫忙解決袁坤一案。

金巧娘見季恆言談之間，既沒有年輕公子的驕矜，也沒有因為仇怨的憤世嫉俗。不看外貌，就是觀其行，沒有一處不妥帖的，越看越滿意。

她不愛聽外頭的風言風語，傳聞季恆行事狠辣，連親姑父和族親都不放過的話，她全當屁放了。她吃過流言的苦，懂得將心比心，那樣的父仇能這般果決地處理，就是大丈夫所為，是個不糊塗且有擔當的兒郎。

但最後還是得由女兒決定，當金巧娘來問的時候，佟秋秋用平生最生硬的演技，含羞帶怯地答應了。

金巧娘和佟秋秋對這門親事滿意，佟保良心裡不舒坦，也只能憋著。可小苗兒就不開心了，怎麼就要給姊訂親？這也太突然了。

小寶抄著小手，平時他老愛時不時跟佟秋秋對著幹，這會兒也一臉嚴肅，決定會一會這未來姊夫。哼，若是不好就劈走，再找一個。

佟香香也驚訝不已，想起之前佟秋秋聽見季恆的消息，便又哭又笑的樣子，心裡頓時起疑，當夜抱了枕頭，去佟秋秋房裡逼供。

佟秋秋好不容易才將她哄過去，抹了抹汗。這小妮子越來越精，老底差一點就要被揭出來了。

至於佟小樹，對於親姊要和季家小公子訂親一事，雖然沒說什麼，卻轉身就去找季子旦打聽季恆的人品。因著兩家的交情，季家來說親之事，佟小樹也沒瞞著季子旦。

季子旦見識過那天處罰季八老爺和季子全的場面，對這個十六叔有了敬畏之心，也極為佩服。過了這麼多年，還能為早逝的父親和生病的母親討回公道。

可他完全想不到佟秋秋怎麼答應這門婚事的，不是不好，是想不出兩個性子完全不同的人如何相處。

在佟小樹的盯視下，季子旦絞盡腦汁地想了想，認真道：「十六叔一表人才，那是不用說了，就是混在人堆裡，都能看出是人中龍鳳。為人嘛，我很是佩服。我覺得他沒什麼不好的，就是……」

佟小樹的心懸起來，催他快說。

季子旦咳了聲，道：「這輩分上比我長了一輩，以後我豈不是要叫你姊十六嬸了？哎，不對，那你不也跟著長了一輩？」霎時覺得，佟秋秋嫁進季家，他就矮一頭啊。

佟小樹無語，再不搭理這人，決定上別處仔細打聽去。

這幾年季恆不在家，沒離開之前與族人也不親近，想查什麼也是難為，傳出來的全是些空穴來風的話。

佟小樹自然什麼好消息都沒得到，鬱悶極了。

而後，季恆來佟家時，小苗兒拿木劍，小寶抄起自己的刀，就想給季恆一點顏色瞧瞧。可惜，那真是蚍蜉撼大樹，就如孫猴子翻不過五指山，兩小慘敗。

季恆知道小寶愛武，和樊師傅切磋的時候，又多露了幾手真正對戰的本事，直讓樊師傅大嘆好功夫，一看就知道是打小練的功底，還經過真刀實槍試煉的真本事。

小寶看得眼睛瞪大如燈籠，他小小年紀卻最是慕強，最喜歡擅長武術的強者，對季恆的態度立即丕變，鄭重其事地道：「你這樣子，確實能保護佟秋秋不被別人打。從今天開始，你就是我姊夫了。」

佟秋秋在窗邊圍觀，嘴角抽搐，誰要打她？她還不知道，這臭小子就想練好功夫，把她打趴呢！

小苗兒好歹知道親姊的重要，拉了小寶一把。「這不算，要我們全家人都答應才行。」

佟秋秋老懷大慰。

季佟兩家相看，並沒有大張旗鼓對外宣揚，但消息靈通的總能知曉。

榮佩環眼睛紅腫，因為守孝而穿著的素白衣裳沾染趕路而來的風塵，有些凌亂，更為其添了我見猶憐之感。

她看著季恆，蹣跚上前兩步，伸手抓他。

季恆避開她的手，眼裡無波般平靜。「表妹自重。」

「呵呵，自重……」一句話沒說完，榮佩環眼淚便已流下。「還記得我們小時候嗎？你最愛帶著我玩耍，可是……可是，後來都變了。」

榮佩環見季恆還是無動於衷，擦了擦臉上的淚水，突然自嘲一笑。「你是不是早就懷疑我父親？」

「是。」季恆如實回答。

「你是不是早就知道，當初是我在水缸下迷藥？」榮佩環終於問出埋在心裡、讓她日夜煎熬的問題。誰能想到，父親和賊人裡應外合不算，居然讓年幼的女兒去投迷藥。

「是。」季恆沒有猶豫地回答，臉上還是那副古井無波的表情。這件事，他沒有怪榮佩環，畢竟榮佩環是被她父親哄騙的。

至於之後那些年，榮久常利用榮佩環身邊的丫頭，收買季宅內的消息，讓他幾次陷入險境，她是否知情，他也不想去追究。往事已矣，他對榮佩環幼年的那點情分早已消失殆盡。

「我是被逼的！」榮佩環激動起來。「如果我父親沒有做那件事，你會不會……」臉上泛起希冀之色。

不待她說完，季恆盯著她的眼睛，打斷道：「不會。」

一句話戳進榮佩環的心窩，看著神情只餘冰冷，再無其他的季恆，踉蹌後退了一步，而後仰頭哈哈笑了兩聲，笑出了一行清淚。

季八老爺一家被除族，也沒有被趕出村去，他家的田畝宅子依然歸他家所有，只是不再被歸為季家族人。

這樣的處罰對外姓人家來說算不得什麼，日子都是自己過出來的，只要房子和田地在，就不怕沒飯吃、沒屋睡。

可對季八老爺一家卻大大不一樣了，現在族人見著他家的人，都要繞道走，與從前奉承討好的模樣相去千萬里。

季八老爺將火氣都撒在季子全和袁細妹身上，季子全也不再是他最寵愛的大孫子，變成了討債的，完全沒有反省自己的錯，要將這對母子掃地出門。

要不是他二兒子還念幾分舊情，跪著阻攔，袁細妹和季子全就被趕出去了。

現在袁細妹乖了，搶著做家裡的事。以前她壓著妯娌一頭，如今換過來，幾個妯娌沆瀣一氣對付她。

季家大嫂蹺著腿，看著以往吃穿都是妯娌裡頭一份的袁細妹，現在一身油膩的衣裳在灶上忙活，手上的首飾都不見了。

活該倒楣！那日她躲在後窗底下，親眼見到袁細妹的私房被她親娘連拉帶扯地捲走了。她心中快意極了，以前因為袁細妹先生兒子，搶了長孫的名頭，好處全占盡不說，還挑唆婆婆和她的關係。呵呵，現在看袁細妹如何翻身。

起初她也因為被除族而惶恐，現在接受了事實，雖占不了族中的好處，但看著袁細妹這倒楣樣，心裡便好受多了，嗤笑一聲。

「細妹呀，妳在家裡幹活不知，外頭好熱鬧，七太爺上佟老二家下聘去了。」

袁細妹炒菜的手一頓，埋頭繼續翻炒。

季家大嫂繼續說著。「哎喲，說的就是妳表姊妹的親閨女秋丫頭，誰都不知道她能有這好運，七太爺家家大業大的，嫁進去了，多少好處享用不盡。」看著袁細妹拿鍋鏟狠命炒菜的模樣，嘴裡連聲驚叫。「二弟妹，今時不同往日，妳可別把鍋炒壞了，沒妳好果子吃。」

袁細妹氣得手抖，也不敢撂下臉，還得放輕了力道，繼續小心炒菜。

訂親這一日，趙霄陪著季恆一道來佟家。他要辦的案子早辦完了，是特意留下來參加訂親禮的。

季家族人一見與季恆相交的居然是平康侯的四子，原本被季恆雷霆手段震懾的族人，對季恆又畏懼了幾分。

不少族人想著，雖說季恆讀書不成，但能認識這等勛貴人家的子弟，也不容小覷。

趙霄也看出一些季家族人的心思，尤其是幾個作讀書人打扮的子弟，分明受季恆威懾、膽小不敢上前，但每每暗自把眼神投向季恆時，臉上卻帶著讀書人清高的驕傲。

哈！趙霄暗暗嗤笑，都不知道該說什麼才好。可當他把眼神轉向季恆時，就見這傢伙八風不動，絲毫不把那些人放在眼裡，心思全在將要與他行禮的那個姑娘身上，心情甚佳。

訂親儀式結束後，季恆陪著趙霄喝了送別酒，明兒趙霄便要啟程回京了。

趙霄喝著美酒，笑著拍季恆的肩。「好小子，我就納悶，為什麼之前你要急吼吼趕回來？弟妹果真是好相貌，你真是好福氣。」

扶溪村沒有那麼多的繁文縟節，訂親的姑娘可以見男方的親戚與客人。趙霄回想起儀式上見到的女子，確實讓人眼睛一亮。

季恆笑了，今兒見到難得裝扮後端莊起來的佟秋秋，一杯酒一飲而盡。

「嗯，是好福氣。」

「你一點都不謙虛啊，完全不考慮我這個孤家寡人的心情。」趙霄說著，有些悵然。住在扶溪村的時日，覺得這地方挺好的，好水好氣候，過得挺舒服。他這一走，又要回到京城的鬥爭場，頓時覺得頗為無趣。

他現在有些明白，季恆為什麼拒絕秦王的招攬了。被仇恨困住十多年的人，有個一直等著自己的姑娘，將來有妻有兒有女的平靜生活，才是季恆想要的吧。

訂親後，村裡的人看佟秋秋的眼光變得大不相同。以前她的鋪子裡還能碰到幾個惡客，現在沒有人故意挑事，生意更順了。

她知道這是因為與季家訂親的緣故，對於這樣的變化，還是按部就班過自己的生活。養好腿傷後，就開始打理毛線鋪，並請了金惠容當鋪子裡的掌櫃。

在她養傷的日子裡，金惠容將店鋪管理得井井有條，且因為金惠容脾氣和善，織毛線活的手藝又高超，上門的媳婦跟小姑娘更多了，不是來接織毛線的活計，就是來請教織法的，現在鋪子裡的人氣比從前還好了兩分。

佟秋秋自然樂見其成，乾脆請金惠容當鋪子裡的掌櫃。幸好表姊夫黃繼祖是個妻管嚴，表姊願意，他就沒有反對的。

如此定下來，佟秋秋手中的事又輕鬆了些，只需要按月查帳即可。

她有了更多的時間，便去看她爹在別院研究的水紡織機。現在她爹的心思全放在紡織機的改良上，廢寢忘食，要是不按時送飯，大概能一日不吃不睡。

而後，佟秋秋又去收購了幾次羊毛，紡成羊毛線，送去縣裡梅記染布坊染色。

當梅娘子見到陪著佟秋秋一道來的季恆時，驚了一下。

幾年前，梅娘子和季恆有過幾面之緣，那時的季恆雖稍顯稚嫩，但身上的鋒芒已讓人不能忽視。他來尋找幾種染料，氣勢便讓人只能小心應對，半點不敢馬虎。

現在再看季恆，氣質竟內斂平和，但容貌更甚。

「季小公子？」梅娘子回過神來，忙招呼道。

季恆習以為常般，朝梅娘子拱了拱手。佟秋秋笑著道：「有勞梅娘子。」然後吩咐車夫，把成車的毛線往染布坊運。

梅娘子讓開身子，忙喊店裡小二引路。再回頭看佟秋秋，想到最近傳聞季恆訂親的事，對象莫不就是她？

佟秋秋笑笑，向梅娘子介紹。「這是我哥哥，來陪我辦事的。」

季恆卻直接道：「我是她訂親的未婚夫婿，將來成婚，請妳來吃喜酒。」說著，朝身後招了招手。

丁一拿了禮盒來，季恆接過，遞給梅娘子。

梅娘子接過禮盒，受寵若驚，笑了起來。「恭喜恭喜，進來喝杯茶。」這句話說得真心實意，要不是佟秋秋的染毛線生意，自家這染布坊大概已經典賣給蘇記染布坊了。

佟秋秋聽到夫婿二字，臉上發熱，手繞到季恆的背後，掐了他一下。這傢伙什麼時候準備禮盒的？不知道的，還當他是特地來通知人家他倆訂親呢。

季恆面不改色，反手捉住她的手，捏了捏。

佟秋秋趕忙抽回手，用目光示意他背後還有人，季恆這才捨得放開。

從梅記染布坊出來，佟秋秋瞪了季恆一眼。以前怎麼不知道他臉皮這麼厚，她都想找個沒人的地方揪揪他的臉，看看他是不是換了芯子。

季恆讓運毛線的車隊先走，這些都是佟秋秋雇來的，車隊領頭朝兩人拱拱手，就帶隊離開。一道來的丁一也被他打發走了。

季恆騎上馬，一把將佟秋秋拉上來，動作快得讓佟秋秋來不及拒絕。馬兒輕快，一路疾馳，很快到了回扶溪村的鄉間小路，馬兒才慢了下來。風吹在身上，佟秋秋只覺得暢快，忍不住展開雙臂迎著風。

現在慢下來，她有些不高興。「怎麼慢下來了？」兜風多舒服啊，這樣馳騁的快樂，是騎小毛驢比不了的。

「再快，就要進村子了。」季恆道。

佟秋秋感覺耳邊噴灑的熱氣，耳朵癢癢的，這股癢意一直蔓延到身子，忙扭了扭，一隻手伸到後頭把人抵開。

「你說話就說話，別湊這麼近。」

「妳不喜歡？」季恆在她耳邊輕語，本來用雙手牽韁繩的，騰出一隻手扣住她的腰。

「哎哎哎，你幹什麼，咱們不能在外頭做有礙風化的事啊。」佟秋秋想把季恆扒開，又有些不捨，只在嘴上教訓，讓他收斂一點。

「在屋裡就行？那咱們找個地方去。」季恆嘴角輕彎，故意道。

「不用了！我說季知非，你以前多驕矜啊，怎麼現在臉皮這麼厚？」佟秋秋知道這傢伙狡兔三窟，要找地方還不容易，坐在他身前，感受著從身後擁來的溫熱，用紆尊降貴的語氣道：「行了，讓你抱著還不成嗎。有人來了就立刻放開，知道不？」臉上卻樂得抿了嘴。

季恆居高臨下，看到她露餡的嘴角，捏了捏她的腰。「小騙子。」

佟秋秋哎喲一聲，扭著身子。「你別得寸進尺，別撓我癢。還有，誰是小騙子，你給我說清楚！」說著轉過身，伸出兩手捏他的臉。

一張漂亮臉蛋被捏得變了形，真是暴殄天物啊。佟秋秋有些捨不得，幫季恆揉了揉，越揉越順，還想再摸兩下。

季恆按住她的手，冷酷無情地拒絕。「不准摸了。待妳嫁給我，我悉聽尊便，可好？」

佟秋秋受不了他這一本正經卻講些讓人臉紅心跳的話。什麼悉聽尊便，去外頭幾年都學了些什麼啊？真是讓人難以招架。

「可不能由我做主，你找我爹去吧。」佟秋秋虛點了點他的鼻子。「果真學壞了。」

「那這樣好不好？」季恆現在就喜歡這樣，不用多思考，沒有負擔，笑看小姑娘在他懷裡歡騰的模樣。覺得她扭著身子說話挺累的，便雙手摟著她的腰，把人轉向他。

佟秋秋嚇得趕緊扶住他的肩膀，被他抱在懷裡。坐穩後，吁了口氣，捶他的背一下。

季恆抱著佟秋秋，下巴擱在她肩上，又問：「這樣好不好？」

佟秋秋這老臉硬是被弄得面紅耳赤，又捶他一下。她從來沒見過季恆如此熱情的時候，靠著他嘟囔道：「你是不是沒在沈默中爆發，就在沈默中變得厚臉皮呀？」

「那妳喜不喜歡？」季恆臉色柔和，還帶著一絲忐忑，掩蓋在佟秋秋看不到的地方。

佟秋秋聽著，沒來由地心中一痛。這個男人兩輩子命運坎坷，如今這樣，是從前想都沒想到的。或許，沒有那些厄運，他本該擁有嬉笑怒罵的燦爛少年時光。

歲月飛逝，珍惜的人就在眼前。

她緊緊地抱住他，在他的側臉親了一下。「喜歡！」

季恆感覺臉上的濕潤和溫熱一閃而過，心尖如有熱流般淌向全身，策馬走到路邊的林間，在斑駁樹影下，扣著她的後腦勺，深深地吻了下去……

番外一

靖德十九年，老皇帝退位，大皇子秦王即位，二皇子蜀王因牽涉黑欄山的匪案，被貶為庶人。

新皇即位，改年號為永泰。

永泰二年春，周婆子挎著菜籃子逛環心湖新街的集市，貨比三家挑著新鮮實惠的菜。

周婆子正是周仁的老娘，自從周仁和佟貞貞從佟保忠家搬出來不久，周婆子就帶著他三個兄長的三個兒子一起搬來。

來這裡住了近兩年，周婆子熟悉了，買菜碰見熟面孔，就笑著寒暄幾句。

她在菜攤上挑了把新鮮的青菜，付了錢，就聽見遠處傳來銅鑼的敲擊聲。

眾人好奇地望去，只見一個穿紅衣的衙役敲著鑼，喜氣洋洋地高聲道：「喜報——梅縣季恆季老爺高中進士，二甲傳臚；梅縣季子善季老爺高中進士，二甲一百零五名……」

人群裡嗡的一聲嚷開了。「哎喲喲，這季家果然不得了，出了兩位進士。」

「是啊是啊，尤其是季七太爺的孫兒季小公子，從前可沒聽說過有什麼才名，因為愛武出去闖蕩幾年，前年才回來刻苦讀書。沒承想從童生一路不磕絆地考上進士，還是傳臚，真是了不得。」

「季七太爺好福氣，後繼有人了。」

也有人像周婆子這樣，聽了許多風言風語的，此時一個個瞠目結舌。不是說季小公子前些年不務正業，靠運氣才考上舉人嗎？如今不僅高中進士，還是二甲第一名，聽著名次比素有才名的季子善還高。

周婆子良久才合攏張大的嘴，心裡不是滋味。她兒子被寄予厚望，去年科考卻落榜了，如今還是個秀才。

聽見旁邊相熟的婆子連連驚呼誇讚，周婆子勉強笑著應和幾句。

「這可是雙喜臨門，聽說佟夫人現在已經有了六個月的身孕，真是個有福氣的。」

現在大家都稱佟秋秋一聲佟夫人。

「不僅如此，佟夫人也有能耐，聽說毛線衣都賣到北邊去了，現在在府城裡時興起來。我家的姑娘和媳婦都是織毛線的好手，每月接活計掙的錢，都夠家裡花用了。」

話題開始偏了，說起哪家姑娘因為織毛線的手藝靈活，織的花樣子獨特又好看，嫁進了好人家。

「妳說的是洪丫吧？是個好姑娘，瞧她家以前逃荒過來是什麼光景，現在是什麼光景。她替自己掙了嫁妝不說，弟弟也上了季家族學，聽說書讀得很不錯……」

周婆子耳邊的說話聲嗡嗡作響，卻已聽不進去了，菜還沒買完，就提著籃子回家。

她推開院門，進來便看見拉長了一張臉，正在倒洗臉水的佟貞貞，活像被欠了八百吊錢似的，髒衣服還擱在盆裡，廚房中冷鍋冷灶。

周婆子的心頭火蹭蹭往頭上湧，把籃子啪的放桌上。「飯做了嗎？衣服洗了嗎？不催不動是吧？」幹活不成，肚子也不爭氣。同樣是佟家的閨女，怎麼差別就這麼大呢？

周婆子忍著氣，好歹把最後兩句話憋住了。

這個兒媳婦，自從她帶著幾個孫子過來後，就吵鬧不休，摔摔打打，家裡的活都不幹，成天往娘家跑。可現在佟家大房烏煙瘴氣，她想靠娘家，娘家靠得住嗎？

她這老婆子雖然有自己的心思，但不是蠻不講理。小兒子是三個兄長土裡刨食供出來的秀才公，現在三個姪兒要進學，還不能靠他們小叔叔了？

自從去年落榜後，周仁便去季家族學謀職，當了教書先生。家裡有了進項，還有老家那邊三個兄長送來的米糧，日子也過得下去。

至於小兒媳婦說要請幫傭的事，她一口拒絕了。她們兩個大活人在，有手有腳的，豈能浪費那個錢？沒有坐等吃喝的命，就老老實實幹活，才是正理。將來小兒子還要科考，小兒媳婦那嫁妝得省著用呢。

佟貞貞臉色不好看，她憑什麼要替一大家子洗衣裳？但想到娘家的光景和親娘的告誡，不甘不願地走到盆前，搓了幾下，衣裳便攪成一團。越洗越煩躁，這一大盆的衣裳，她洗完後，胳膊得瘦成什麼樣子？

她不禁想起佟香香，六、七歲時，好像就洗了他們一家的衣裳，搓著衣裳的手一頓。

周婆子以為她仍是不甘不願，道：「妳還使性子，以為妳與妳兩個堂妹一樣好命嗎？今兒外頭傳來好消息，季家小公子考上進士，還是二甲頭名。這樣天大的運道，妳拿什麼比？「就是妳那三堂妹夫，雖說去年也落榜了，但錢家生意興隆，家大業大，拔個汗毛也比咱們的腰粗。」

周婆子早摸清了這兒媳婦的底細，心比天高，卻又認不清現實，忍著氣勸她。「妳沒妳那兩個堂妹的好命，什麼光景就過什麼日子，將來仁兒有了出息，也叫妳揚眉吐氣。」說著又加重了語氣。「妳看妳娘家，妳爹被小婦哄著，妳娘都降服不了，妳能怎麼辦？」

是啊，娘家，她也回不去了，娘家再不是從前的家。

佟貞貞呆住，愣在原地，怎麼變成了這樣呢？

從前她從不放在眼裡的趙嬸兒，不，現在該叫賴氏了。賴氏頂著大肚子上門，從此那個家再也不能消停一日，成日裡雞飛狗跳。

她娘撒潑打滾坐地嚎，引不來她爹的動容，反而讓人更厭棄。

去年，賴氏生下一個健康的男嬰，她爹的心就更偏了。要不是小弟佟大貴考上童生，家裡大概就是賴氏那賤女人的天下。

佟貞貞心口發涼，現在她受了委屈，想回去哭，那個家早已經沒了她的立足之地。

她娘天天和賴氏鬥得跟烏眼雞似的，她小弟是個讀書人，自以為清高，說嫁出去的女兒是潑出去的水，對她這個姊姊沒有多少真心，還嫌她給家裡添麻煩。

至於大哥大嫂，自從賴氏進門鬧得烏煙瘴氣後，便帶著小虎子搬出去，租了個鋪子，做著煎餅買賣。聽說用的鍋具和吃食方子，都是佟秋秋教他們的。

大嫂不喜歡她，大哥忙於生意，好不容易得閒跟她說話，就勸她好好過日子，別折騰了，嘴裡都說著佟秋秋和二房的好話。

呵呵，如今二房和大房跟斷親沒兩樣，除了祭祖這樣的大事，從來不和大房打交道，連佟秋秋成親都沒請大房的人，大哥大嫂不過是被教了點手藝，就被哄住了。

娘家靠不住，婆家苛待，佟貞貞越想越悲從中來，把衣裳往盆裡一丟，跑了出去。

周婆子在後頭拍著大腿，叫罵起來。

佟貞貞充耳不聞，沿著村路一直跑到環心湖新街上。

街上來來往往的行人，時不時還有淘氣的小兒跑來跑去，撞她一下。

她抬頭，見一輛半舊的馬車駛來，剛好和車裡撩簾子的人四目相對。馬車裡的人正是她曾經的閨中好友季雲芝。

季雲芝只掃了佟貞貞一眼，就跟避諱什麼似的，飛快地拉下車簾。

佟貞貞呆呆的，臉頰擠出笑來，只是這笑意充滿嘲諷。

就在這時，她的手臂被人拉了一把，把她從行駛的馬車旁拉開。

「貞貞，妳不要命啦，站在大街中間愣著幹麼？」佟大富用頸上掛著的布巾擦了把汗。

「小心被撞倒。」

佟貞貞被佟大富一路拉到店裡，坐下後，才回過神來。

一個約莫三歲的男娃，手裡拿著半塊煎餅，往她手邊遞。「姑姑吃。」

佟貞貞看著眼前胖娃娃手上的油，原想喝斥他拿開的，卻鬼使神差地接過來。

小曾氏端了一杯酸梅湯給她，臉色不怎麼好，可話裡還是帶著幾分關心。

「又和妳婆婆吵架了？妳嫁人了，年紀也不小，不能依著原來的性子鬧，不然苦日子還在後頭。」小曾氏知道佟貞貞不愛聽這話，但這是她對小姑子為數不多的真心話了，愛聽不聽吧。

「嗯。」佟貞貞點了點頭。

小曾氏驚訝地張了張嘴，還是閉上了，什麼都沒說。佟貞貞能聽進去就好，不然她一和婆家吵鬧，婆婆就讓佟大富去主持公道，去一次，丟一次臉。

佟貞貞她婆婆的話，句句在理。家裡好幾口人要吃飯，錢不該省著花？做媳婦的，不該幫婆婆分擔些家務？

要是佟貞貞真有本事掙得了錢，那都不是問題。可她不事生產，嫁妝雖然在這鄉裡算多的，但也是用一分少一分。

「來兩個煎餅！」外頭的客人叫道。

佟大富應了聲，小曾氏也不得閒，得去收錢打包；若客人進店裡吃完才離開，她還得收拾桌子。

佟貞貞一大早未進水米，吃了一口煎餅，鮮香味讓她的胃口大開，不知不覺就把煎餅吃完了。

吃完煎餅，她又喝了口酸梅湯，手就是一頓。

這應該也是佟秋秋教的吧？自家大哥大嫂有什麼本事，她是知道的。酸甜滋味極為適口，讓她壓抑的心情都舒展了。

佟貞貞抬頭看向裡裡外外的客人，臉頰發燙。

她原以為這是佟秋秋的施捨，卻實實在在是大哥大嫂的一門掙錢營生，而她……

她不禁又想到季雲芝那躲避的一眼，還有已經娶了官宦之家閨女的季子善，覺得自己就像一場笑話。

渾渾噩噩的她，到現在才清醒過來。

夢早逝，只留下她的偏執而已。

佟大富和小曾氏忙完一波，回頭再看佟貞貞那桌時，人已經不在了。

夫妻倆問在玩小木馬的小虎子，小虎子搖頭不知。

兩人也琢磨不透佟貞貞風雨不定的脾氣，無暇多想，見客人又上門，便忙著招呼去了。

另一邊，季雲芝瞧見佟貞貞那副如無頭蒼蠅般失魂落魄的樣子，打心眼裡瞧不起。從前看佟貞貞還有幾分價值，現在是一點交際的心思也無。

今兒可是大堂哥高中的好日子，她要趕早去賀喜，可不想碰見佟貞貞這晦氣人。

眾人哪裡想得到，十六叔季恆居然能高中傳臚，連她公公都嘆天縱英才。

她不禁想，怎麼大房的人讀書總能壓其他房一頭？要是十六叔和她大堂哥的名次換過來，那該多好？

不過，即便再怎麼想，都不可能成真了。季雲芝暗嘆一口氣，還是設法和季恆一家打好關係才是。

十六叔這個人冷心冷肺，對族人也冷淡，見面連個笑臉也無。至於佟秋秋，自從嫁進季家當十六嬸之後，她示好了幾次。可是，佟秋秋是個油鹽不進的，不管她怎麼使勁，還是那副樣子。

她疑心，是不是佟貞貞這成事不足、敗事有餘的，把她做過的事說出來了？

不會的，她暗自搖頭。就佟貞貞那腦子，當初她不過是說了幾句模稜兩可的話，也沒辦法證明裡頭有她的手筆。

季雲芝拋開這個念頭，現在愁的是，公公已經告老，她的相公卻還沒考取功名。要是之後仍無寸進，豈不淪落成白身了？

今兒喜報傳來，她心中便有了計較。

憑十六叔這一路考中的能耐，相公若得他多指點幾分，定能在科考上多增點助益。何況，將來謀官，說不定還有求到十六叔跟前的時候。
但該怎麼和十六叔拉近關係呢？想到十六叔那張冷臉，她心裡是有些犯怵的。
聽說十六叔極為喜愛佟秋秋這位十六嬸，看來還得從女眷這邊下手。
坐在馬車上的季雲芝，腦子裡思緒百轉……

番外二

永泰三年，靠環心湖新街的河堤渡口由環心湖新街商戶捐款建造竣工，在渡口豎立的石碑上，刻著所有捐款人的功勛。

渡口建成，不僅讓環心湖新街更繁華，遷移來的人也多了不少。

永泰六年，扶溪村已是人潮聚居的小鎮。

自渡口建起後，由佟夫人舉辦的三月踏春，成了環心湖新街一年一度最熱鬧的時候。隔著曲水河的興東府以及附近縣城的遊客慕名而來，到此遊玩。每到這個時候，就能看見從河堤一直延伸到環心湖新街的小販，有賣風箏的、有賣小吃的、有賣木製跟竹製紀念品的等等，讓人看花了眼。

永泰六年的踏春時候，遊客從上岸的那一刻起，便能感受到春季的熱鬧。

一個如粉團般可愛的男娃邁著兩條小短腿，拿著老虎花樣的小風箏往河堤方向跑，佟嘉禾在後頭追。

「贊哥兒，你慢點啊！」佟嘉禾已經長成少年模樣，面容清秀，臉頰有些圓，看著就是個好說話的人。

贊哥兒哼哧哼哧地爬，就站在河堤上不動了。

佟嘉禾追到贊哥兒身前，吁口氣，抹了把汗。小外甥這機靈鬼，小胳膊小腿卻靈活得不得了，他稍一眨眼，人就沒了影。

「怎麼啦？」佟嘉禾看贊哥兒興匆匆地趕來，怎麼光盯著人家放風箏，自己卻不動了？

贊哥兒抿了抿小嘴，指著飄在天上的大蜈蚣風箏，再看看自己的老虎小風箏。

這是覺得他的風箏沒人家威風了？佟嘉禾揉揉腦袋，想著要怎麼辦的時候，贊哥兒已經跑到那個放蜈蚣風箏的男孩身邊。

男孩大約十歲左右，身邊還有個七、八歲的女娃。哥哥放風箏，妹妹拍手叫好。

佟嘉禾緊跟著贊哥兒過去，就聽贊哥兒甜甜地叫著女娃姊姊，而後誇人家漂亮，讓那女娃眉開眼笑。

緊接著，贊哥兒拿出自己的老虎小風箏給女娃看，女娃看著，喜愛得不得了。不得不說，風箏是真的好看，一看就是做工精良的那種。

有誰能抵擋住贊哥兒那粉妝玉琢的模樣，再加上哄人的甜蜜小嘴攻勢呢？

女娃被哄得高興了，要和贊哥兒交換風箏，男娃還有些不好意思。

贊哥兒拍著小胸脯道：「既然姊姊喜歡，我就跟姊姊換啦，哥哥不用謝我。」

男娃見佟嘉禾跟在贊哥兒後頭，還看看他是否答應，臉上帶著赧然之色。

佟嘉禾無語。「……」

贊哥兒的風箏確實出眾。風箏骨架是由贊哥兒外祖父，也就是他親爹佟保良親手製作；

圖案則是由現在一畫難求的贊哥兒親爹，他親姊夫季恆親手繪製而成。這放在市場上，就是千金難求的好東西。

不過，誰叫贊哥兒喜歡人家的風箏呢？

佟嘉禾點點頭，便瞧見了皆大歡喜的場面。

贊哥兒得手成功，高高興興地拿著大蜈蚣風箏跑開。

佟嘉禾忍著嘴角的抽動，想著今早是哪個小不點還誇外祖父做的風箏是天下第一好，哄得外祖父笑瞇了眼睛來著？

再想想贊哥兒房裡從奶娃娃能推著走的木製小車，到各種玩具，他就麻木了。羨慕不來，是他和大哥從未有過的待遇。

新皇即位那年，他爹透過知縣大人向上進獻最新改良的紡織機後，得了新皇的明旨賞賜，他爹在鄉里的地位不同往昔，做出來的東西，價錢水漲船高。

這幾年，市面上少見到他爹的手藝，每出一件必是精品。外人都以為他爹是一心研究什麼好東西去了，畢竟之前就做出了水車、紡織機等物。

可誰能知道，他爹現在一心做著給外孫、外孫女的玩具呢。贊哥兒和香香姊家的閨女小花苞，那是從不會走路起，即有他爹量身訂製的各種玩具了。

每當贊哥兒和小花苞在外頭玩玩具，就能引發一場小孩們因為玩的次序而爭吵的混戰。

尤其是贊哥兒這小傢伙，小小年紀小嘴便能哄人就罷了，還是調皮搗蛋的一把好手。自從知道村裡孩子都愛玩他的玩具之後，就讓人家聽他發號施令，成天帶著一群小孩上躥下跳地折騰。

對此，連小寶都甘拜下風，一聽要帶贊哥兒出去玩，那真是火燒屁股似的，跑得比兔子還快，用行動證明這小祖宗惹不起。

佟嘉禾一邊想著、一邊任勞任怨地跟著贊哥兒跑，跑得氣喘吁吁。這小傢伙的精力也太旺盛些，要是小寶在就好了，可惜那傢伙早被他三叔丟到軍營裡去了。

小寶被季恆這姊夫押著考中童生後，便屁滾尿流地跑了，那背影倉皇得讓人看著就想落淚啊，可見他姊夫的厲害。

季恆高中傳臚之後，沒去當官，而是留在扶溪書院教書。

從此，只要是被他教過的學生，沒有不一邊流淚、一邊學的，痛與快樂並存。痛，就是若要偷懶耍滑，永遠逃不過季恆的眼睛，讓學生皆聞風喪膽，只能老老實實做人；快樂的是，一旦當了季恆的學生，就覺得思路通暢，有耳通目明之感，受惠良多。

現在，佟嘉禾就是季恆手底下的學生之一，每每看見姊夫，便不由立正站好，準備聽訓。他也不知道為什麼，姊夫很少在課堂之外訓人，但就是給人這樣的感覺。

他無比羨慕考上舉人後便外出遊歷的大哥，以及溜得比兔子還快的小寶。

他想著自己還有多久能逃出姊夫的五指山，分了一會兒神，回神再看，眼前哪裡還有贊哥兒的人影？

他趕緊邊喊邊找人，就在他急得出一腦門汗的時候，終於在那對交換風箏的好心兄妹提醒下，瞧見藏在樹上的蜈蚣風箏尾巴。

他深深呼吸了好幾口氣，在同窗口中溫和好脾氣的他，捋起袖子，跑到大樹底下，對在樹上抱著風箏、縮成一團的贇哥兒磨牙。

「你給我下來！」

「不下不下。我下來，小舅舅就要揍我啦。」贇哥兒對著他扮鬼臉。

佟嘉禾氣得七竅生煙，還擔心小傢伙摔下樹，忍氣道：「你再不下來，等你娘回家，我可告狀了啊。」

「小舅舅最好了。告狀精可不是男子漢哦。」贇哥兒眼神裡，全是他的小舅舅不該是這般無恥之徒的意味。

佟嘉禾就知道，這小子誰都不怕，只怕他娘。贇哥兒上面有疼他的太祖父、太祖母、祖母，連姊夫這個學生口裡的冷酷先生，對親兒子都下不了手。

揍娃這種事，還是他姊最在行。

佟嘉禾不受贇哥兒蠱惑。「你下來，我不告訴你娘。」哼，等人下來，他先把這娃揍一頓，然後再交給他姊大刑伺候。

贇哥兒眼睛滴溜溜轉了兩下，點頭答應。「那好，你先幫我接著風箏。」說著，把風箏丟下去，趁佟嘉禾伸手接的空檔，哧溜一下從樹上滑下來，拔腿就跑。

佟嘉禾的指尖只來得及擦過贊哥兒的衣角，贊哥兒往旁邊一閃，便逃脫了。

此時，河堤旁的人就瞧見一個小人兒靈活如兔地東躲西竄，一個少年在後頭狼狽追趕的情景。

「這是誰家孩子呀？」看到的人都不禁一笑。

至於這小人兒的爹娘……

陽光燦爛好日子，夫妻倆一人一騎奔跑在田野裡的小路上，臉上的笑好不歡暢。

——全書完

2022年9月出版

娘子別落跑

文創風 1097~1099

從中醫世家傳人變成乾癟的小丫頭，還被賣進王府，這重生太套路了吧！
罷了，聽說她的新主子是個清心寡慾好打點的，自己又是心思純正，
只要安分上工、準時領錢，贖身出府的日子應該不遠吧……

丫鬟妙手回春志氣高，
少爺求婚追妻套路深 ／折蘭

中醫世家傳人卻得了絕症而亡，再睜開眼，成了一個京城牙行裡的小丫頭？
長得瘦瘦乾乾不起眼，怎麼一不小心也被睿王府挑進去當丫鬟，
兩個月後還被老夫人安排去了世子爺的院落當大丫鬟，升職也太快了吧？!
據說這位睿王世子幼時體弱多病，在白馬寺裡住到了十二歲才回府，
是個清心寡慾又喜靜的性子，可怎麼……跟她遇到的完全不一樣啊！
他不但半夜偷偷摸摸地回府治傷，行為又怪裡怪氣瞧不懂，
待她表面客氣，暗裡可是恩威並施，不早點出府還留著過年嗎……

2022年9月出版

全能女夫子

文創風 1095～1096

沒有金手指、沒有法寶或空間，
穿越過來的蘇明月，就是個平凡無奇的文科生。
那些偉大發明雖然她做不出來，但當個生活智慧王還是沒問題的——
不管吃的、用的、穿的，讀書寫字、強身健體，
只要有困擾，全能的她都有辦法解決！

妙筆描繪百味人生／滄海月明

一覺醒來發現自己穿越，成了個嬰兒，蘇明月十分無言。
不過她現在的確是有口難言，只能哇哇大哭，內心無比崩潰。
至於要怎麼當嬰兒她不太會，為了避免超齡表現被當妖孽，
她成天吃飽睡、睡飽吃，畢竟少說話少犯錯嘛。
結果裝傻裝過頭，被街坊鄰居當成傻子欺負，
這哪成？藉此機會教訓那群小屁孩一頓之後，她也不演啦！
從今以後，她要當蘇家聰慧的二小姐！
父親屢試不中，她想出模擬考這招，克服考試焦慮，順利上榜。
出外求學不知肉味？她提供肉鬆食譜，讓學子人人有肉吃。
發現問題再研究解決方法，成了蘇明月最大的樂趣，
靠著一架新式織布機，她成了大魏朝紅人。
可他們安分守己過日子，卻因昔日風光遭人嫉恨，
在毫無防備的狀況下，落進別人下的連環套……

2022年8月出版

旺仔小後娘

文創風 1089～1090

後娘又如何？有緣就是一家人。
從此有飯一起吃，有福一起享！

家有三寶，福滿榮門／藍輕雪

成親當天就得替戰死的丈夫守活寡，公婆還把三個孫子扔給她，說是歸她養？!
嫁入宋家四房當繼室的于靈兮徹底怒了，剛進門便分家，豈有這般欺負人的？
分明是看四房沒了頂梁柱，以分家之名行丟包之實，免得浪費家裡的銀錢和米糧。
既然三個孩子合自己眼緣，這擔子她挑下了，以後有她一口飯，絕少不了他們的，
幸虧她魂穿到古代前是知名寫手，乾脆在家寫話本賺銀兩吧，還能兼顧育兒呢！
可窮人的孩子早當家，為了一家四口的肚皮，三兄弟成天擔憂家計看得她心疼，
好在她寫的話本大受歡迎又有掌櫃力推，堪稱金雞母，分紅連城裡宅子也買得起，
養活三個貼心孩子根本不成問題，甚至讓他們天天吃最喜歡的糖葫蘆都行啊～～
孰料其他幾房見四房越過越紅火，竟厚著臉皮擠上門蹭好處，簡直比蒼蠅更煩人，
真當他們娘兒四個是軟柿子？不合力給那群人苦頭吃，她這護短後娘就白當了！

將軍百戰死，壯士十年歸／途圖

2022年8月出版

夫人好氣魄

前世的她早已習慣自己承擔一切，也不太習慣與人親密相處，
自小照顧她的奶奶去世後，她的心更是沒有對別人打開過，
直到入了將軍府，她才慢慢試著接受身邊的人，
老夫人總讓她想起奶奶，而和藹的婆婆則彌補了她缺失的母愛，
這些沒有血緣的親人，讓她更加堅定了想護住這個家的決心……

文創風 1091 1

意外發生前，沈映月是獨力掌控百億業務、手下菁英無數的高階主管，
豈料一睜眼，她就穿成了大旻朝赫赫有名的鎮國大將軍莫寒的夫人，
原來大婚當日，將軍接到了邊關急報，於是撇下新娘，率軍開赴邊疆，
然而世事無常，幾日前將軍戰死的消息傳回了京城，原身便傷心得一命嗚呼。
將軍夫人是嗎？這頭銜倒是新鮮，也算是史無前例的跳槽了，那便試試吧！
說起這莫家，確實是忠臣良將，門前還豎立著一座開國皇帝親賜的巨大英雄碑，
碑上刻著的一個個名字都是為國犧牲的莫家兒郎們，包含將軍及其父兄、姑姑，
但，如今的將軍府竟只剩好賭的二叔、酗酒的四叔及流連青樓的堂弟等廢柴？

文創風 1092 2

當真是虎落平陽，瞧著將軍不在了，如今連個熊孩子都敢欺到頭上來！
小姪子是莫家大哥留下的獨苗，這些年來大嫂一直將他保護得無微不至，
然而卻因為很少磨練他，以至於他在外也不懂得如何保護自己，
在學堂受了同窗的欺凌，回家後大嫂也只叫他忍耐下來，不要聲張，
倘若沈映月不知情也就罷了，既然知曉，便沒有裝聾作啞的道理，
她雖然冷靜自持，但向來秉持著人不犯我、我不犯人的信念，
即便對方是個熊孩子，該打回去的時候她也不會手軟，
不過小姪子太嬌弱，得找個武師父教導才行，只有自己強大了，別人才不敢欺！

文創風 1093 3

莫寒生前一直率領莫家軍與西夷作戰，如今這支軍隊尚有十五萬人之多，
從前手握兵權對將軍府是如虎添翼，而今若還抓住不放恐要招來殺身之禍了，
然而龍椅上那位也不知是怎麼想的，遲遲不肯解決這燙手山芋，
所幸的是，莫家此輩中僅剩的男丁、將軍的堂弟莫三公子一向是紈袴的代言人，
雖說沒有人把他當成兵權繼任者，但難保平時眼紅將軍府的人不落井下石，
還好她這人向來不知何為難事，執掌中饋後就一肩挑起將軍府內外的大小事，
三公子有心疾不能習武無妨，改走文臣仕途一樣能帶領莫家走出康莊大道，
即便他莫老三再是坨爛泥，她也會把他穩穩地扶上牆，成為莫家的頂梁柱！

文創風 1094 4 完

莫寒懷疑朝中出了內鬼，以至於南疆一役中了埋伏，己方死傷慘重，
為了查出真相，他詐死回京，還易容化名為孟羽，成了小姪子的武師父，
一開始沈映月只是懷疑他的來歷，畢竟他說解甲歸田前曾待過莫家軍，
但除了將軍左臂右膀的兩大副將外，其餘同袍似乎都不認得他？
再者，他一個普通小兵，為何兩大副將都如此聽從他的指揮？
後來漸漸與他接觸後，又發現他文韜武略無一不精，實在非常人能及，
果然，他根本不是什麼副將的表哥、平凡的路人甲乙丙，
他根本就是將軍本人，是她素未謀面的夫君啊！

糕手小村姑 下

國家圖書館出版品預行編目資料

糕手小村姑 / 揮鷺著. --
初版. -- 臺北市 : 狗屋出版社有限公司, 2022.09
冊 ; 公分. --(文創風 ; 1102-1103)
ISBN 978-986-509-362-4(下冊 : 平裝). --

857.7　　111012473

著作者　揮鷺
編輯　安愉
校對　吳帛奕
發行所　狗屋出版社有限公司
地址　台北市104中山區龍江路71巷15號1樓
電話　02-2776-5889～0
發行字號　局版台業字845號
法律顧問　蕭雄淋律師
總經銷　知遠文化事業有限公司
電話　02-2664-8800
初版　2022年9月
國際書碼　ISBN-13　978-986-509-362-4

本著作物由北京晉江原創網絡科技有限公司授權出版

定價270元
狗屋劃撥帳號：19001626
網址：love.doghouse.com.tw　E-mail：love@doghouse.com.tw